听那律师的脚步声

齐祥春 / 著

中国文联出版社

图书在版编目（CIP）数据

听那律师的脚步声 / 齐祥春著 . -- 北京：中国文
联出版社，2017.4（2024.6重印）
ISBN 978 - 7 - 5190 - 2643 - 1

Ⅰ.①听… Ⅱ.①齐… Ⅲ.①散文集—中国—当代
Ⅳ.①I267

中国版本图书馆 CIP 数据核字（2017）第 069147 号

著　　者　齐祥春
责任编辑　贺　希
责任校对　李佳莹
装帧设计　中联华文

出版发行　中国文联出版社有限公司
地　　址　北京市朝阳区农展馆南里 10 号　　　邮编　100125
电　　话　010 - 85923025（发行部）　　　85923091（总编室）
经　　销　全国新华书店等
印　　刷　三河市华东印刷有限公司

开　　本　710 毫米×1000 毫米　　　1/16
印　　张　14.5
字　　数　223 千字
版　　次　2024 年 6 月第 1 版第 2 次印刷
定　　价　75.00 元

目　录

代　序

这么危险的地方，
谁愿意进来？
这么有激情的事业，
谁舍得离开——

一个不属于自己的人

——记首届"全国十佳律师"张斌生

他是一个优秀的律师，

一个从磨难中站立起来的人，

他既文雅又朴实；

既能指导你又愿意做你的朋友。

张斌生，1935 年出生，到被评为"全国十佳律师"的 1995 年，他呼吸着这个世界或污浊或清新的空气，已整整 60 年。60 年，放在历史的长河中，也就是一个水波一个浪花，而放在人的生命中，有多少人能拥有第二个 60 年？张斌生的 60 年，拥有太多的艰辛和苦难，共和国成立了 46 年，而"运动"夺走了他 20 年，他怎么也不会想到。当他迈着艰难的步伐向老年靠近的时候，律师事业却让他焕发了青春，他的生命，重新放出了光彩。

法律 曾经远离了他的追求

张斌生的童年乃至青年时代，一切看起来都是幸运的。他不是穷人家的孩子，他吃了上顿，自然会有下顿伺候着；他上完小学，自然会有中学等待着……他天资聪颖，又酷爱学习。所以很顺利地考上了大学，几年后，又以优异的成绩留校做了助教，那时，他还不满 19 岁。

那时候的张斌生朝气蓬勃，做梦都想像父母那样成为大学问家；像叔叔及姑丈那样成为很有名的法学教授。他学的是法律，他珍惜在校园中掌握的法学知识，更珍惜每一次社会实践的机会。他立志要为维护社会公正贡献自己的才智。他的生命前景，似乎充满了辉煌。然而，当他从北京政法学院研究生毕业，刚要踏上社会这条大船。雄心勃勃准备扬帆远航的时候，中国的天空刮起了一场风暴，他的命运，从此发生了重大转折。

他被下放到安徽农村。法律离开了他，他也不得不远离了法律。站在饱经风霜的田野上，看着听着那一阵紧似一阵的阴风苦雨，他清醒地认识到，这场灾难，已经不仅仅属于他自己。他想教书，哪怕是教刚刚识字或不识字的儿童，哪怕只有十几个或者一两个人能听到他的声音，他不忍心"法律"这个神圣的词汇从共和国的记忆中彻底消失。但是，在那个年代，谁敢把贫下中农的优秀儿女交给一个"右派分子"去培育呢？他没有那个资格，也没有那个权利，属于他的，唯有劳动和思考。

他参加过围堤造田，却不知围堤造田究竟有什么意义。他的历史在社会动荡中经受颠簸。

他有过死里逃生的经历，那是在围堤造田运动中的一个深夜，他带着一身的疲惫深深地沉在梦中的时候，大水几乎浮起了他的睡板。没有电灯，也找不到火柴，他只好在黑暗中摸索……

他那天晚上的经历，现在看起来，似乎不是他个人的遭遇，简直就是那一代人的经历的缩影。

他死里逃生了，但他并未感到庆幸。一个不能为自己的理想去奋斗的人，一个有理想，有追求，却没有事业的人，怎么会把活着看得那么重要呢？他活下来了，但他根本没有活着的乐趣。他活着是在受煎熬，他活着比死了还难受。但他还是坚持着活下来了，他不甘心！他要看到生命能迸发出意义的那一天的来临。

这一天，终于让他盼来了！

1979 年，祖国的大地上到处显示出蓬勃的生机。正是在这一年，张斌生获得了完全的解放；也是在这一年，张斌生又回到了本来就应该属于他的法律战线。这似乎是历史有意为他制造的巧合。

他被分配到厦门市中级人民法院工作。但他更乐意去做一名律师。那时候，法制环境还很不理想，极"左"思潮还没有绝迹，有些人指责律师是为坏人辩护，还有人指责律师是搞个人民主自由化……

如果说上大学时的张斌生是把法律当作一门学问去追求，1979年的第二次选择，法律在他的头脑中已绝对不是"学问"这么一个大概念。他亲身经历了民主与法制的曲折道路，对法律有了更深刻更透彻的理解和体验。律师在法庭上一次精彩、出色的辩护，既可以弘扬法制，又显示了律师本身的作用，是提高公民法律意识的最前哨。不战则已，战，就要去前沿阵地。他从社会的最底层爬过来，最苦最坏的日子都尝受过，所以无所畏惧。他毅然决然义无反顾，果敢地走向了法制的最薄弱环节，把自己的后半生与律师事业紧紧地拴在一起，一拴就是16年。

岁月 磨炼着他对法律的感

1984年，全国人大授权广东、福建两省制定经济特区政策法规。张斌生参与了厦门经济特区政策法规的起草工作。那是经济特区的第一批法规，是特区法规的前沿部分，为特区法制的不断完善和经济的不断繁荣奠定了基础。

张斌生是一名律师，但他关注的已不是个人的成功，他把在挫折中磨炼出的情感，毫无保留地倾注给了律师事业。他不停地学习，几乎忘却了年龄；他不停地办案，几乎忘记了自己。他把个人的体会记录下来，把自己的学说发表出来，把国外的经验介绍进来……他盼望着律师素质的提高，更期待着律师队伍的发展。

早在1988年，张斌生便被国家高级职务评审委员会确认为一级律师。他很有名望，但他的名望几乎不是靠打官司打出来的。打官司是亡羊补牢的事情，一个优秀的律师，更应该注重事先预见和预防。就如同医院看病，治病救人固然重要，而预防保健更为重要。张斌生凭着勤奋、诚恳和才智，拥有众多的法律顾问单位，他从不消极被动地为他们服务，而是直接介入经济活动第一线，为企业的生产、经营和决策提供咨询，深深地取得了顾问单位的信任，使得他有了更广阔的天地，服务领域不断扩展。

张斌生是个很清醒的人。他的清醒不完全得益于他的年龄，他的清醒与他的坎坷经历密不可——

谁遭受的挫折越多，谁就更容易成熟；

谁经历的苦难越多，谁就更善于思考；

谁经受的打击越多，谁就更懂得冷静。

张斌生有机会去大学任教，有机会去政府做官，即使当了律师，也仍然戴上了许多头衔，但他始终没有放弃做专职律师，因为只有在法律这个熟悉的领域里，他才更感觉自如和从容。

他并没有打算让过去学到的知识一劳永逸，实际上，不断前进着的社会，也不可能让他一劳永逸，因此他要不停地充实自己，应改为"包括经济、科技、工程、商贸……"。

——法律，面临着未知专业知识领域的挑战！

张斌生代理过一个台资工程建筑质量纠纷的案子。那期间，他学习了大量的建筑质量方面的规范，请教了多位建筑方面的专家，掌握了许多技术操作和质量监测知识，终于使官司顺利结案。

在福建，在厦门，律师在涉外经济活动中的作用已得到充分重视，省、市政府文件规定：凡引进投资总额 200 万美元以上的项目，首先要由律师事务所的律师和会计师审查。而张斌生正是涉外经济律师的排头兵，他在涉外经济这块天地里，不知道打了多少漂亮的战役。

1989 年，"六四"刚刚过去，西方国家发起了对华贷款的抵制，某外国银行借机横生枝节，厦门一个大的投资项目筹措贷款受阻。张斌生接受委托后，花了一个多星期的时间，详细审阅了长达 100 多页的项目贷款全套文件，大胆地对法律意见书进行了修改。借款单位知道在那种情况下要取得贷款绝非易事。只要对方可以给钱，在枝节问题上可以让步。他们希望张斌生不要太认真，唯恐吓跑了财神。而外国财团却感觉到了这位中国律师的魄力！他们通过长途电话，像召开电话会议一样，与张斌生交换了意见，最后全部接受了张斌生所出具的法律意见书。该项目成为"六四"之后第一个取得境外贷款的实例。事后，外国银行的经理说，我们是被张先生诚恳严谨的工作作风感动了。张先生不仅为中方当事人负责，也为外方当事人负责，我们愿意接受他的意见。

律师 你肩负着历史的责任

张斌生有许多忧虑。

我国的法制建设起步较晚，中间又经受了"十年浩劫"，法律法规还很不健全。律师有责任积极参与立法。国家需要什么法，哪些法律还有不足、有漏洞，从实践中走过来的律师最有发言权。然而，有个别律师只看到了法制不健全的一面，却忘记了律师的神圣职责，随波逐流，同流合污，坑害当事人，迁就司法机关中的不正之风。他们送钱送物，靠歪门邪道去赢官司。张斌生提醒他们，搞人际关系，你比不上腐败官僚；搞金钱交易，你比不上一个小个体户。这样做，等于是自己放弃了基本优势。律师不是天平，充其量只是一个砝码，但天平要倾斜，砝码就要敢于把它扳回来。本来司法就要制约行政，连司法都要腐败，老百姓怎么能树立对法制的信心？

张斌生大声疾问："律师，你的优势是什么？"

你的优势是什么？这话回答起来说易又难，说难也易。一个人无论以什么为职业，他首先应该是个正直的人，然后要有专业知识，要勤奋。律师，你的优势是法律。

张斌生从来都是将知识和勤奋结合在一起，用他那颗正直的心，去对待每一个案件，哪怕是一个很小的案件。他到一个区法院办案，阅卷用了三个半天，摘抄用了60页稿纸。连法官都说："老张啊，现在可很少有人像你这样办案了。"但为了当事人，他必须这样做。他从不打无把握之仗，没有充分的准备，他绝不出庭。

认识张斌生的人，都知道他是一个正直大度又诚恳超脱的人。他不仅因为学识和智慧赢得了当事人的信任，更因为闪现着质朴光辉的人格力量征服了朋友。这些年，他的"官"越做越大，他的声望也越来越高，但张斌生还是大家的张斌生，他依然朴实，永远朴素。

他55岁的时候，已经是1990年。他所领导的律师事务所度过了艰苦的创业阶段，有了一定的规模，也有了相当的积累。但他还是骑着那辆跟随他多年的破自行车东奔西跑。有人跟他开玩笑："老张啊，你是厦门最有名的律师，连汽车都舍不得买，那钱留着还能生崽儿啊？"

钱留着不能生崽儿，但可以给律师们买房子。买 12 套住房的钱，要买车，可以买多少辆？

他舍不得买车，刮着台风还要骑着破自行车去办案，结果被掀到马路牙子上，造成腰椎压缩性骨折。他住院了，不能起床，不能翻身，生活都不能自理了，还要处理顾问单位的法律事务。病房成了他的办公室，老伴成了他的律师助手。他只能仰着，但他要看卷宗，要写法律文书，老伴只好把卷宗稿纸托在他的面前。他吃力地看着，吃力地写着，每写出十几个字，就被累得气喘吁吁，汗水从额头上流下来，淹得睁不开眼睛。老伴心疼了："老张，你就交给别人干吧。"张斌生说："顾问单位的事情，都是历史延续下来的，谁一下子接得了？"老伴流着眼泪说："你哪里是家里的人哪，你连自己都快忘得没有了。"

张斌生，60 岁的人了，历尽艰难，饱经沧桑，如今名利都有了，该是歇息一下的时候了。但他深知第二次生命来之不易。他没有停下脚步，他也不可能停下脚步，因为他的脚步从来没有像今天这样矫健，从来没有像今天这样充满活力。他还要继续前进，他要对得起这个时代。

他当然对得起这个时代，多少像他这样兢兢业业的老法律工作者，他们所做的工作，已经远远超出了个人成功的范畴，他们为法制的健全，为法律队伍的建设乃至成长壮大，都做出了不可磨灭的贡献。

张斌生的确不再属于自己，他所关注的，也已经不是个人的命运。他完全成为了社会的人，他的命运总是与国家的命运联系在一起。他的青春被掠夺过，他的学业被荒废过……所有的一切，他都不认为是个人的遭遇。他随着这个多灾多难的国家，痛苦过，欢笑过，失落过，也辉煌过。每一个阶段，都给过他很深的教益，每一个时期，都在他的心灵上留下了很深的烙印。

1995 年 3 月，在第八届全国人大三次会议上，张斌生接受司法部领导的委托，代表律师及社会各界行使了他的权力，将"尽快制定《中华人民共和国律师法》"的议案，郑重地递交给了大会。那一刻，他的心抑制不住颤抖。他不得不在那一刻，深深地思考律师走过的曲折道路和即将展现在面前的美好前景；他不得不在那一时刻，深深地回味着作为仅有的四位律师界代表向各界代表征求联署意见时所获得的对律师队伍的批评和期待……

他面对国徽，心情久久不能平静。他再一次感觉到了自己所肩负的责任，也再一次感受到了祖国的伟大。唯有将国家命运放在首位，才能谈及个人的理想；唯有国家有前途，才能谈及个人的追求……他在心中高声地呼喊："祖国，我爱你！"滚烫的泪水，打湿了手中的议案。这泪花将永远封存在历史的档案里，那正是一代律师永恒的印记。

（1996 年 1 月）

军中律师第一人

——记首届"全国十佳律师"董新发

无论一个队列有多长，排头兵，只有一个。

无须解释排头兵的含义。当董新发以唯一的军队律师站在第一届"全国十佳律师"行列里的时候，他无疑成了军中律师的排头兵，成了获此殊荣的军中律师第一人。

一起强奸案 使他走进了深山老林

这是一封很沉重的信！

信的字数不算太多，而作为律师，董新发不得不用信中的内容去称这封信的分量。

这封信，是一位连长写的。这位连长，是边防岛上的连长，那里天寒地冻，冰雪无际，没有常识的人，用舌头舔一下树枝，会被树枝紧紧吸住，拼命挣脱，舌头会被撕掉一层皮；那里的人，都不会在冰天雪地里轻易去摸自己的耳朵，否则，那耳朵将永远不再属于自己……就在这样的地方，就在这种常人难以承受的环境里，连长带着一百多号人，日夜看护着，守卫着——只要他们永远睁大警惕的眼睛，共和国就永远不会失去和平与安宁。

然而，就是这样一位站在祖国最前哨的连长，他日夜思念的妻子，却被人强奸了！

连长和他的妻子，在一年多的时间里，扔下多病的老人和年幼的女儿，卖掉所有值钱的家产，到处申诉，到处告状。但案犯在个别办案人员的偏袒包庇下，不仅长期逍遥法外，而且倒泼污水，反污被害人作风不正。

难道案犯是个什么了不起的人物吗？不，绝对不是！他只不过是一个司机。不过，他也不是一般的司机。一般的司机只能拉一般的人物，而这位司机拉的是林业局的"最高领导"。

一个县里的林业局长，大不了是个科级，他的一个司机，却能让法律在这一方土地上随着他的车轮子旋转。

我们的这位连长，惊呆了；我们那些可爱的边防战士，疑惑了。他们着着实实地受了一次大的委屈。

作为军人，最理解"神圣"的含义。凡神圣，便不可侵犯，否则必受严惩，如我们的国土，如我们的五星红旗……法律，也是神圣不可侵犯的，难道他们用生命保护着的国土上，能容忍触犯法律者逍遥法外吗？他们疾呼："我们边防军人能够保护好祖国这个大家，但谁来保护我们的小家？"连长在信中悲愤地表示："我是一名军人，懂得维护军队的声誉。如果地方司法机关不能公正处理此案，我宁肯脱下军装，自己解决！"

此时，董新发的女儿患黄疸性肝炎住院已四十多天，不见好转。同事不放心地说："你女儿病得这么重，你一走，你爱人又是家里又是医院又是工作，哪顾得过来呀！"董新发的眼睛湿润了。这些年来，他天天忙于法律事务，天南地北到处出差，哪一次不是妻子给了他最大的支持啊，这一次，看来也只能让妻子尽最大可能去"理解"了。他走到妻子跟前，讲起了女娲补天的故事。妻子哭了，但那个熟悉的旅行包已递到了丈夫的手上。"我也是军人，还用你做工作吗？我顶着家里的天，你就放心地去补那边的天吧。"他们匆匆地分手了，一个含着眼泪又去了医院，一个强忍着泪水去赶开往案发地的列车。

1992年2月的一天晚上，司机以借录音带为名，敲开了连长妻子工作和居住的林业局广播室的门。他见屋内别无他人，便动手动脚，遭到反抗和斥责后，他恼羞成怒，将势单力薄的连长妻子强行按倒，双手用力掐住她的脖子……

可怜这位年轻的女人，在几乎窒息的情况下，只能昏昏沉沉地用泪水做无声的反抗。

几天过去了，整个林业局像往日一样平静。

司机很得意，他坚信"领导"的司机有"领导"一样的威严，坐他车的领导能将手伸到的地方，他就没有做不成的事情，并且做什么事情也不会翻船。他能和领导一样左右别人的命运，就像他威胁连长妻子时说的那样："我搞的女人多了，谁敢告？公、检、法里都有我的人，我叫你告不成，还要让你自己落个身败名裂。"

可不能小看了这位领导的司机，后来一审的结果，不正好符合了他的愿望吗？但事情并不像司机想象得那样平静，在他实施强暴的那天晚上，有人听到了广播室内异样的声音，虽然当时没太在意，却成了后来董新发搜集到的证据之一。

连长妻子被强奸后，告诉了自己的母亲。老太太为了女儿的名声没有告发；妻子为了丈夫的尊严也没有告发。

又是一天晚上，司机躲藏在连长妻子的门外，趁对方开门，强行将其拉到屋内。连长妻子拼命反抗，将司机的仿羊皮夹克拉锁和衣兜撕坏。司机将连长妻子打昏，再次强行奸污，慌乱中将脱掉的夹克遗留在现场。这，又是后来董新发搜集到的证据之一。

忍气吞声，保全不了个人的名誉；

一个人的反抗，也抵挡不住罪恶之人的淫威；

只有法律，才是维护自尊和震慑罪犯的最有力武器！

连长妻子终于鼓足了勇气，在母亲的陪同下，踏进了派出所的大门。

司机心虚了，托人找到连长妻子，想用两万元现金求得私了。这，也是后来董新发搜集到的证据之一。

这位司机万万没有想到，在法庭上像玩女人一样风光了一番，却招来了一个董新发，司机急眼了，公然放风："谁跟我过不去，绝对没有好下场。"他的舅舅也到处为宝贝外甥壮胆："搞个连长老婆有啥了不起？搞个团长老婆搞也就搞了。"

当地有些好心人劝董新发："你是进了白区了，还是小心点为好。"

董新发看过京剧《智取威虎山》，也知道解放前的白色恐怖。当受到一次次刁难和威胁时，他没有退缩，他穿林海跨雪原，一天工作十几个小时，用法律启发证人，用行动感化证人。

他太理解证人的惧怕心理了，证人所受到的威胁和恐吓比他还要多。也难怪一审宣判司机无罪，怕是法庭根本就找不到案犯的有罪证据。

也许这个司机真能扯起一张大网，也许他真能用金钱挡住这一方天空的太阳，但他在施展全部伎俩的同时，他的虚弱也已经暴露无遗。他付出得太多了，几乎使出了浑身的解数。也许他真的"搞"过许多女人而无人告发，但这次，他侵犯了军人的直接利益，又遇到了董新发这样仗义执言的军队律师，在他一次次设置障碍的时候，已注定要付出更昂贵的代价。

"土匪窝"怎么了？真正的土匪窝，还不是解放军去扫平的吗？"白区"又怎么了？既然你是"白区"，我就当一次地下工作者，让这一方百姓，再一次尝尝"解放"的滋味！

董新发顶着横行乡里的邪恶势力，倾注极大心血，费尽周折，找了几十名证人，取得有罪证据11份。

终于，黑龙江省高级人民法院依法撤销了原审法院的管辖权，指定全省审判先进单位虎林县人民法院管辖本案；同时黑龙江省人民检察院也做出决定，由虎林县人民检察院重新提起公诉。终使案犯被判处有期徒刑八年。至此，一起暴力强奸边防军人妻子案在拖了两年半后画上了圆满的句号。

消息传到案发县，当地群众奔走相告。几位知悉案情的司法工作者为董新发摆了一桌酒宴。有两个老同志，兴致之下，表演了杨子荣的唱段：

> 消灭"座山雕"，
> 人民得解放，
> 翻身做主人，
> 深山见太阳……

当然，那可恶的司机还没有资格当座山雕。真正的座山雕，应该是那张韧性很强的关系网。不过，这个关系网被董新发狠狠地捅了一个大窟窿，这个窟窿，很可能永远也修复不了了。

一位老法官紧紧握着董新发的手说："从今往后，老百姓'正晌午时说话，不再没有家'了。"

面对请愿的群众，他说："我一个人就够了"

"军队和老百姓，咱们是一家人。"这首歌唱了几十年，道尽了军民的鱼水情谊。但随着和平岁月的延长，这种情谊有时不怎么纯洁了。牟取点部队的利益，发点部队的横财，成了一些单位天经地义的事情。他们哪里知道，军费开支本来就有限，并且是不可挪作他用的。军人也有老婆孩子，也要养家糊口。如果想过军营以外那种稍宽松一点的生活，就试着在保持正常训练的情况下搞一些生产经营，但军人毕竟不是商人，他们没有经商的经验，如果遇上奸商，他们是百分之百地"挨坑"。

黑龙江省的一个林业局，找到驻地某师的门上，说是要修路，需要大量木材，请求这个师承担伐木项目。部队出动了，伐的木头堆成了山。而林业局只将一小部分用于修路，其余的全部卖掉了。林业局因此发了一笔大财，却坚决拒付部队的劳务费。部队告到了法院，结果败诉了，说是部队伐的木材质量不合格，还要赔偿经济损失。要不是董新发，全师官兵汗水白流，还要倒赔12万元，那不成了奇耻大辱吗？

军人在训练场上是不接受耻辱的，在战场上更不接受耻辱，但在和平时期，当他们走出军营的大墙，却偶尔要受到耻辱的舐食。

江城丹东，沈阳军区某团的院子本来不算大，但为了体现"军警一家"，将对外开门的一片房子无偿提供给派出所使用。1992年4月，部队例行清房，有一部分房子空出来了，消息传到派出所，指导员动起了心思，他想把派出所调到更好的房屋里去。接待他的人自然做不了这个主，答应报到团党委研究。几天后的一个中午，驻地附近的群众因琐事发生争吵，结果人越聚越多，眼看有人握起了棍棒抓起了砖头，正好路过的三名战士急忙上前制止。这时，民警来了，他们不追不堵打架者，那位派出所指导员却一声令下，将三名战士抓了起来。

此时的派出所，简直就成了"渣滓洞"。战士被戴上刑具，铐在暖气管上，皮带和拳脚，重重地落在帽徽领花佩戴整齐的绿色军服上，共和国军人的尊严，正在遭受严重的损害。

团领导立即将情况报告军分区。军分区拨通了派出所的电话，请求放人，派出所置之不理。

一位营职军官，平时与派出所还算"哥们儿"，于是"厚着脸皮"到派出所交涉。没想到派出所"不徇私情"，拧着军官的双臂，把他也"请"进审讯室，又是痛打一顿。

部队领导心急如焚。军分区终于把公安分局的副局长请到了现场。

副局长下了两道强制性命令：必须立即放人；必须立即将伤者送医院救治。

到此时为止，4名官兵已被非法拘禁长达4个小时。

医院检查结果：军官被打成脑震荡，一名志愿兵耳膜穿孔，一名义务兵胸积水。

部队依法行事，多次到当地司法机关控告，但地方有关部门20多天没有采取任何处理措施。

这时候，我们的4名官兵还在医院里经受伤痛的煎熬；

这时候，那位派出所指导员有恃无恐，气焰仍然十分嚣张。

部队的职工和家属看不下去了："你们依法行事没有结果，我们为当兵的出这口恶气。"他们自发组织130多人，制作了"解放军见义勇为遭毒打，必须严惩打人凶手"的横幅，要到市委、市政府请愿。更有甚者，有人准备好了推土机，要把派出所夷为平地。

更大的冲突一触即发，情况万分危急。

董新发接到此案，火速赶到案发地。他一下火车，直奔医院。他知道，做通了受害官兵的思想工作，就等于控制了事态的一半。紧接着，他又集合起处在愤怒之中的群众，语重心长地对他们说："我们的国家是法制社会，干什么都要依法行事。请相信，我们的公安机关一定会认真处理这件事情的。我是律师，为受害人讨回公道是我的责任。请你们相信，这件事，我一个人够了。"

他的真诚，使许多在场的人感动得流下了眼泪。几个月后，这起肆意侵害军人合法权益的案件，在董新发的努力下，终于走进了庄严的法庭。

开庭那天，庭内座无虚席，庭外人山人海。有人悄悄说："这也就是打当兵的了，要是打了咱老百姓，还不是白打？"他们真应该感谢董新发为他们提供了一次学习和思考的机会，他们应该明白，在一个法制社会里，任何人都不可以平白无故地打人，任何人也不可以平白无故地挨打，而这两条有一个基本的前提，那就是知法用法。

那几个损害了军人尊严的警察，也同时玷污了人民公安的形象，他们理应受到法律和政纪的惩罚。当这个派出所的指导员被判处有期徒刑一年的时候，当这个派出所的所长受到撤职和党内严重警告处分的时候，他们或许知道了怎样的人才能算得上是一名真正的公安干警。

牵肠挂肚 一个不该了结的案子

董新发自认为在律师战线上还是一名新兵，在有些方面还不如同行。他在司法战线工作了十多年，获得了目前我国律师界最高的荣誉，反倒心里很不安宁。1983年以来，他6次受嘉奖，两次被评为先进工作者，两次被评为优秀共产党员，两次荣立三等功，一次荣立二等功。所有这些，都记录着军区领导和广大官兵对他的工作实绩的赞誉和肯定。但他总觉得比起这些荣誉来，自己做得还太少，想起那些还没有结果的案子，他经常彻夜难眠。

董新发是四川人，却长得一副厚实的身材，那红红的脸膛上，让人很容易读出四川人的那种豪爽和作为军人特有的顽强性格。

他今年46岁，不到40岁的时候，他当过沈阳军区沈阳军事法院的副院长。1989年，军区成立了法律顾问处，任职的，全是一些老同志。军区为加强法律顾问处的力量，进一步维护干部战士和部队企业的合法权益，抽调两名年富力强的军官，充实到律师队伍中去。董新发便是这两名中的一个。

一个好的法官，不见得能做一个好的律师，换句话说，做律师，董新发不是内行。但他刻苦钻研，努力学习，不仅先后取得了法律专业的大专和本科学历，还很快考取了律师资格。

董新发是个律师，但首先是一名军人。"党叫干啥就干啥，干啥就要干好啥"，这种标准的军人气质，在他身上表现得尤为突出。他渐渐成了一名优秀律师，但他并不满足于法庭上的胜利。由于新时期部队基层官兵涉法问题急剧增加，从而制约和影响着部队的建设，困扰着各级首长和机关。依法治军，任重道远，军队律师，责任重大。他认真总结长期的实践经验，主持编写了五本在部队实用性很强的法律书籍，撰写了16篇学术论文。那100多万字的辛劳，寄托着他美好的期盼，他多么希望他所热爱的官兵，在工作和训练之余，能够多掌握一些法律知识、用法律规范自己的言行啊，那时候，我们的军队，在人民群众面前，将是一个更完美的形象。

这是他的期盼，也是他努力追求的目标。他在不停办案的同时，也在不间断地做基层普法工作。1990年以来，他先后深入部队上法制课230多场次，并且每年都利用一个月的时间，到边海防和分散执勤单位，解答法律咨询，帮助部队消除隐患，预防犯罪。

军队是年轻人的世界。年轻人血气方刚精力充沛，年轻人也极具情绪化。用铁的纪律排列起来的年轻士兵，他们天天想的是加强训练，保护国防，渐渐地有点"不食人间烟火"了。他们当兵前不懂得社会，当兵后又离开了社会，在他们的心目中，社会应该像军营一样纯洁，当有偏离想象的信息降临时，他们就难以承受不知所措，如果不及时引导和处理，说不定会有大的祸患。

1993年6月，四川战士小罗的母亲被一税务干部打伤住院。打人者既不探视，也不付医疗费，还要对小罗母亲执行罚款。罗家告到乡里，乡政府无人理睬。

小罗知道此事后，抄起家伙就要回家。

小罗是野战部队的兵，他抄的家伙，可不是棍棒铁锹。

"你怎么可以用违法对违法呢？你现在是军人，难道以后想当罪人吗？"董新发及时做通了小罗的思想工作，同时向当地县政府发函，提出法律意见。县政府接函后，立即成立了由常务副县长领导的联合工作组，对事件的全部经过进行了认真的调查，最后作出三条处理决定：到医院慰问，公开赔礼道歉；对打人者罚款5000元，清理出税务局；把处理结果通报部队。

一起差点引发大祸的事件，一封信却解决了问题，这对小罗来说，有点太不可思议了。他问董新发："他们怎么那么认你呀？"董新发笑了，他拍着小罗的肩膀说："他们不是认我，他们是认法。"小罗大概真正感悟到了法的威力，这个平时不太爱学习的战士，却对法律产生了浓厚的兴趣。

在沈阳军区，官兵学法的热情越来越高涨。人们的法律意识增强了，对律师的期望值反而越高，董新发感到自己肩上的担子越来越重。

干部战士希望律师队伍扩大和加强，这件事，董新发日夜都在思考；如何尽快完善从上到下的法律咨询网络，他也在天天不停地计划着；还有一件事使他时常放心不下，那就是战士刘玉龙家涉及 40 多年前的那桩房屋纠纷案……

男人的眼泪一般是要藏在心里的，可是，当董新发面对一个与家庭共担困境，在上访的日子里，以眼泪充饥，在候车室里过夜的小战士时，他的泪水流过了双颊。

1989 年，刘玉龙的父亲因为 40 多年前土改时分得的住房，40 多年后成为了被告。

原告在法庭上说，其父在土改时，被定为中农。邻居刘玉龙的爷爷借他们家两间半房，后来，刘玉龙的爷爷通过当时的区政府，将原告的父亲定为漏划富农，进而占据了另外 3 间东厢房。原告要求被告退还所占房屋。

刘玉龙的父亲申辩说，他家原来的住房是土改时政府分的，不存在侵占房产一事。刘玉龙的爷爷故去，房屋理应由其子继承。原告家被定为富农，全村人人皆知，是不争的事实。原告要求退房无理。

一审结果，原告胜诉。鉴于原房早已拆除，被告应付原告房屋折款 1500 元，担负诉讼受理费 30 元。

被告不服，上诉到上一级法院，被驳回。

紧接着，法院强制执行判决，查封了刘玉龙家当时的 3 间房屋，刘玉龙父母只好在河边搭一茅草棚，权作栖身之地。

根据《民事诉讼法》第 223 条规定，法院有权查封被执行人应该履行义务的部分财产，但应当保留被执行人及其家属的生活必需品。

刘玉龙的家属无家可归，失去了正常的生活条件，这是法院不该作出的判决。

董新发踏破铁鞋四处走访，不厌其烦地与有关部门联系。他出出进进高级法院，连传达室的工作人员都记清了他熟悉的面孔。

县里他找过了，市里他找过了，省里他也找过了。他的申诉，已引起了有关部门的高度重视。然而，到目前为止，原审法院仍认为原审适当，不可更改。

本来，"二审终结"，这个故事早该结束了。但董新发不愿让它就此结束。

刘玉龙可能并不清楚法律上有个"二审终审制"，但他知道法律应该是公正的，因此，他也不能容忍这个故事就此真正完结。

董新发在刘玉龙身上看到了普法的效果，也看到了一个军人所应该具备的素质——刘玉龙对法律知之不多，但敢于依靠法律维护家人的生存权利，困难面前不低头。董新发，他无法让一个刚刚懂得用法的人对法律失去信心。

刘玉龙的父亲快70岁了，暂且不说原告方土改时的成分是不是属于错案，被告方的原住房是不是属于侵占，就目前而言，一个军人的家属，至少，他是不该没有栖身之处的。

在寒冷的北国，一个战士的父亲，他已经年近七旬了，至今仍住在荒郊野外的草棚里……董新发，你在为他流泪，你在为他奔波，可是，天知道，你最终能为他争到什么样的结果呢？

这个故事，还没有结束。

这个故事，也不该就这样结束！

（1996年2月）

他本是农家子弟，后来上了大学；后来做了教员；再后来当了律师……他现在声名远扬，却还是个农民的样子。

——作者题记

一个优秀律师的情怀

——记首届"全国十佳律师"王松敏

学着再做一次人

这是一个盗窃犯，三次判刑，三次坐牢，妻子要与他离婚，父母也声称要与他断绝关系。他的世界里没有了光明，没有了爱心和关怀，没有了罪与罚的界限和概念，他的精神中只有一样东西，那就是贪婪的物欲。为了这一点，他可以不顾一切，哪怕罪上加罪，哪怕死。他偷偷地准备了工具，暗暗地观察着环境，一个罪恶的越狱计划在他心中悄悄地筹备着……

他真的去实施了，但他没有成功。他犯了脱逃罪，又一次经历了判决。

作为被告的辩护律师，王松敏尽了所能尽到的责任，被告被重新押上囚车，王松敏的任务也应宣告结束了。但是，王松敏站在那里，久久没有移动脚步。此时此刻，回忆所有的过程都是毫无意义的，他想到了这个案犯的未来，他要去关心这个案犯的改造和前途。他认为社会不应该把一个坠入深渊的青年推上绝路，他要用人间的温情去复苏案犯的心灵。

王松敏三番五次地到狱中探视，一遍遍地给案犯讲政策，讲前景，讲社会的呼唤，讲亲人愤怒之下隐藏的真实期盼。他要尽自己最大的努力，唤醒案犯残存在内心深处的那点良知，让他重新变成对社会有用的人，因为，他毕竟还没有罪大恶极。接下来，王松敏又五次三番地去找案犯的妻子和父母，向他们介绍案犯在狱中的进步表现，鼓励他们不要放弃对自己亲人的挽救。经过一段时间的努力，案犯的妻子答应：只要他能好好改造，可以等他出来，不离婚。在王松敏的极力劝说下，案犯的父母也终于答应到狱中探视。他们说："就为了这一件事，你来回跑了不下 10 趟。我自己的儿子，却让你这么费心，俺再不去看他一眼，说不过去了。"

探视那天，王松敏怕两位老人的思想有反复，便叫了出租车去接他们，并以老人的名义买好了送给案犯的衣服、毛巾等生活用品。

案犯终于没有被抛弃。他痛哭流涕地说："原来我一直认为，这个社会上只有管我、抓我、判我的人，没想到现在有这样真正关心我的人。我不报天，不报地，不报父母，也要报答王律师的恩情。为了王律师，我要学着再做一次人！

你就是共产党啊

如果王松敏不修饰不打扮，也不开口说话，恐怕很难有人猜得出他所从事的职业。王松敏因为操劳过度而显得憔悴干黄的面庞上，一道道皱纹如岁月的沟痕纵横交错，那里面装满了庄户人遗传的朴实和善良；他稀疏的眉毛下边有一双不大的眼睛，那里面永远透着一股倔强，那是一个永远不服输的农民的倔强。

王松敏原本是农家子弟，后来上了大学；后来做了教员；再后来当了律师……他现在声名远扬，却还是个农民的样子。

王松敏从内心里贴近最普通的百姓，老百姓也以遇上这样的律师而感到幸运。

陕北的高老汉，一辈子没见过大钱。眼看着儿子一天天长大，穷日子倒也觉得苦中有乐。儿子终于成人了，后生过不惯这酸凄凄的穷日子，他要出去捞世界，让辛苦了一辈子的父亲也见识见识大把大把的钞票。老汉没有阻拦儿子，他想：孩子大了，就像鸟儿一样，总是要往外飞的，要飞就飞吧。但是，他万万没有想到，孩子飞出去，便再也没有飞回来。

老汉的儿子想挣大钱，城里的建筑公司更想挣大钱。人家知道乡下人胆子大，不论多高多险，只要你敢上，还管你什么安全措施，还管你什么劳动保护。老汉的儿子就这样被违章施工断送了性命。

儿子死了，死得连个说法都没有。老汉气不过，擦干眼泪，踩着儿子还未被风尘掩盖的脚印，进城了。

一次，两次，一年多了，老汉破衣烂衫，一身酸臭，在城里人面前自然矮了三分，连话都说不明白了，谁会去管他的"闲事"呢？老汉到处碰壁，都快心力交瘁了，但他心里怎么也咽不下这口气：都说这是共产党的天下，怎么就没有人为咱乡下人说话呢？他东凑西借，又凑了70元钱，准备第三次进城。

老汉要走了。这次进城，与前几次都不一样，老汉望着家中的一切，都有一种难舍难分的感觉。他拉着老伴的手，一句话都说不出来，任凭两行老泪往下滚落。他在心中暗暗嘱托："记住我带的这个钱数吧，七十，如果这次不能起死回生，那就是被活活气死了，老伴啊，你就等着为我收尸吧！"

几天后，有人在街边发现了又冻又饿、近乎昏迷的高老汉。他们听完高老汉的哭诉，告诉他："去找王松敏！"

王松敏接案了。

像这样的案子，王松敏自然不会拿一分钱的代理费。相反，他还自掏腰包，为高老汉解决吃住问题。王松敏给了老汉300元钱，但300元钱很快花光了，这时候，官司还没有立案。如果高老汉离开西安，一是有可能影响办案进程；另外，高老汉怕是再也借不来什么钱，光是来回的费用，都将是他以后的沉重负担。怎么办，再给他钱，他是死活不接了。王松敏想，光是给钱，也不是办法，还是从根本上解决问题吧。王松敏从来不求人，因为他长着农民的骨头，但这次他无论如何要去求人了。他把老汉带到一个朋友开的饭馆里，软磨硬泡要让人家给老人找个活干、找个住处。王松敏面子不薄，人家答应管高老汉的一日三餐，晚上住在店里，权当值班，但是不开工资。

这就千恩万谢了，这样王松敏就可以心无牵挂地为高老汉去奔波了。

五个月后，案子结了。高老汉得到了说法，也得到了赔偿。他扑通一声跪到地上："王律师，你是我的救命恩人，你就是共产党啊！"

告诉咱什么叫公道

王松敏是陕西省和西安市的人大代表，多次被评为省、市优秀共产党员。1990年以来，又先后获全国、省司法行政系统先进工作者和西安市先进工作者、劳动模范称号。1995年12月，被评为首届"全国十佳律师"，尽管如此，王松敏仍然不是声名特别显赫的那种人。在他的律师生涯中，几乎找不出有轰动效应的大案要案，相反，那些连年轻律师都不愿理会的小案子，王松敏干起来却特别带劲。

做律师工作的人都知道，一个案子的难与易，往往与案子的大小是不成正比的，有些小案子，甚至比大案要案还要耗费精力。

就像农民再苦再累也不会放弃土地一样，王松敏在困难面前也从来没有过退缩。

1986年，王松敏代理了一起房产纠纷案。当事人是个农村妇女，没有文化，眼看着父亲解放前挣下的房屋判给了别人，她只知道不分白天黑夜地哭泣。多亏了好心人为她指点，她一头撞进了王松敏的办公室，一边哭喊着冤屈，一边就跪在了王松敏的面前……

原来，这女人一直就住在父亲留给她的15间房屋里，据老人们讲，那是她父亲解放前与人合开粮行挣下的。忽然有一天，表姐拿着一张遗嘱，声称早在解放前舅父就已将全部15间房屋赠给了她，因此，该房产继承权应属于表姐而不是表妹。到法院打官司，法庭只相信表姐的"证据"，而不相信表妹的眼泪。一审结果，表姐胜诉。

王松敏接下了这个案子的二审代理。他知道，当他将跪在面前的农家妇女从冤屈的泪水中扶起的时候，他就已经从内心里担负起了为这个无依无靠的人讨回公道的责任。他直觉地相信他的当事人一定会赢得这场官司的胜利，但这个案子注定也会使自己付出极大艰辛。他明白，对方有凭有据，要想赢得官司，除非将对方的证据全部推翻。他去了县档案馆，一查就是五天，毫无收获。他只好去找知情人了，但谁愿意站出来为一个没有文化的弱女人说句话呢？他提着简单的铺盖，干脆在当事人的村子里住了下来。

一身庄户人穿得惯的装束，一副庄户人看得惯的举止，一口庄户人听得惯的话语……王松敏，一个从农民中走出去的律师，又重新融入到了农民之中。整整一个星期，村上20多名70岁以上的老人，都熟悉了这个新的"老伙计"，他们信得过这个实诚的年轻后生，于是，几十年前的话题，很快在老人们中间活跃起来。夜深人静，王松敏独自坐在灯下，将这些零散的回忆进行认真地组合衔接，终于，明显的漏洞被发现了：所有的回忆都证明，那房子直到土改时是20间，而土地证上写着15间，是现在的数目。很显然，土地证是后来伪造的。那么人证呢？正在这时，那位"表姐"的一位堂叔推门进来了："王律师，真是难为你了……你一分钱不收，一点利不图，就是为了告诉咱乡亲们什么叫公道什么叫法……咱庄户人可不能坏良心哪，实话跟你说吧，那土地证是伪造的，还有那张遗嘱……"

原来那遗嘱也是伪造的。"表姐"请邻村一位写字先生，用毛笔写好了遗嘱，放在煤油灯上熏，又放到炕席底下压了几个月……王松敏去找那位老先生。他刚一进门，未及亮明身份，老先生就迎了过来："不用说，你就是王律师……我做了亏心事了……"

铁石心肠也流泪

人们喜欢王松敏。尽管他有些傻，经常赔钱打官司，经常接那些别人不愿接的刑事和民事案件……与王松敏接触少的人，只能感觉到他的真诚和体贴。接触多了，才知道在他那抹不掉的农民的憨实后面，埋藏着多少机敏和智慧。王松敏一说话，你就会发现他的语言是多么连贯流畅，思维多么清楚敏捷，这是跟他做律师之前的工作与学习分不开的。他在大学里的专业是数学，在学校任职的是数学老师。数学，给了他严谨、严肃的工作品格。

王松敏超负荷工作是出了名的。他特别能吃苦。他吃起苦来那种质朴劲儿，让铁石心肠的人也能流出泪来。

1993年晚秋，一天深夜二时。一厂家和周围村民因基建问题发生对抗，大风大雨中，村民集合近百人用推土机、拖拉机堵住工厂门口，使工厂无法生产，一批重要外运产品也被阻滞在厂内送不出去。工厂为了保护财产安全，也组织了近百人的护厂队。两方相持，情况十分危急。王松敏接到电话，翻身下床，推起自行车往20多里外的现场奔去。一路上，天黑路滑雨骤风急，王松敏不知摔了多少跟头，也分不清是人骑车还是车骑人，他一身泥水，一身疲惫，终于站在了对立的双方群众面前。

　　工厂的群众自然都认识他们的法律顾问，村民们也听说过这个"最讲公道"的大律师，王松敏往那里一站，双方对立的情绪就减轻了一半，接下来的事情就好办多了。

　　也是1993年，六月骄阳下的一个星期天，王松敏一大早准备去医院照看妻子，被一家公司的领导堵在了家门口。这家公司与下属的一个集体单位发生纠纷，下属单位60多名职工锁了公司的大门，断了公司的水电，扣押了公司的汽车，使公司连续半个月不能正常工作。按说，这件事属于公司内部矛盾，王松敏可以不管，但公司领导找上门来，说明企业对法律顾问的信赖。王松敏接受委托，出面调解。他从法律的角度，结合该公司的实际情况，耐心细致地做职工的思想工作。他一拨儿一拨儿地询问情况、交流看法，动之以情，晓之以理……至第二天早上7点，问题已基本得到了解决。职工们都在议论这位王律师多么负责任多么讲道理……突然，他们发现，王律师已经晕倒在地上。这时职工们才想起来，王律师解决他们的矛盾时，他们可以轮流吃饭和休息，而王律师已经一天一夜没吃没喝没休息了。此情此景，在场的群众都被感动得流下了眼泪。"咱们在这里争多争少，可人家王律师为了啥？"他们既后悔又惭愧，主动地打开了公司的大门。

别坏了我的名声

　　王松敏有一副柔肠，那柔肠挂在他的脸上，更贯穿在他的日常活动里。

　　有人说见了王松敏就有一种见了"老乡"的感觉。那些来自山区的农民、那些来自不同岗位、无权无势、无依无靠的老百姓，干脆就把王松敏看作政府派下来为老百姓主持公道伸张正义的"共产党的干部"。

"王松敏的脑子里，整天装的都是工作；他没有家，更没有他自己。"王松敏爱人的这句话，饱含着一个女人对丈夫的抱怨和疼爱，同时也反映出王松敏的一贯为人。

一家绒布厂，被一"皮包公司"骗去价值12万元的绒布。王松敏坐不住了。他刚从外地出差回来，特别疲劳。但他顾不得休息，连夜赶到河南，当即不停地奔波。绒布追回来了，而王松敏却由于过度饥饿和劳累，晕倒在马路边上，被过路人送进了医院……

某公司由于收不回货款，一连半年给职工开不出工资，致使人心浮动，秩序混乱，企业面临倒闭的危险。公司请求王松敏出面催收货款，而此时的王松敏被怀疑患了"癌症"，肋骨两侧异常疼痛。他吃不下饭，睡不好觉，稍微活动便是一身虚汗。然而，为了工厂生产和职工生活，也为了这一方社会的安定，王松敏哪还顾得上住院治病呢？他拖着病体，忍着巨痛，一次就收回50万元货款……

有一年，快过春节了，王松敏的妻子咯血躺在医院打吊针，连上厕所都不能自理，王松敏却没有时间去看妻子，医院的大夫生气地问她："你家还有没有亲人？"

与此同时，在另一家医院，医生也在问王松敏："你是谁的亲人？"

就在那天夜里，律师所一位青年律师病重，王松敏急忙将病人送进医院。病人不能走路，王松敏就背着病人楼上楼下做检查；病人吐了他一身，他一点都不在乎；病人动手术，他在外面等了七个小时；病人住院，他又一连守了三天三夜。医院的大夫诧异地问："你与病人是什么关系？"

王松敏做律师已经15年了。15年来，他一天也没有忘记农民的本色。他喜欢为最普通的百姓伸张正义，由此路子宽了，名气大了。这些年，找他办案的当事人和请他做顾问的企事业单位越来越多，自然，登门致谢和送钱送物的人也越来越多。

一外贸单位因为王松敏代理诉讼、挽回经济损失200多万元，经单位正式开会研究，决定给王松敏1000股股票，王松敏没有要。

有一家建筑公司借看望王松敏母亲之机，留下2000元钱，王松敏当即退还。

另一个单位因王松敏的工作免交了 20 万元的赔偿，几次送来酬金，都被拒绝。后来，他们在王松敏爱人上班的路上，硬送给她一辆"木兰"牌轻骑摩托车，结果，还是被王松敏送了回去。

王松敏对他们说："你们如果真的感激我，就别坏我的名声、砸我的牌子，否则，我以后就无法为老百姓办事了。"

王松敏本来是农民出身，对金钱、对名利，他没有多高的企求。在他看来，是社会培养了他，是人民养育了他。社会能够因为他的工作增加一些光明，人间能够因为他的工作减少一些痛苦，这是多大的幸福和快乐呀！这种幸福和快乐，是用多少钱也换不来的。

律师的脊梁

王松敏面前摆着一桩公诉案，他的当事人已被一审法院分别判有"行贿罪"和"受贿罪"。

1988 年，河南省一个乡办云石矿因产品滞销，到西安市寻找客户。他们遇上了西安某厂的业务员，恰巧，这个厂需要云石却难寻矿源。两个工厂一拍即合。合作后，乡云石矿增收上百万元，而西安方面也因降低了生产成本取得了很好的经济效益。这桩好事，使乡云石矿的职工们十分感激。他们决定，委托一名副乡长带 7000 去西安感谢工厂的业务员。工厂业务员不敢接这笔钱，但又怕驳了乡云石矿的面子，便勉强把钱收下，转天交给了业务科长。

没想到，这事被捅到了法院。法院判处"行贿""受贿"罪成立后，王松敏接受了被告的委托，并在以后的庭审中为他们作了无罪辩护。

人们都说王松敏特别能吃苦、特别能干事，这一点，不仅仅表现在他的工作中，还表现在他对法律知识的不断补充和追求上。王松敏工作很忙，经常忙得没有时间休息，没有时间吃饭，多次因为饥饿和劳累晕倒在工作现场。但他从来没有放松过学习，不管多忙多累，每天必定挤出一个半小时充实自己。王松敏在刑事辩护中，有 11 人被无罪释放，60% 以上的人被减轻处罚。谁都知道，王松敏靠的绝不仅仅是热情，他如果没有丰富的法律知识，就不可能获得现在这样令人瞩目的成绩。

王松敏能为被一审法院判有"行贿""受贿"罪的当事人洗雪罪名，就是因为他对社会主义市场经济发展过程中复杂的法律关系的准确把握。

王松敏接受代理后，立即去河南调查，发现那个乡办云石矿在和西安某厂成交之前，其产品还不曾有过市场。王松敏认为：副乡长受工厂委托送出的7000元钱，完全是出于持续发展的用意，自己并未从中得到任何好处。他不是为了谋取私利，也不是为了倾销伪劣产品，事实上并未构成对国家工作人员施以贿赂的性质。而工厂业务员已及时将款项上交了领导，也就排除了受贿的可能。王松敏为被告作了无罪辩护。

这个官司打得很艰难很长久。期间有人放出风来，说王松敏接受了被告两三万元钱，还说王松敏有私心，想借此案扬名。

一个合格的律师，从来不会被案件以外的事情所干扰。当然，坚持真理，总会让一些人没有面子，而一个有"正义"感的人，是不可能为了保全某个人或某个部门的脸面而丧失良知的。王松敏没有理睬那些蓄意制造出来的谣言。群众也从来不相信这些谣言，因为群众知道，如果这些人能抓住一丁点儿事实，那他们就绝不只在人群中散布了，他们早就充分地运用法律的力量将他们的这个后患绳之以法了。

王松敏挺直了腰杆，跟着这个官司一直走到了高法，最后，还是以无罪判决而告终，让人们又一次看到了一个优秀律师的脊梁。

（1996年5月）

生命的诠释

——记首届"全国十佳律师"马军

在离云南省城昆明很远的山路上，行驶着一辆疲惫的汽车。车身满是泥土。挡风玻璃上，落满灰尘，落满露水，刮水器划过去，划出一片模糊，划出一片睡意朦胧。

汽车在一个路边小店前停下。

车主人走进小店，要了一碗米饭，要了一盘菜一碗汤。然后，他趴在桌子上，呼呼地睡着了。

上菜的声音吵醒了他。他睁开眼睛，看见菜肴几乎摆满了桌子。

"这不是我的……"他不解地喃喃着，要离开这张桌子，被老板重新按在了椅子上。

"这应该是你的。"老板说，"你是不是人称'云南老五'的大律师马军？"

马军的名字很响，响到这路边小店，响遍云南，响及全国。

马军的故事很多，传说很多……"云南老五"这个名字，体现了百姓对马军的崇敬和信任，意思是说：在云南，论声望论影响，除了党委、政府、人大、政协，就数马军了。

马军掏出钱来，老板执意不收："你敢替老百姓打官司，你是个大好人……我不收你的钱，你什么时候来，我都不收你的钱……"马军说："你要那样，我还怎么做律师。"

快速填饱肚子，马军又要上路了。他的时间，你比金子还宝贵。他走

27

出小店，眼前的一切又一次使他惊讶——汽车已被冲洗得干干净净，柔和阳光洒在光洁的车身上，温暖着马军的心。

马军上路了。前面，数不清的工作在等待，数不清的考验在继续……

摸一摸你的良心

有一件令马军永远也忘不掉的事情：那是几年前，一位朋友患了重病，万念俱灰，只等着死亡了。马军去看他，未带任何东西，只写了一句话："你需要战胜的不是疾病，而是你自己。"朋友的太太天天对着高度昏迷的丈夫念这句话，三个月后，奇迹出现了，病人从病房中走了出来。

马军特别感谢这位朋友。因为他更准确地验证了"战胜自己"的伟大真理。

世界上再也没有比战胜自己更难的事情了——

一桩"通天"大案，摆在马军的案头，也重重地压在他的心上。

被告是一位副厅级干部，名叫张长元，被控与一位著名画家合伙，以占用私人住宅补偿为名，制造假合同，诈骗万元公款。

此案一出，上下震动。由于被告位高权重，承办机关立即将案件上报中共中央。很快，材料转到了当时的中央一位主要领导人手里。这位两袖清风的领导人，向来容不得党内有丝毫的污浊，他当即批示："严肃查处！"

案件一通天，立即成了大案要案。而正在这时，作为省司法厅律师身份参加联合调查组的马军，经过艰苦的查证，在市档案馆查到了一批18年前的文件，证明当时昆明市有关部门确实有过给住宅地占用补偿的事实。而这一关键事实，足以将原来的结论完全推翻。

在我们这个国度里，要翻一个"通天"大案，几乎是谁都不敢想象的。更何况，中央领导人作了批示，这个案件就不仅仅是大案要案了，它同时又成了党内事务，而党内事务不是哪个人都可以干预的。

明天，是个非同寻常的日子——既然马军掌握了关键证据，省委决定，召开专门会议，听取马军的汇报。

明天的一言一行，也许就决定着马军以后的前途。

这一夜，马军失眠了！

他怎么也忘不了，10岁那年，在大军区工作的父亲给他改名为马军，告诉他，你是军人的孩子，长大也要当军人。那个时代，军人，代表着正义和荣誉。

16岁时，马军真的成了军人，成了一名优秀的火箭炮兵。7年的军旅生涯，造就了马军的坚强性格顽强毅力，也培养了他的道德品质……

他怎么也忘不了，他考上北京大学以后，正义这个词汇给了他更准确更严谨的解释。于是，人们经常看到，经济系的马军时常坐在法律系的教室里。

要毕业了，同学们围着他，纷纷赠言：马军，请记住，如果你当了律师，你办理任何一个案子时，都有我们注视的眼睛……

他怎么也忘不了，他刚被分配到省司法厅不久，领导们就看出了他的心愿，他想当律师，领导很快批准了他做兼职律师的请求；他想获得更多的知识和经验，领导两次送他参加司法部组织的律师培训班……

他怎么也忘不了，第一次出庭，是他的同事——律管处的全体同志，与他一起研究分析案情，逐条逐句帮他拟定辩题纲要……

……

过去的马军，从部队军营到大学校园，他以自己所理解的正义，不停地与坏人坏事做斗争，几十次受到表扬，也几十次受到批评。如今，当他拥有了真正意义上的正义武器的时候，现实却不得不让他陷入了一种尴尬。

按照通常的道理，这时的马军还吃着"皇粮"，是代表一个组织参与此案，他有责任维护集体的统一。但是，一个正直、有良知的人，一个血气方刚、有着严格的做人标准的人，他不可能亲自参与制造一起错案或者眼看着一起错案即将发生而不予纠正。尽管他已经有了替被告说话、帮坏人说话的"坏名声"；尽管不久前他刚被某法院通报为"不支持法院工作"的典型……但他丝毫不敢改变自己的信念。

如果一个人在真理面前只考虑自己的得与失，这样的生命，存在便是耻辱。

他决心已定。他要再一次检验自己生命的质量。

此时的马军，不知为什么，特别想听到一些熟悉的人的熟悉的声音。他拨通了一位老领导的电话。那边传过话来："我已经到你那里去了。"马军打开房门，这位老领导已经站在了他的面前。

"怎么样，马军，准备好了吗？""准备好了，只是……想听您说几句……"

这个时刻，两个人的眼睛都是湿润的，一老一少相互注视着，每字每句都饱含着真情。

"我没有什么可说的，只有一个希望：无论什么时候、做什么事情，都要摸着自己的良心。"

不用再说什么了。两个人相互凝视着，相互沉默着，只有心灵在深刻地交流。

夜很深了，老领导要回去了。

两个人走下楼来，在路灯下告别。这时，黑暗中一群熟悉的声音在呼唤马军的名字。

马军听见了他们的声音，也看见了他们。他激动地一句话也说不出来。

"马军，你瞧，你那些律管处的兄弟都来看你了。"

"你们……一直都在这里？"马军的声音有些颤抖。

"我们不愿在这关键时刻打扰你，只能悄悄地站在楼下，默默地注视着你的窗子，用心灵感应你，我们想，你一定能感觉到……"

马军的眼泪顿时涌了出来。

省委会议室内。

马军的汇报一次次被打断。火药味异常浓烈，尤其是调查组的一些人，几近暴跳如雷。汇报无法继续进行。面对火爆的场面火爆的人，马军满腔热血往上涌。但他没有冲动："这是党的会议，作为共产党员，大家权力平等。请你们尊重党章。"马军义正词严，会议继续进行。有人要马军交待发言的动机，马军毫不退缩，"我的动机很明确，'文革'早已经结束，我们的党，我们的国家和人民，都不允许再出现冤假错案。"

此案最终得到了公正解决。

消息传到北京，那位中央领导人"呼——"地站了起来："这个马军，胆子好大，腰杆子好硬！"他也有些后怕，"要不是这个好后生，我要留骂名的。"

马军的腰杆子的确很硬。在权势面前，在金钱面前，在真理面前，在法律面前——而支撑他的腰杆子的，是良知，是许多人体会不到的做人的准则。

马军的名气很大，号称"云南第一大律师"，每天都有人排着长队要见他，而见他就跟见省长一样难。马军在北大学的是经济，对经济类的案件办得得心应手。但由于他心中装得最多的还是那些最普通的百姓，所以往往是这边排着长队求见不成，而那边，一些最需要法律援助的贫苦院落，马军却主动走上门来。

"你救救我弟弟……他是被冤枉的，他没有杀人……"

这是一个凄惨的故事，多少年过去了，谁提起来，都还会觉得伤心……

这个家庭的父母很早就去世了，两个还不太懂事的姐姐担负起母亲的责任，把小弟弟一天天抚养成人。

有一天，小弟弟照看地摊儿。地摊儿上有人打架，打出了人命，小弟弟稀里糊涂成了杀人犯。

"穷人祸事多"，这个家的天又塌了。他们没有一点势力，没有一点依靠，姐姐只有一个弟弟，弟弟被抓起来了；弟弟只有两个姐姐，姐姐已经哭得没有了力气……

"如果救不了弟弟，我们怎么对得起死去的父母啊！"

马军把官司打赢了。弟弟又重新回到了姐姐的身边。

两个姐姐找出来一个大提包，把家中所有的钱全部装了进去。10元的、几毛几分的……她们把包装满了，究竟有多少钱，自己也不清楚。她们来到马军的办公室，悄悄把包放下，转身就走。马军发现了，立即叫人把姐俩追了回来……

"马叔叔，我们怎样报答你呀……"

"想知道我要怎样报答的吗？"马军说，"我为你们这样需要帮助的人服务，难道不是对父母、领导和同事朋友的报答吗。"

两姐妹似乎听明白了，马叔叔是说：要好好做人！

如果以办案的技巧和数量衡量马军未免有些浮浅。马军的执业活动，

31

马军的每一次代理和辩护，几乎都代表了一种精神，代表了一种人格和品质。

事业上取得了成功，马军想得最多的是他的领导、同事和朋友，想得最多的是生他养他的那片红土地。他尤其感激云南各级党政部门对他工作的支持，他常说：要说成功，那是有云南律师业发展的大环境。没有这个大环境，我马军不足挂齿，更不可能有今天的成就。

别对我宣判

大环境是要靠自己去创造的。

当马军取得了辉煌的成绩、受到政府和人民高度信任的时候，人们也还清楚地记得：这个明知自己心脏有病、明知自己不定哪天会闯下大祸的马军，为了正义，他不停地奔走呼号，不停地据理争辩……为此，他曾被流言污蔑为专跟云南省作对的人；他曾经受到过公安机关的立案侦查；他还被省纪委廉政小组调查过……

别对马军宣判！——这是发自群众内心的呼声。

在律师圈子里有这样的话：不管什么官司，法官不能得罪；不管什么官司，涉及政府就难缠。对此，马军的准则是八个字："依法办事，无私无畏"。80 年代中期，马军在玉溪市法院曾为 3 起案件进行无罪辩护，当地法院坚持宣判有罪，被告不服，在律师的帮助下依法申诉，最后上级法院依照司法监督程序，3 起案子都推翻了地方法院原判，宣判无罪。当时有人提醒马军：这下你可把玉溪法院得罪了，以后小心点。马军一笑置之说："如果真是得罪了法官，那我也是依法得罪。"事后玉溪法院不仅没有与马军结怨，反而相处得十分融洽。

一般而言，律师与法官有矛盾，有争执，但双方都以维护法律尊严为行为准则，最终容易一致。而有些部门、有些地方官员，出于维护本地区、本单位利益，一旦律师不顺从他们，就会以权压法，仗势欺人。1993 年思茅地区从福建省汕头市招商引资 3000 万人民币进行项目开发，资金到位后大部分被思茅地区挪作他用。汕头方面追款不成，只好请马军出面向思茅地区索赔。开始马军想通过调解了结双方的矛盾，但思茅主管此事的负责人不接受，无奈之下，只好诉诸法律，对簿公堂。被告认为，这是在自己的地头上打官司，怎么也不可能败给对方。他们上下活动，找门路，拉关系，马军的压力大了起来，法院的一位领导甚至对马军说："你要注意，思茅对你很有意见。"马军很冷静、很沉着，但却出言不惧："如果怕这些，我还当什么律师。"开庭后，马军侃侃而辩，有理有据，被告一败涂地。法院判决被告除偿还原告3000万元本金之外，还要向原告赔偿全部损失。

不畏权势，不惧豪强，唯真理是从，唯法律是依，是马军的品格。为了公正，他替一位国民党元老的后代打了14年民事官司，胜诉后分文不取；为了尊严，他对几十万元的馈赠毫不动心。他所求的，只是伸张正义。

马军一步一个脚印，以自己不懈的奋斗，为我国的法制建设贡献着全部的精力，赢得了社会的普遍赞誉。

谁都没有对马军宣判，谁也没有权力对马军宣判，相反，马军的道路越走越宽广了。他的"官司"一场连一场，胜诉一次接一次……马军的"打抱不平"，马军的滔滔雄辩，引起执法部门的高度重视，许多检察官都喜欢在法庭上与马军作一番"较量"；许多法官也喜欢承办有马军出庭辩护的案子。遇有典型案例，检察院、法院、公安、税务、工商等执法部门还专门组织干部到庭旁听、观摩。许多公诉人说：与马军辩案，无论谁胜谁负，办案质量都比较高。

马军感谢云南给了他一个可以充分施展才华的大环境，但无疑这个环境也是靠他自己的努力争取来的。

作为云南赫赫有名的大律师，马军没有为声名所累，侠肝义胆依旧。他说他接案子没有一定的价格标准，经常会凭感觉，或者说凭缘分。有些案子在别人眼中小得不屑一顾，但他出于维护正义，照接不误，甚至分文不取。

1993年，他因身体不适住进医院，一位50多岁的农民老太太费尽周折终于找到了他的病房。

这位老太太有一儿一女。儿子1991年考上了大学，女儿1992年又考上了大学。接到录取通知书的当天，女儿站在自己家门口梳头，被一个没有驾驶执照的汽车修理工开着正在修理的汽车撞死了。老太太的丈夫到处告状，要求惩办交通肇事者，很长时间告不下来，而且到处碰到的都是冷冰冰的面孔。老头子气极生火，对法官说了几句不太好听的话。法官要推他出去，双方互相推擦，就此，法院以干扰法院正常秩序为由将其拘留、罚款。

马军听了以后，心潮难平。他知道，所里为了能让他安心养病不知为他挡了多少驾，可他怎么能眼看着有人有苦无处诉有冤无处申呢？他对家人说："为了那些无助的人，千万别再把我送进医院了。"

马军不愿进医院还有一个重要的原因：他知道自己的身体状况，所以不愿做细致的检查，不愿听到医生对他的宣判。

马军不愿听到医生的宣判。可马军的亲人、同事和众多热爱着他的百姓都希望医生尽快将马军"收容"起来，他需要治病，需要调养，需要休息。

这次，他是无可奈何地住进了医院，当听到农村老太太家的遭遇后，便当即"溜"了出来，直奔农民家中。

马军带病出庭。他的当事人被拷着双手押了上来。马军拍案而起，严正指出法院的错误，要求立即解除对原告的司法拘留。他融情于法、有理有据，使办理此案的法官受到很大教育。肇事者依法受到惩处，受害者的权益得到了保护。事后有人说："老太太不惜找到医院也要请出马律师，真是找对了。"老太太说："其实我找了很多律师，他们都说，这样的案子，原告都给抓起来了，除了马军，谁敢接！"

请他出山

1987年，云南省开远市乡镇企业供销公司承包人张彩凤被指控犯有贪污罪。她有口难辩，求告无门，鬼使神差地拨通了云南省电话长途台。

"要哪里？"接线员问。张彩凤愣住了，要哪里？我自己都不知道要哪里。

"请问，您要哪里？"甜美的声音在追问。

"我……我要云南最好的律师。"

"好的。"接线员熟练地把电话接到了马军的办公室。

当时，国家正在试行联产承包责任制，马军抓住此案承包的特点，认真研究分析了法律与政策的关系以及国家推行联产承包责任制、发展经济的主导思想，认为张彩凤提取承包利润的行为是符合法律规定的，是应该坚决兑现和表彰的。但法庭依然对张彩凤作出有罪免刑判决。

判决作出不久，张彩凤所在单位的党员们举手通过接收其入党。

执法部门认定的罪犯，基层党组织却吸收其入党，这种现象，使马军感到肩上担子的分量。他依法向上级法院申诉，经过艰苦努力，此案又开庭审理撤销了原判，宣布被告无罪。

此事引起云南省的高度重视。在各级党政领导和《云南日报》的关注下，"张彩凤命运"在省级及中央级报刊、广播、电视相继刊播，在云南全省引起强烈反响，并引出一场波及党政机关、执法部门、企事业单位的法制大讨论。由此，1987年被定为云南省法制教育年，云南省的法制建设因此迈进了一大步。

在张彩凤案中，马军以"铁嘴"而名扬滇南，他以超人的胆识托起了一只"腾飞的彩凤"之后，张彩凤当选"劳动模范""三八红旗手"。

1989年，云南省有四名在当地颇有名气的律师被指控犯有贪污受贿罪，被送上法庭。这四位律师都委托马军担任他们的辩护人。律师为律师辩护的案件格外引人注目。马军以惊人的毅力，奔走于省内外调查取证，在法庭上，他以确凿的证据分别为四名律师作了无罪辩护。结果，四名律师都被宣告无罪。

1994年3月，昆明市中级人民法院审理一起震惊全国的制造假"红塔山"烟的特大诈骗案。身为云南玉溪卷烟厂常年法律顾问的马军，敏锐地看到罪犯的行为不仅是诈骗，而且还构成了商标侵权。于是他及时建议并代表玉溪卷烟厂向法庭提起附带民事诉讼。最后，法院依法判处罪犯支付100万元侵权赔偿费，有力地打击了假冒伪劣产品的制造者，有效地维护了企业的合法权益。

……

在云南许多的重大复杂的案件中，人们几乎都能看见马军的身影。许多企业家，甚至省内外的客商，还有那些地处偏远的城镇、乡村，一旦遇到难以解决的重大纠纷，他们首先想到的，就是找马军。

云南是一个边疆多民族省份，马军是回族人。1993年，云南通海县，回族村民与蒙古族村民发生了一起数百人参加的大规模械斗，双方互有死伤，执法机关依法拘留了两方肇事者。为了打赢这场官司，他们都找马军做代理。马军深知，官司的后面一场更大规模的械斗仍在酝酿着。他凭借着自己在少数民族中较高的威望，在两个村之间来回奔走，巧妙地将法律融于民族宗教之中。他首先来到回族一方，在清真寺，他走到经师的位置上，向阿訇、师傅们讲情、理、法的"三字真经"，使教民们茅塞大开，一位师傅说："咱们回族能有马军这样的大律师，是真主的赐福。"经过一段时间的工作，双方握手言和了，许多少数民族同胞都把马军当作了自己的兄长、朋友。谁会想到，一场还在酝酿着的更大规模的械斗能被马军化解得如此祥和。

马军执业 15 年，代理了许多重大案件，其中被云南省定的 17 个大案要案中的 10 个案件，被昆明市定的 10 个大案要案中的 8 个案件都是由他代理或辩护的。马军所到之处，胜利的凯歌总伴随着他。但马军毕竟是社会的马军，人民的马军，他为正义而战，为维护法律的尊严而战，如果有人真正损害了国家和人民的利益，纵然倾出金山银山也请不到马军。

作为云南律师界知名度最高的律师，马军认为，参与办案，能在法庭上活动，并不是律师工作的优势，而这正是它的局限性。律师最大的优势、最大的活动天地，是用他的法律知识和实践活动为当事人提供多方面的法律服务，在这一领域里，律师的能力、才华、学识可以最大限度地发挥。现在马军不仅是云南一些政府机关的法律顾问，还是占云南财政 70% 的云南烟草公司、云南五大烟厂的法律顾问，他们的全部经济活动都在马军的法律服务范围内。难怪云南有群众戏称他是在党委、政府、人大、政协之后的"老五"。

马军不仅是个好律师，还是一位社会活动家，他认为在全社会提高公民的法制意识，不仅是司法官员的责任，也是他的职责。三年前他在云南大学出资 30 万元，设立了马军奖学金；作为客座教授，他除在云南大学法律系上课之外，还经常到机关、部队、学校、企业宣讲法制，从不要一分报酬，他认为这是一位律师对社会应尽的义务。

现在这位闻名云南的"老五"，要做的事实在太多了。他要坚持读完北京大学的法学硕士，拿到学位；他还要作为中国的法律事务代表，参加中英合资在云南建企业的谈判；他接受了北爱尔兰王国的委托，为湄公河开发债券在国际上市提供有关中国的法律和政策咨询；他还应日本方面的邀请，到东京设立他执掌的律师事务所的办事处……

展开我们的希望

马军的眼睛总是朝前看的。

谁的人生都不是一帆风顺的，马军也如此。如果说马军的成就比别人大，那是因为他比别人经历了更多的曲折；如果说马军的生命比别人辉煌，那是因为他比别人付出了更多的艰辛。

一个眼睛总盯着明天的人，他的追求是永不止步的。

1992年7月，刚过不惑之年的马军审时度势，勇拓新路，毅然辞去公职，创办了全省首家不占国家编制，不要国家经费，自负盈亏的合作制律师机构——云南律师事务所（后改名为震序律师事务所）。

马军带领他的同事们白手起家，开始了艰苦的创业。以快节奏、高质量的法律服务，赢得了社会各界的信赖。云南律师事务所很快就以其独特的名气雄居云南律师业的榜首。坚持求实奋进，提倡高度自觉，实行赏罚分明，是马军的基本领导方法。马军认为，作为一个律师，应坚持原则，廉洁办案，要有高尚的情操、道德和律师风貌。拒收当事人财物，在云南律师事务所不知过多少次。但一旦出了"家丑"，马军决不护短。一次，一位律师私下收取当事人300元礼金。马军眼睛一瞪，除令他马上把钱退给人家外，还叫他在全所大会上公开检查，并将其律师证当众收缴。马军这样做是为了律师的神圣使命，为了那些比金钱还宝贵的声誉。

两年以后，马军筹建、创办的云南律师事务所已发展到18人，在15个律师中有6人是高级律师。在马军的领导下，他们为昆明市政府、云南省委机关报刊、省烟草公司及五大烟厂等150多个党政部门、企事业单位、三资企业担任常年法律顾问。几乎承包了云南所有重大的司法案件的代理、辩护，为委托人挽回了应有的经济利益及避免了巨大的经济损失。现在这个所的业务已触及市场经济的各个领域，如公司设立、企业股份制改造、产权交易、金融、证券、期货、知识产权等法律业务，并已从省内扩展到省外及港、澳、台和东南亚等地区和国家。在广阔的业务领域里，他们以优异的成绩打下了坚实的经济基础。他们注重资产积累，创办律师事务所仅两年，事务所面貌已焕然一新。办公条件优越，电脑、传真、复印机全部配套，基本每人配备一辆汽车，全所人员每天免费就餐，每个律师除了具有人身、养老、财产保险外，还为每人买了一套住房，安装了电话，新的办公楼已拔地而起……

但马军并不满足，他把目光投向了未来。

马军做好了被人超越的思想准备，并且积极地为后来者创造超过他的机会和条件。他的肩膀很宽厚，扛得起搭着今天和明天的梯子，经得住后来者背负着希望往上攀登。他出资 10 万元，将 12 名律师送到北京，参加全国证券法律业务培训。一个律师事务所有 12 名律师获得此资格，这在全国同行中居于首位。马军还投巨资，送本所尚未取得硕士学位的 12 名律师上了研究生班。各种高层次的培训，马军都不惜重金率队参加。并派律师到美国、日本及周边国家考察、深造和开拓新的业务领域。马军背负着强烈的使命感，为维护国家法律的尊严，为保护公民和法人的合法权益，为自己追求的事业不停地奔忙。马军的知名度越来越大，国内外许多大公司、大企业争着抢着聘他为常年法律顾问。马军的脚下展示了一条绚丽多彩的路。他要不停地踏出一条新路，他要争当世界一流律师，他要永远为律师业的发展奋斗搏击。

政府和人民寄予了他充分的信任和厚望。马军现为云南省律师协会秘书长、云南省法学会常务理事、云南省青年联合会常委、中华全国律师协会常务理事、亚太律师协会会员。马军的名字，随着他事业的成功，不仅在云南家喻户晓，而且影响到了省外乃至港、澳、台及东南亚国家。但他仍然怀着对律师事业的无限热爱和愿为国家民主与法制建设奉献自己毕生精力的信念，怀着对人民大众的赤诚之心，在法制事业的广阔天地中更加勤奋地耕耘着！

通过马军，通过马军们，我们看到了明天的希望。明天从昨天和今天走过，而明天是一轮新的太阳……

（1996 年 6 月）

东北汉子

——记首届"全国十佳律师"王海云

写王海云的人很多，但几乎所有写王海云的人最终都有一种失望，一种痛苦，他们问："王海云究竟是个什么样的人？"他们接着问，"我们的笔为什么写不出真正的王海云？"

一次次追问之后，我们终于明白：王海云做事用的是心，而我们写文章用的是笔。我们没有走进王海云的心灵，我们便无法找到王海云的真谛。——我们的笔，在王海云面前无能为力。

在台上做报告的王海云，双眼不停地寻找二十多年前的一个人，这时候，一位老管教流着眼泪冲到台上："这不是王海云吗？这么多年，你到哪里去了……"

1936 年农历 2 月 17 日，一个新的生命在辽宁省新民县一个偏僻村庄里诞生了。这个生命注定要在海水中颠簸，在云雾中翻滚。也许是命运的巧合，他的父亲为他取的名字就叫海云。海水没有平静过，云雾没有安宁过，大悲大喜、大起大落从来没有停止过对王海云命运的纠缠。

1957 年，王海云怀着当一名作家的梦想报考了吉林大学中文系。可是，他却被吉林大学法律系录取了。就这样，他的一生便和法律结下了不解之缘。

1961 年的冬天，是王海云大学生活的最后一个寒假。学校要求学生利用寒假做社会调查。而这一个寒假的社会调查，对王海云来说应该是太深刻了，他甚至不必走出家门就能看到整个社会的苦难。

春节到了。大年夜里，他家谁都没有吃上一口饭。土改时当过农会主席的父亲遭人陷害入了大狱，母亲说："过年了，你爹兴许能回来，锅里还留着你从学校带来的一块馒头，等你爹回来，咱们一起吃顿馒头汤吧。"这是一个凄苦寒冷的夜晚，他们一家人围坐在一起，望着孤灯，流着眼泪，等啊，盼啊，一直熬到天明。天亮了，父亲没有回来，而姑姑却被活活饿死了……

回到学校，王海云把自己的经历，自己的观点和看法，如实向党支部作了汇报。这个天真的年轻人哪里知道，厄运正悄悄向他袭来……

1961年6月15日，王海云被两名公安人员带走了。这个年仅25岁的小伙子，背着他的行李，背着他100多斤重的书籍，戴着"反动分子"的大帽子，带着满腹的凄楚忧郁和不平，开始了长达三年的囚徒生涯，也开始了他长达二十多年的苦难历程。

1965年，王海云回到家乡生产队继续劳动改造。不久，"文化大革命"开始了，王海云被重新揪了出来，一次次挨批挨斗，一次次被关进牢房。在牢房里，一个造反派端着刺刀转来转去，看谁不顺眼就朝谁划一刀。被划的人不敢吭声，如果吭一声，第二刀就跟了过来。看着同伴凄惨的样子，王海云愤怒极了，他吼了起来："你住手啊，要刺就刺我吧！"……

作为罪名已经升级为反革命"右派"的王海云，这时候已经没有了自由，没有了人格。造反派逼他们去迁坟，却不给任何防护用具。当一个个坟墓被挖开时，一具具腐烂的尸体散发出臭气。他们没有手套，只能用手在坟坑里收拾那些流着臭水的尸体。吃饭的时候，连手都不许洗。王海云看着饥饿劳累的同伴们站在腐烂的尸体旁，含着泪水，不顾一切地啃着那一天中仅有的一个小窝头，他再也忍受不住了，他面对苍天，大声呼喊："法律啊，你何时才能再回来

1970年，王海云逃出了魔掌。为了躲避一次次的追捕、关押，他逃到了大兴安岭，走进了茫茫森林。他吃树叶、野果、草根；他捕鱼、狩猎、要饭；他扒车、逃票、贩烟……他成了一个流浪人。

1980年2月，王海云的不白之冤被洗清了。组织上问他："你能干点

什么工作？"这个 20 年前就应该回答的问题，现在听起来却令王海云觉得那么突然那么沉重。我能干点什么呢？ 20 年的青春时光荒废了，却只为了一个莫须有的罪名。回想漫长而短暂的 20 年，他深感蒙受冤屈而得不到帮助和保护的痛苦。"我要做律师！"他毅然放弃了做官的机会，走进了四平市法律顾问处。

当初，谁会想到这个不幸的人能有出头之日，谁能料到这个凄苦的人能成为全国闻名的大律师！ 1990 年 6 月，王海云作为吉林省公检法战线英模报告团成员，随团到辉南县作巡回报告。辉南是王海云曾经劳动教养过的地方。他坐在主席台上，两眼不停地在寻找二十八年前的一个人。这时候，一位老管教冲到台上："这不是王海云吗？这么多年，你到哪里去了……"他叫简和玉，是辉南劳教所的一名队长。他是从一封封申辩信中认识王海云的，他不相信这个除了干活就知道埋头读书的年轻人会有什么反党动机。他不再安排王海云上山干重活了，只让他每天负责清点人数，协助巡逻。那期间，王海云看了大量书籍，哲学的，政治的，经济的，法律的……

"海云啊，原来你受我的管教，没想到今天回来给我作报告了……"王海云百感交集，紧紧抱住老管教，欲说无语，欲哭无泪……

20 世纪 80 年代后期，吉林市有个当过兵的保卫干部响应党的富民政策，办起了商店，当起了老板，结果越干越好，商店规模不断扩大，日子一天比一天红火。可就在这时，他发现工商局长和自己的老婆勾搭在了一起。他一气之下告了上去。他赢了。工商局长被开除了党籍，撤销了职务。可是，他的老婆孩子却没有再回来。新的工商局长上任后做的第一件大事，就是雇了一伙犯人，把他的商店夷为平地。老婆孩子没有了，30 多万的财产压成了碎片，一个刚刚富裕起来的个体户就这样被毁掉了。没有律师敢管，没有法院收案。王海云为他找过中央，找过全国人大，找过最高法院。正当有点眉目的时候，案发地划区，这个案子不得不搁置了。当初，王海云曾在一个会议上夸口："这个案子我一定要打赢。"现在他知道，他的话说大了。快 10 年了，原来的 30 万应该升值到 300 万了，可这个案子仍然没有一点音讯。法院不立案，律师就进入不了程序。于是，这个可怜可悲的个体户，背着 70 多岁的老父亲，到处要饭，到处申诉。……1995 年春节前夕，王海云收到从北京寄来的200元钱，几天后，他收到了这个个体户的来信："王大哥，这200元钱你一定要收下……我现在过得很好……"王海云相信这个坚强的人过得很好。但王海云还是打定主意，下次进京一定要找到这位朋友，看看他那"很好"的生活，看看他的老父亲是否仍然活在世上……

1987年9月11日，吉林省高级人民法院依法终审判决一起标的为300万元的退货款案。终审判决后，被告方不认真执行法院判决。当法院执行庭冻结其银行账户不予划拨时，却受到吉林省委一位头面人物的干涉，致使法院的判决迟迟六年不得执行！

既然一个"高官"敢以言代法无视法律，我就干脆告你这个"高官"！

王海云与原告方一起一次又一次地先后向最高人民法院、中共中央政法委、全国人大、中共中央信访局走访申诉，并上书乔石、万里同志和江泽民总书记。

王海云至今没有告倒这个人，他可能永远也告不倒这个人。但无论告倒告不倒，他的行动都不失为一种壮烈！

不幸和苦难造就出的硬汉，很快在司法界打出了威名，打出了声势，而付出的情感和辛劳中掺杂着多少酸甜苦辣谁能知晓？面对每一次胜诉，他都想持一场！

翻开王海云的律师档案，党和政府仅在1995年就为他做过这样的记录：

荣获"吉林省劳动模范称号"；

荣获"四平市政法系统标兵"；

荣获"吉林省优秀律师"称号；

荣获"岗位明星"称号；

评为全国司法行政系统从业先进分子；

1995年12月荣获首届"全国十佳律师"称号。

不幸和苦难造就出的硬汉，必定会有常人所无法拥有的勇气和力量。死过的人无畏死，受过磨难的人无畏磨难，因此他活得必定会比别人更有质量。而他生命的质量就表现在他为普通百姓付出的情感和辛劳——

1990 年 10 月，王海云心脏病发作，同志们强行把他送进医院。住院两个多月，他一天都没有停止工作，办了十多起案件，出庭五次，为国家和集体挽回经济损失 67 万元；

他不畏强权，曾将三个市长推上被告席；

为了避免错杀，他曾将多名死刑犯拖回到无期徒刑和有期徒刑 15 年；

他曾经依靠法律救出被拐卖的少女；

由他做代理的长春市 800 职工劳动争议案有力地维护了职工的合法权益；

彭杰律师被拘案，在他的努力下，已经得到了公正的结论。

……

为了开庭，一天早上他在一家旅店卫生间不慎将肋骨摔断两根，但仍然于 7 点 30 分乘飞机从湖南衡阳飞往北京，蹲候机室 10 个小时又飞 1 个半小时到长春，半夜就诊拍片。因疼痛不能卧床，一夜没有入睡，在床上坐了整整 7 个小时。第二天上午准时到长春中院开庭，下午乘两个小时车赶回四平律师事务所，下午 4 点又从四平直奔鞍山，坐了 5 个小时的火车，在旅店坐了一夜，第二天准时在鞍山市中院开庭……

一旦败诉，当事人顿觉冤屈，岂不知律师的心里更加酸楚……没有卧铺坐硬座，没有硬座坐地板。睡十几元一天的大众旅馆，吃几元钱可填饱肚子的街头小吃，走羊肠小路，挤公共汽车……王海云，不仅仅是王海云——我们的很多律师，是在用生命扶正天平！

1993 年 5 月，两名青年合伙偷了一辆桑塔那轿车，转手卖到了河北。桑塔那轿车价值 20 万元，属"数额巨大"，一审法院判处二被告死刑。王海云认为：一审判决不符合最高人民法院关于"情节特别严重"的司法解释，便动员二被告上诉。第一被告表示不再上诉；王海云是第二被告的辩护人，他找到第二被告的父亲，被告父亲说："自古官官相护，上诉有什么用？"他又找被告的妻子："只要你同意上诉，有钱你就出一点，没钱我也帮你打。"第二天，去北京的票都买好了，被告方却没有来人。打电话一问，被告的父亲说："别打了，我也是国家干部，还是相信法院吧，法院还能错吗？"被告的妻子说："我现在不是打不打官司。我这里有三间住房，公公和他家里人在分我的房子哪！"怎么办？还去不去北京？按说，当事人主动放弃权利，律师是没有任何责任的。可王海云认为，这不仅仅是一个人命关天的大事，它更关系到法律的尊严。一个有良心的法律工作者，不能眼看着错案堂而皇之地在眼前发生。他和另一名律师多次去长春，两次进北京，向全国人大和最高院、省高院反映意见。1994年4月8日，二审法院终将二被告改判为无期徒刑。

辽宁省有个山区镇，那里出黑色大理石。四平市一个名叫刘忠仁的农民企业家与他们签订了为期15年的开采承包合同。可是没过多久，这个镇又与一家房地产开发公司签订了承包合同，并且强令刘忠仁解除合同，撤走全班人马。

刘忠仁已经投入巨资，合同一旦解除，等于把他推向死亡的深渊。王海云经过实地调查，感到镇政府的决策是无理的。为了弄清真相，他找镇领导面谈，被拒之门外；找工业办的同志，对方的态度很不友好："这是镇党委的决定，难道共产党连这点权力都没有吗？"

刘忠仁在无奈中只好停产，而王海云偏要试一试权大还是法大。他去县工商局、县委、县政府反映情况，结果不尽如人意。到铁岭人大和工商局反映，虽得到支持，但"县官不如现管"，镇里仍坚持"一女二嫁"。

事情一拖就是10个月，刘忠仁急得耳朵聋了，嗓子哑了，嘴也破了。这时，王海云写了1份题为《是改革开放的排头兵还是拦路虎》的情况反映，分发给县、市委和人大，此事终于引起相关党政部门和舆论界的重视。年终换届，有3个镇领导调离。新领导依法办事，解除了第2份承包合同。

长春市有个省级机关办的贸易公司，把大酒楼以五年期承包给了个人。五个月后，这个公司党委下达文件，强行解除合同，赶走了服务员和旅客，大门贴上了封条。一个领导指着承包人的鼻子说："像你这样的小人物，我一句话就把你送到监狱去。"听说承包人请的代理人是王海云，他威胁道，"一个摘帽老右派，我一个电话打到司法厅就吊销他的律师资格。"这个官司打了一年多，一审为原告讨回了公道。被告不服，继续造舆论，给法院施加压力。二审法院维持原判，维护了当事人的合法权益。

……一场场的胜诉，王海云从没有过胜者的自豪，有的只是不尽的思索。毕竟，每一个案子都让他深刻地体会一遍国民的法律意识，执法者的执法水平，还有政府工作人员的党性原则。有的人以权压法，有的人以言代法，有的人有法不依，有的人执法不严，还有的人以职玩法……真可谓形形色色，五花八门，各显其能。有的律师说"胜诉是我最高兴的时刻"，而王海云面对每一次胜诉却都想大哭一场！

众人评说王海云：他疯？他穷？他嘎？总之，王海云是一本书，而我们的文字只是这本书的一章、一节或者一段……

王海云做律师不久，便成了新闻媒介追踪的热点人物。他认真踏实又狂放不羁，他平易近人又呼风唤雨，这种性格这种作风，成为新闻人物应该是一种必然。可是，一篇篇文章出来后，作者们自己都感到惭愧：王海云哪里去了？当我们伏案疾书累得腰酸背疼的时候，王海云已经从我们的文字中溜走了。稿纸上留下的是王海云的影子而不是王海云的灵魂。

有人说，王海云就是一个疯律师，嘎律师，穷律师。抓住了这三个特征，你就写好了王海云。可是，这仍然不是完全的王海云。

王海云有一张很别致的名片。正面没什么特别，无非是姓名、电话、工作单位……但背面常给人一种新奇。首先你会看到这样一句话：应该胜诉的案件不争取得到胜诉的结果不是好律师；本该败诉的案件侥幸取胜也不是好律师。——这句话一直是王海云的执业格言。这句话的旁边，有一张王海云的人头漫画像。这张像画得很有特点很有意境——没有眼睛、鼻子、耳朵、嘴。在这张漫画像前，一千个人有一千种表述，一万个人有一万种解释……

有人喜欢在饭桌上观察王海云。王海云的饭桌其实就是酒桌，他天天喝酒，顿顿喝酒，无酒不成餐。可谁都没见过王海云酩酊大醉，谁也没见过王海云酒后失态。相反，王海云几杯酒下肚，思路更敏捷，更具幽默感。他有礼有节，妙语连珠，绝对不会让人产生讨厌的感觉，他能把整个饭桌调动得欢声笑语，让每个与他一起就餐的人充分体会到吃的享受,活的乐趣。

王海云带着助手到大西北打官司，当事人穷得交不起诉讼费，每当吃饭，王海云总领着当事人找最便宜的饭馆点最便宜的饭菜；而每次不等吃完饭王海云总是说一句："你们慢慢吃着，我出去转一转。"助手知道，主任是转酒去了。当事人渐渐地也觉得蹊跷，便跟出去看个究竟。结果，他在另一家饭馆看到了这个大律师的秘密：原来，王海云可以不喝当事人的酒，但他不可以不喝酒，于是便来到另一家饭馆，要上一盘花生二两白酒，独自偷着过酒瘾。

如果你有点酒量，你可以与王海云一起进入这种酒的文化，你如果不善饮酒，你可以站在这种文化的边沿对他进行想象——

王海云有一套与今天不太搭调的西服，他可能从来没想过穿着它美或者不美，每次一穿就是一个季节；王海云天天戴一支断了"把儿"的手表，表走得不准，又没法对时间，他每天靠推算掌握钟点——尔可以想象王海云有多穷；他有时还要管当事人吃住；一位农村老太太托人从几百里外捎来一篮子鸡蛋，他叫小儿子以最低价卖掉，又以最高价把钱还回去……

王海云挥动手臂情绪激昂，你可以想象"飞流直下三千尺"的狂放；你还可以想象他为百姓上省城进北京百折不挠的气势。王海云没有什么上层关系，但为了老百姓的利益，党中央、国务院、全国人大、全国政协……他哪里都敢去。

王海云神气活现言语无忌，你千万别想象成他对社会抱有成见。多么难的官司他也去打，多么难的道路他也去走，就是因为他太热爱这个国家和为这个国家流汗流泪也流血的百姓了。当一个地方的农民不堪重负却几次在法庭上败诉最终要联合上访的时候，王海云首先想到的是党的利益，他让农民选出两名代表，然后自掏腰包带他们进京。

每一次胜诉，当事人都千恩万谢，而这时王海云总是说："你们就感谢党吧，是党在为你们做主。"

——王海云虽然不是党员，但他哪一刻不是在用心为党做事？

有人怕王海云捧不动"十佳"证书，组织众人到车站迎接，没想到王海云轻松得像个孩子；有人担心王海云的老伴经受不住喜悦，没想到不是老太太经受不住喜悦，而是在场的人承受不了老太太的平静。

1995 年 12 月，王海云荣获首届"全国十佳律师"称号。这应该说是王海云律师生涯的巅峰，因为，到目前为止，就律师而言，还没有比"全国十佳"更高的荣誉。王海云吃过大苦受过大难，得到这样的荣誉一定感慨万千百感交集。"十佳"证书对他来说会不会显得比别人沉重？省司法厅和省律师协会的领导同志说："一定要到车站好好迎接。"

锣鼓喧天，鲜花簇簇；录像机扛在了肩上，照相机端在了手上……可车厢里的人全走光了也不见王海云出来。这时人群外有人问："你们在这儿干啥呢？"回头一看，正是王海云。

也不知是王海云说错了还是别人记错了，王海云根本不是坐的那节车厢。大家七手八脚给王海云披红戴花，重新把他推到车上，重新组合一次"热烈欢迎"的场面，把王海云整得像个幼儿园的小天使。看着王海云那高兴的样子，大家忽然觉得，"十佳"证书放在他的手上，并不显得那么沉重。

一番热闹之后，司法厅的领导说："海云啊，回家看看吧，你的老伴儿和儿女不知有多高兴呢！"

是该回去看看了！律师事务所在四平，王海云的家也在四平，但1995年的365天里，王海云仅在家中待了二十几天。

多年前，王海云为了摆脱生活的贫苦，从辽宁到长春贩鱼。他大声吆喝着，一抬头，看见正受到不公平待遇的他的大学老师朝这边走来。他低下头，急促而真诚地说："你买走吧，你都买走吧。"说完便转身走了。老师掏出钱来，却找不到卖鱼人了。几天后，这位老师逝世了，他至死也不知道鱼是谁给的，但作为王海云，觉得总算对老师尽到了心意。

他对老师尽到了心意，对当事人也尽到了心意，可对父母妻儿欠下的债却一辈子都还不清。

王海云的父亲逝世前15天，王海云正在给他洗澡，这时一个当事人找上门来，说："二审法院维持了一审判决，错判的违约金从30多万元涨到80多万元，300多名职工没法活了。"王海云只好看了父亲一眼。父亲明白了儿子的意思，说："忠孝不能两全，你去吧。"为了办好这个案子，王海云正月初五办完父亲的丧事，初六安放了骨灰，初七又踏上了办案征程。对于父亲王海云没有尽到孝心，对于母亲，王海云也同样没有尽孝。母亲病危，王海云没能照顾一天，他从外地回到家里，母亲的眼睛已经闭上了。王海云不是对父母没有感情，是父母供他上了大学，是父母不嫌弃这个"思想反动"被劳教的儿子，陪伴他度过了20年的孤独时光。父母去世后，王海云没有脸面当着妻子儿女悲痛，只能一个人躲在角落里哭泣。"海云，进屋吧。"这是王海云的老伴儿，一个被生活磨炼得近乎没有了喜怒哀乐的女人。但谁能比她更知道海云内心的苦痛呢？

劳教，坐牢，逃跑，流浪……那么多年颠沛流离，王海云真不知道他的妻子是怎么活过来的。好不容易得到了平反，他的时间反而更不属于妻子了。如今，这个贤良的老太太浑身疾病，王海云却没有时间带她去检查、治疗。

王海云有4个儿女，其中3个孩子出生时他都不在家。偶尔流浪回来，那些亲生骨肉已经可以活蹦乱跳地跑到怀里喊他爸爸了，他心里的滋味真说不上是高兴还是悲伤。

现在王海云是全国闻名的人物了，可他的子女，有的仍生活在农村，有的因没有理想的工作而在家待业。王海云只要花点钱，孩子的问题都很容易解决；不花钱有些老朋友也愿意帮他一把，他都拒绝了。他把孩子们生活的道路交给了他们自己。

……这么多年了，王海云还从来没有像今天这样仔细地回忆一下过去，想一想自己的亲人。王海云的一生，最对不起的是父母、妻子和儿女，而最感激的，除了父母，便是老伴儿。是老伴儿为他生养了儿女带大了儿女，而儿女总是他的希望和寄托。

王海云怀着复杂的心情，再次走进了自己的家门。

"回来了？"老伴儿用一种简单得不能再简单的方式把他迎进屋里，便又默默地忙活自己的事情去了。

"十佳律师"，全国只有10个。吉林省律师协会、吉林省司法厅以及吉林人民都因王海云而感到骄傲，可他的老伴儿却像什么都没发生一样，平静得让人感到吃惊！

也许这位老人随着丈夫经历了太多太多的风雨，品尝了太多太多的大悲大喜，于是心中便没有悲悲喜喜了。天塌地陷也罢，腾龙飞凤也好，已经不可能再影响到她的情感，更不可能波及她生活的秩序。

有人担心王海云的老伴经受不住喜悦，没想到却是在场的人承受不了老太太的平静。跟去的人不忍心再看老太太一眼，退出门来，悄悄地流泪。

王海云太累了！因为他常常面对的不仅仅是法律问题。……应该胜诉的案件不能胜诉，这绝不只是个人的悲哀，由此，胜也壮烈，败也壮烈！

1996年3月10日这一天，是王海云的60岁华诞。他的助手何立君为他准备了一个小型的生日宴会。

只有几个人，都是他的挚友，每个人都知道他的辛酸经历和此时的心境。

6支红蜡烛在面前燃烧，而真正能代表王海云生命的还不到两支。

王海云"参加工作"仅有13年，可年龄已经毫不客气地催他"退休"了。

短短的13年，却让王海云感觉到了做律师的艰辛。再给他13年，他真说不好是否还要干这个职业。

太难了！律师所面对的岂止是法律问题。

吹灭蜡烛吧！让60年的风云一并消散，让60年的辛酸一并忘却。当王海云用周身的情感吹灭燃烧的红蜡烛的时候，他的眼泪也随之涌了出来，自此，他再没有说一句话。但他的挚友能听到他心中的声音：

社会太大，而我太渺小，我无能为力；

我已身心疲惫，让我走吧，我要出家……

王海云太累了，因为他面对的绝不仅仅是法律问题。你有法律，他有权力，有时候，你的法律斗不过他的权力。

有人传说：王海云不想干了，他要"出家"。

王海云绝不会"出家"，因为，他可以逃避尘世的烦杂，却不能够逃避爱。如果他真的"出家"了，那时候，他已经不是王海云。真正的王海云，既使哪天不干律师了，他也会背上像历史一样沉重的法学知识，走偏远，踏边疆，一路宣讲，直到安息……

也许，他不会"出家"也不会巡游；也许真的像吉林省司法厅一位负责律师工作的领导同志预言的那样：王海云的生命，将结束在辩护席上！

（1996年7月）

路是人走出来的
但并非所有的
路都通向明天

——作者题记

这条路通向未来

——首届"全国十佳律师"肖微采访记

肖微亮相

我对肖微的了解很少，少到只知道他的姓名。但杂志社还是把"写肖微"的任务交给了我，我不能推辞。

尽管我的手头上有几个更好的写作计划。我是说，我更愿意写我喜欢写的东西。

1995年12月260，我在人民大会堂见到了除肖微以外的其他9名"十佳律师"，那时候，据说，肖微远在美国。

后来，我写了5位"十佳律师"。这对我很重要，在这期间，我体会到了领导和同事们对我的信任，另外，我又一次体会到了写作的激动。的确，我是怀着激动的心情去写"十佳律师"的。如果作者的激动换不来读者的激动，想一下，作者不激动时交给读者的将是什么？我是说，我感谢"十佳律师"成全了我。

但我从来也没指望过肖微律师成全我。我说过，我对肖律师了解很少，很长一段时间里，我甚至以为肖微是位女律师。

对肖微的采访，过程是漫长的。从 1995 年 12 月，直到 1996 年的 7 月。在这段时间里，我没有间断过与君合律师事务所的联络，无奈肖微身在美国，要见面，根本不是肖微及我努力一下就能解决的事情。

但我仍然执着地争取，执着地等待。倒不是杂志社没有别的什么可以写了，而是因为宣传"十佳律师"已经列入计划，落下哪一个，在一定的范围内，对这位律师就是一种不公平。我们不可以那样做。

1996 年 7 月 11 日，得知肖微已经回国。杂志社以信件和传真两种形式很正式地向君合所发出两封内容相同的公函。

7 月 12 日，杂志社收到肖微律师亲笔签名的传真件：

中国律师杂志社：

　　收到贵刊 1996 年 7 月 11 日函件。由于本人出国学习和归国后的频繁出差，给贵刊的采访工作带来困难，在此表示深深歉意，并恳请贵刊予以谅解，本人十分愿意在 7 月 17 日以约定的时间接受采访。

　　再次表示深深的歉意。

1996 年 7 月 17 日，我按约定采访肖微。我先在地图上查了一下路线，然后提前半小时从杂志社出发，冒着小雨，5 分钟走出胡同，5 分钟等来公共汽车，10 分钟坐了 3 ~ 4 站，这时，和平宾馆就在细雨朦胧中展现在我的面前了。当我走进君合律师事务所的时候，时间应该不超过约定的下午两点。

我被请进了小会议室，在那里，我见到了合伙人肖微的一份简历：

　　肖微，男，35 岁，民族：汉，政治面目：中共党员。
　　肖微律师 1984 年毕业于北京大学法律系经济法专业，获得法学学士学位。后又于 1987 年毕业于中国社会科学院研究生院法学系国际经济法专业，并获得法学硕士学位。1991 年，根据司法部与英国律师界安排的交流培训计划，肖微律师赴英国和香港一年，先后在伦敦大学东方与非洲学院及司力达等律师事务所学习英国法律和进修律师业务。1995年，肖微律师又专程赴美国哥伦比亚大学法学院一年，学习美国公司和商业方面的法律并攻读硕士学位……

要继续往下看时，门被推开，走进一个人来。

我不知道这个人是不是肖微，但我宁愿相信这个人就是肖微。

这是一个心里没鬼的人，你永远不用担心他会欺骗你，他也不会施展小伎俩来算计你；你一眼便可以看出他是一个学者型的律师，心里面装着许多知识和秩序；这种人不善言谈但胸有成竹，举止文雅但内心宽厚意志坚强，工作能力和热情非一般人所能比拟；这种人不仅能够解决问题更善于发现问题，而发现问题有时比解决问题更为高明……这样揣摩着来人，觉得自己很像一个算命先生，便赶忙自我介绍并将名片递了过去。他确是肖微。他说："到我办公室去谈吧。"我说："都一样，看你方便，这里也很好。"结果害得肖微律师急忙去办公室取名片，又叫秘书送来他的水杯，证明肖微说的"办公室去谈"并非客套。

仅仅几分钟，我发现肖微律师不是那种很聪明的人，而我也正好讨厌那种很聪明的人。

采访开始。我知道君合所是有名的大所，名律师很多，专业性很强。我首先告诉肖微："我基本上是个法盲。"我是学中文的，对法律知之不多。

"这样我们谈起来会很困难。"他并未客气，也没有找句别的什么话来安慰我在法律面前的自卑。

亮出各自的坦诚，就应该有了共同的言语。肖律师充分考虑到了我的专业，以为我听起来吃力的地方就语气放慢掰开揉碎。但40多分钟过去了，我从他的口中了解了他的"我们"，却始终找不到纯粹属于他的"我"。

也许肖微是在谦虚，而作为成功者，谦虚是他的资格。

好在我从肖微秘书那里得到了一份肖微的"十佳律师"参选材料。或许，我最终可以找到属于肖微的"我"。

他拥有第一

在 20 世纪 80 年代，律师制度刚恢复不久，律师所从事的主要业务主要是刑事、民事案件。律师代理经济纠纷案件和担任主要从事经济方面业务的公司、企业的法律顾问在当时尚属开创性的工作。但肖微那时先后已为几十家公司担任法律顾问和处理经济纠纷。

1985 年冬，肖微所担任法律顾问的一家公司，被一家日本公司起诉。日本公司要求几十万美元的赔偿，理由是中国公司违约并拒付货款。当时受理该案的法院审判人员初步认为，中方的违约情节比较明显，在调解进程中已要求中方公司尽早赔偿以避免更大的损失。肖微在接受委托并认真研究了当时的案件材料后，指出，中国公司不存在违约，理由：第一，双方所签的协议并非真正的协议，而只是一个意向书或类似于备忘录性质的文件。因为中国的外贸是管制的，只有获准从事进出口业务的公司，才有权签订进出口合同，而该中国公司无进出口权，所以事实上与日本公司签约的公司是另一家中国的进出口公司，虽然该进出口公司签约的基础是这家中国公司的"委托"和这家中国公司与日本公司"谈定的条件"，而这"谈定的条件"不是合同，也不具备合同的约束力，双方的关系不是合同关系，中国公司不存在违约问题。第二，进出口合同是独立的，这是中国的进出口公司与日本公司在各自独立的意思表示达成一致后形成的协议。"谈定的条件"并不当然地成为中国的进出口公司与日本公司签订进出口合同的条件和意思表示，更不能直接成为合同的内容。由于进出口合同并未将谈定的条件作为合同内容或附件，同时事实上进出口合同的内容与"谈定的条件"的内容不完全一致，所以"谈定的条件"也不能作为进出口合同规定的权利义务内容，由此，日本公司亦无权指控中方进出口公司违约。由于这两条理由，使得中方的两家公司变被动为主动，反败为胜。

据法院人士讲，这起案件，是北京市第一起正式开庭审理而非仅仅进行调解而结案的涉外经济纠纷案。

1987 年至 1988 年，肖微律师曾经担任纺织工业部的法律顾问。这是建国后第一家国家部委聘请的第一个法律顾问。

君合建所初期，肖微律师和其他同事就一起承接了几件在当时来讲规模最大的投资项目的律师业务：第一件是两家著名日本商社与一家中国的煤矿建立一个煤炭深加工产品的合资企业；第二件是当时投资额最大的中美合作开发的煤矿；第三件是中东一家公司与中国一家大公司在北京市开发建设的第一个花园别墅区。

第一件业务是当时的中央领导人批示过的项目。但肖微律师等人参与此项目之时，中外双方的谈判已持续了几年的时间而仍在徘徊。肖微律师发现，由于中方内部没有制订出一个自己的方案，当日方提出方案时又不知如何对待，导致在许多枝节问题上浪费了时间，使得谈判进展缓慢。为此，肖微等律师首先协助中方确定了中方期望的合作项目的基本要求和框架，并研究了具体的谈判步骤。同时，又代表中方起草了合资合同、章程、技术转让协议、原料供应协议、产品销售协议及代理合同等有关该项目的一揽子协议，并负责审阅日方提出的贷款协议。由于这些工作，大大加快了谈判进程。虽然当时正值1989年"六四"事件期间，导致谈判中断了近5个月，但经过中外双方以及君合律师的努力，使该项目全部协议还是得以在不到一年的时间内签署。这个项目是"六四"事件之后进行的第一个大中型投资项目，当时的中央领导同志习仲勋、黄华等参加了签字仪式。该项目的法律事务也于1992年被评选列入全国律师业务优秀案例目录当中。

第二件业务是当时国内外瞩目的项目，投资额达几亿美元。由于国际市场行情的变化，该项目的效益不像可行性研究中估计得那样乐观。外方投资者有意撤资。但按合作协议，外方撤资的比例因一方是否违约而大不相同，其绝对金额之差可达上亿美元。当时外方已提起国际仲裁，诉中方有严重违约行为。肖微律师作为中方的顾问与经贸部的同志一起赶赴项目所在地，就外方提出的违约指控进行深入的事实调查与核实。同时就可能会被外方视为违约的其他问题也作了详细的了解和分析。在此基础上，肖微律师与经贸部的同志一起又与专门聘请的外国律师认真地交换了意见，并提出了解决问题的几种方案。这些工作为后来问题的妥善解决奠定了基础。经贸部的同志以及中方的人员对肖微律师的工作给予了很高的评价。该项目在外方撤资后直至今日，肖微律师仍被聘请为合作公司重组的法律顾问，许多重组工作仍在听取他的意见。

第三件业务对于肖微来讲，同样责任重大。该花园别墅的建设与销售几经波折。资金短缺、贷款到期、施工延误、外方股东财力不足而无法与中方共同增资等一系列问题几乎使该项目"山穷水尽"。肖微律师在1990年为该项目出具了一份法律意见，针对上述情况指出：合资企业及其担保人必须承担偿还贷款责任，而中外股东又必须承担反担保责任，既然外方股东无能力履行反担保义务而又无能力为完成该项目而追加投资，担保人应强制实施反担保中规定的股权抵押，将股权转到担保人名下后再转让给新的外商投资者，然后中外双方追加投资以使该企业"起死回生"。事实证明，肖微律师的这份法律意见是极有价值的。在项目建设趋于完成时，肖微律师正值由英国进修归国之日，他又和该花园别墅合资公司及其销售代理公司一起与境内外的两家银行共同探讨北京第一家花园别墅境外售房的方式和程序。由于是第一次开展抵押贷款方式的境外售房，当时北京在这方面法律和实践都属相对空白状态，律师工作的难度可想而知。但这也正是体现律师的创造性思维能力和解决问题能力的时机。肖微律师将刚刚学习的英国和香港关于财产法方面的知识与中国的实际情况相结合，在整个抵押售房的工作流程以及解决其中的法律问题方面都提出了许多切实可行的建议，并将这些建议与客户一起与政府有关房地产管理部门——协商和落实。肖微律师还起草了一份标准售房协议，这对该花园别墅的售房及其他随后的房地产开发项目都产生了积极的影响。

肖微拥有众多的第一，但他永远只承认是其中之一。

也许他说的并没有错。君合所人才济济，各具专长，在分工合作的严密机制中，每个人都能充分发挥自己的长项，这样提供的法律服务，无疑是高质量和高效率的。这种组合和机制是君合的优势，而作为创办人，肖微们的眼光和智慧毋庸置疑能够经受住历史的考验。

给你最好的

1985年夏，肖微第一次以北京第七律师事务所律师助理身份办理律师业务，当时有一家公司向广东一家公司追索40万元货款，肖微接受委托前往。7天之后，肖微将全部货款追回。还款的那家广东公司对肖微的印象十分深刻，半个月后，专程来京找到肖微，将该公司在京的一起涉及900万元人民币的经济纠纷案件委托给肖微所兼职的律师事务所。当时，肖微24岁。

1988年，当肖微律师在海南工作时，一位林场的职工慕名找到肖微。该职工曾于两年前响应政府号召，承包了上万亩山林的护林任务。但时隔不久，当地林业部门改变政策，强行解除了承包合同。该职工不服，连续几十次到各级政府告状，但事情均未得到解决。肖律师在深入调查的基础上，认为该职工的合法利益应该受到保护。于是便进行了三方面的工作，一是向法院正式起诉；二是直接找到当地县长、县委书记，向他们陈述案情，阐述维护公民合法权益的见解，寻求政府的理解和支持，排除行政干预；三是与该职工商议合理可行的补偿要求，实事求是地解决问题。此案在肖微以及同事们的努力下最终得到圆满解决，该职工胜诉并得到40万元的赔偿。

1989年，肖微与其他几名同事共同组建了君合律师事务所，自此之后，他们的主要业务转向非诉讼的律师咨询服务工作。业务领域由初期的贸易、投资发展到公司业务、金融、证券、房地产、知识产权、税务等范围的综合性法律服务。

中国实行改革开放的政策后，外商来中国投资无可非议地为中国的经济振兴与社会发展发挥了重要的作用。但不可否认，也有一些外商在中国法律制度不健全、商业活动经验不丰富的情况下，投机取巧，玩弄"空手道"而赚取钱财，从而使国有资产蒙受损失，国内企业面临困境。有一个案例可以很好地反映肖微律师如何运用自己的法律知识和实际解决问题的能力有效地维护了国有资产和解脱了企业的困境。80年代中期，有一家香港公司与大陆的一家公司建立了生产型的合资企业。该合资企业当时的投资额约为2000万美元，香港公司在合资公司中占主要股权，但实际上的出资很少。合资公司所需的主要资金是在香港公司的巧妙安排下以合资公司名义从一家中资的境外公司（贷款人）贷款1000多万美元，同时又由另一家境内的中国大公司给予担保（担保人）。作为反担保，合资公司将其资产抵押给担保人，但当时并未列明抵押物清单，也并未对所谓的抵押物估价。对于1000多万美元贷款，又在香港公司的巧妙安排下，由香港公司以接受合资公司委托购买设备的名义直接提款，并以香港公司名义用部分所贷款项购买一套二手设备交付给合资公司。然后由香港公司出具发票。合资企业拿到了设备并开始建设，表面看来一切都很正常，但当合资公司建设和生产未如期完成而无法还上贷款人的贷款时，作为境内的担保人却不得不还款。而当担保人按反担保规定实行抵押时，却发现抵押物是不确切的，而且其价值的确定缺乏根据。担保人大有哑巴吃黄连的感觉。肖微律师接受委托，通过阅读所有文件并进行大量调查，弄清了此事的来龙去脉。同时还发现，香港公司的母公司还利用香港公司在大陆的这个项目进行大肆渲染，以为其上市的股票升值做文章。但在对该项目的估价上，有明显的不真实性做法，从而对香港交易所和股民有欺骗之嫌。为此，肖微律师对香港公司和其母公司指出：其一，1000多万美元贷款是合资企业的贷款，必须全部用于合资企业，香港公司代合资公司购买设备除正常的代理费外，不得从中非法谋利，香港公司必须向合资公司出具设备原始发票或原始价格凭证；其二，合资企业的贷款不能作为香港公司的出资，香港公司必须完成出资义务；其三，香港公司以其不真实的价格向合资公司报价而谋利的同时，其母公司却以不真实的评估依据大大提高合资公司的资产，从而使其子公司的股权的"含金量"也大大提高，进而影响该母公司股价的做法不仅对大陆的企业造成了损害，对香港的股市和股民也造成了损害，为此，香港公司及其母公司必须返还克扣的贷款给合资公司并停止一切损害境内外公司和投资者的做法。这个案件以香港公司还款并将在合资公司的股权抵偿给担保人以免除其出资义务而告结束。

近几年来，随着中国经济的发展，肖微律师的工作也越来越繁忙，范围越来越广泛。从涉及4亿美元投资的北京高速公路项目到涉及几十亿人民币投资的海南三亚凤凰机场项目和文昌电厂项目；从全国的专业银行和地方的信托投资公司在美国、香港上亿美元的债券发行，到全国大型钢铁企业和电子企业的股份化发行及境外发行股票；从世界银行对中国几大城市的房改贷款到香港长江实业公司在中国境内的多项"康居工程"；从众多国际知名的跨国公司来中国投资和设立机构到中国企业在境外投资和招商引资，肖微律师都以尽职尽责、及时有效、谨慎而又具创造性的原则和精神积极为客户提供综合性的法律服务。

如今，肖微每年都要接受上百件业务委托。在客户名单中，有日本的松下公司、三菱公司、新日铁公司、电通公司，美国的摩托罗拉公司、道·琼斯公司、NCH公司，香港的长江实业公司、嘉里公司、香港电讯公司，马来西亚的金狮集团等一系列国际著名公司；也有国内著名的武汉钢铁集团公司、海南新源股份有限公司等国营企业的股份制企业。

　　直到此时，我相信仍然没有找到属于肖微的"我"，也或许已在无意中找到了。找到找不到，都是我们两个人共同的责任。

　　其实，也无须一定要找出纯粹属于个人的肖微。肖微们创造了一个优秀的集体，他们也情愿被这个集体所淹没。

　　在君合，任何人都无须四面出击，但任何人的优势都能得到最充分的发挥。

　　在君合，不仅每个人都是一流的，并且每个人给你的都是最好的。

　　……告别肖微，离开君合所，走出和平宾馆，这时，雨已消停，阳光灿烂。

　　这时，我想，肖微的成功，也许预示着未来中国律师的一条道路。

（1996年9月）

创造性的工作

——吉林省律师整改活动采访记

早就听说吉林省司法厅在全省律师界搞了一个什么活动。消息传得走样了，听起来类似于一次整顿、一场运动，差不多就像"文化大革命"了。

我们不相信。吉林省司法厅从厅长到主管副厅长，从律管处长到副处长，那是一个团结务实的班子，会吃苦会实干，我们不相信他们会摆花架子。于是，杂志社派记者北上看个究竟。

记者去的正是时候。

1996 年 7 月 31 日，吉林省司法厅将在省会长春召开律师大会，记者了解到会议的主要议题是：第一个议题邀请"全国十佳律师"王海云和二等功荣立者贾中化律师作报告；另一个议题很够刺激——将通报对几名律师的惩戒决定。

好典型坏典型一块端出来，可谓用心良苦。但律师不是一个好带的队伍，这种在有些人看来有点像杀鸡给猴看的教育方式，律师们未必能接受。

司法厅从 4 月份进行的以贯彻刑事诉讼法为主要目地的学习整改活动，是想以这次会议推向高潮的，但愿望和结果能不能吻合，谁的心里都没有底。

即便如此，厅里所有的律管干部，谁都没有对设置这次活动的愿望表示怀疑。他们想，即使这次活动得不到广大律师的理解，但终会有一天，律师们总会想起，公元 1996 年，在新的刑事诉讼法实施之前，有人曾向他们发出过特别忠告！

警告非危言耸听

第八届全国人大四次会议通过的新的《刑事诉讼法》，对我国刑事诉讼制度和司法制度进行了重大改革和完善。修改后的刑事诉讼法，吸纳了我国刑事诉讼的实践经验，借鉴了国外的一些做法，对律师介入刑事诉讼的时间和参与刑事诉讼的权利、范围作出了一系列具有突破意义的规定。

律师们为之振奋。律师队伍扩大了，律师的权力、地位也提高了……中国的律师事业确实迎来了发展的春天。

在这种情况下，有许多律师摆开架势要大显身手，但也有些人存在一种担忧：《刑事诉讼法》将在1997年1月1日起开始实施，那时候，律师能适应新的要求吗？

这种担心不无道理。早在新的《刑事诉讼法》通过之前，有位国家律师管理干部就在一个高层会议上发出这样的警告：如《刑事诉讼法》通过，将有一大批律师成为牺牲品。这绝非危言耸听！这些年，律师界在改革中有了长足的发展，但也不容忽视地出现了一些有目共睹的不良现象，有人已经发出这样的感叹：我喜欢律师这项工作，我担心律师这支队伍！

从总体上看，吉林省律师的职业道德和执业纪律是好的，绝大多数律师能遵守职业道德和执业纪律，认真履行律师职责，热心为当事人服务，王海云就是这支队伍中的杰出代表。还有相当一批忠诚于法律、忠诚于律师事业、为律师事业默默工作、甘于奉献的先进人物，他们构成了这支队伍的脊梁，成为这支队伍的主流。但是，司法厅的同志们也清醒地看到，由于受不正之风的影响和侵蚀，这支队伍中也确实有极个别人，职业道德素质下降，不遵守执业纪律。他们有的为了多得钱，哄骗当事人，甚至勒索当事人；有的为了摆阔气、讲排场，挥霍当事人的钱财；有的为了迎合当事人，与法官建立不正常的关系，甚至直接参与设计和制造伪证。他们人数虽少，但影响极坏，严重损害了律师在人民心目中的形象。

距离新《刑事诉讼法》实施的时间越来越近了，律师以怎样的姿态去迎接新的挑战，成了一个异常迫切和严峻的问题。这个问题解决不好，为民请命的律师队伍中有的人就有可能成为人民的罪人。那时候，律师将有愧于历史的重托。

形势不容乐观，有备才能无患，于是，1996年4月15日，吉林省司法厅"贯彻刑诉法，开展学习整改活动"的方案出台了。

"三看三查"查出了什么？

这次学习整改的主要任务是认真学习新《刑事诉讼法》，准确把握刑事诉讼法修改的立法精神和法律条文的具体含义，提高认识、改进工作，通过整改活动，解决目前律师队伍中存在的问题，完善管理，提高职业道德和执业技能水准，为新《刑事诉讼法》的全面实施做好准备。

他们把学习整改活动分为三个阶段。

第一阶段为学习动员阶段。主要任务是全面学习新的《刑事诉讼法》。对照旧法，进行逐条逐款的学习领会，提高对新法颁布重要意义的认识，掌握新法有关律师参与诉讼的各项规定。广大律师以主动自觉的精神认真学习刑诉法，力求在学懂弄通上下功夫，出现了近年来少有的学习热潮。省厅和省律师协会适时地举办了全省律师所主任培训班，聘请吉林大学参与《刑事诉讼法》修改工作的任振铎教授亲自讲授。各地也纷纷举办刑诉法培训班，形式多样，生动活泼。一些市、州、县司法局的领导，亲自参加学习、参与组织。吉林、四平、延边等地司法局一把手亲自动员，并以普通学员身份参加学习，极大地调动了律师学习的热情。特别是律师法颁布后，更加推动了学习的深入开展。据了解，"两法"颁布以来，全省各地共举办15期培训班，培训面达95%以上。

第二阶段为查摆阶段。这一阶段主要任务是组织律师进行"三看三查"。即：

看国家法制建设的突破，查自己思想上有哪些不适应的地方，解决思想认识上存在的问题；

看刑事辩护制度历史性的重大改革，查自己在刑事诉讼中的作用发挥得如何，解决刑事辩护率低的问题；

看律师诉讼权利、范围扩大和社会对律师的期望，查目前律师自身觉悟和业务水平有哪些不适应的地方，解决职业道德、执业纪律存在的问题。

"三看三查"是整改活动的实质部分。活动进行到这里，最艰难的时刻也就到来了！

本来整个活动，包括第三阶段——整改阶段，是准备在6月末结束的，但省厅力求在"三看三查"这个实质性阶段中抓住根本抓出实效，要求这一阶段各地要以律师所为单位，集中不少于一周的时间坐下来进行查摆，研究整改措施；各市州律师管理部门要对所属律师所的查摆整改活动进行检查指导，从中抓住主要问题进行集中研究解决；省厅和省律师协会也要派员到各地进行调研指导。5月末，省厅主管律师工作的副厅长刘力群同志听取了每个调研干部的汇报。情况不令人满意。一些地方学习热热闹闹，但查摆活动搞不下去。刘副厅长当即决定时间服从质量！

查摆阶段取消了时间限制。为了保证工作质量，厅律师管理处和省律师协会又组织专人几次到各地及省直各所开展调查研究，几次召开各市、州律师管理干部和省直律师所主任会议，进行督促检查，分类指导。他们组织广大律师从社会主义民主与法制大局出发，从律师事业的前途着眼，紧密联系律师执业和律师管理中存在的问题，认真查找思想上、政治上、业务上、管理上的差距，摆现象、论危害、查根源，从而看到了整改的方向。例如，吉林地区通过查摆，归纳整理出律师执业中追求经济效益、忽视社会效益，私招乱聘执业人员，办人情案，吃回扣，不正当竞争，吃光分净，不注意队伍建设等6个方面的问题。白城地区通过查摆理出了拜金主义，重经轻刑，办案中搞勾兑，给法官报条子，忽视党建工作，服务领域窄，吃请和请吃，偏袒当事人，个别人办关系案、金钱案、人情案，律师队伍水平参差不齐等12个方面的表现，并有针对性地开展了整改活动。辽源地区在整改过程中，认真地查处了曹某某、费某某、王某某、邵某某等四人违法违纪案件。在全省律师界引起了震动。

走在前面才能留下脚印

吉林省在律师系统开展的学习整改活动，弘扬了正气，调动了律师的积极性，推动了各项业务工作的开展。今年上半年，各项业务开展比去年同期有较大的增长。据统计，全省律师共办理各类案件9685件，比去年同期增长7.2%，其中，民事案件3935件，比去年同期增长14.8%，行政案件193件，比去年同期增长32.2%，非诉讼2423件，比去年同期增长34.2%。特别应当指出的是，刑事案件在遏制了连续几年的下滑之后，出现了大幅度上升的势头，今年上半年全省律师共办理刑事案件2962件，比去年同期增长24.2%。从全省来看，完成了厅党组年初下达的指标，实现了刑事辩护案件的历史性突破。在"严打"斗争中，广大律师积极参与，严格掌握法律和政策界限，既保护了被告的合法权益，又保障了"严打"的顺利进行。仅5、6两个月，全省律师受理刑事辩护案件1100余件，办结600余件，尚未发现一起违反纪律办案的现象。这些成果充分说明，经过学习整改活动，吉林省律师队伍整体素质有了很大提高，战斗力明显增强。

1996年6月8日，肖扬部长对吉林省司法厅组织的学习整改活动作了重要批示："吉林的做法值得借鉴。"6月19日，吉林省委副书记王金山同志也就此事作了重要批示。

司法部和吉林省委的充分肯定和高度赞扬，证明吉林省司法厅的工作走在了前头，而走在前面的人，才会留下历史的脚印。

学习整改是不是一次革命

学习整改，从长远来看，主要是解决了律师队伍的思想建设和组织建设问题。

通过学习整改，吉林省司法厅厅长李景学同志总结归纳了七个方面的问题。换句话说，就是律师为市场经济提供法律服务，必须处理好七个方面的关系：一是处理好改革和发展的关系；二是处理好经济效益和社会效益的关系；三是放开法律服务市场和加强法律服务市场管理的关系；四是处理好当前建设和长远建设的关系；五是处理好分配和积累的关系；六是处理好行业管理和行政管理的关系；七是处理好发展队伍和提高素质的关系。这七个方面的关系，概括起来有两大方面，一方面是思想和组织建设方面的问题，另一方面是基础建设和业务建设的问题。在这些问题上，李景学厅长有过多次明确而具体的要求：从长远看，律师所不能发展成星罗棋布的个体户，不能是两张桌子、一部电话的小打小闹的小家子气。律师事业要适应我国民主与法制建设的需要，要适应与国际律师制度接轨的需要，必须建设一大批具有高层次、高水平、大规模的律师事务所，离开这个标准，发展就是一句空话。每个律师事务所都要从律师事业的长远目标出发，控制盲目攀升的分配倾向，确保积累，有计划、有目标地逐步完善律师所的基础建设，大力发展专职律师队伍，努力完善律师所的内部管理机制。

通过整改，吉林省解决了以下几个在律师事务所长期存在的问题：一是加强了律师事务所的党组织建设，二是建立健全了各项规章制度，三是从制度上保证了律师职业道德和执业纪律的长期教育工作。而这一切又都建立在全体律师对新形势、新任务和新责任的认同上。

吉林省在学习整改活动中惩戒了一批违法违纪的律师，但惩戒和处理并不是目的，目的是通过学习整改活动，提高全体律师的自我识别和自我约束能力。从这次活动的士气和效果上看，记者深深地感到，吉林省司法厅在律师系统进行的学习整改活动，是律师队伍中的一次主动自觉的革命。

掌声说明这一切

1996年7月31日，记者开篇时提到的那个会议很快就要开始了。

会议定于上午9时开始，8时50分，吉林省行政学院礼堂已座无虚席，这打破了中国人8点开会9点到，10点开始作报告的习惯。无论是"全国十佳律师"王海云的演讲，还是对四名违法违纪律师的惩戒通报，都不时被热烈的掌声所淹没。那发自内心的真实鼓掌，一次次证明了广大律师对这次活动由衷的拥护。由此，吉林省司法厅在全省律师系统以贯彻刑事诉讼法为目地开展的学习整改活动像预期的一样真正达到了高潮。

无奈的选择

为了7月31日的会议，全省各市州的律师主管干部都到了省城。会议过后，大家的心情并不轻松。辽源市这次有两人受到了惩戒，占全省的 50‰ 大家跟辽源的局长都很熟悉，想安慰他几句，却都无话可说。还是辽源的杜局长自己先开了口："你们要感谢我呀，是我为你们提供了反面教材。" 他很幽默，但大家看得出，他的泪水就藏在眼皮底下。省厅律管处的高处长过来了，他是一位名副其实的司法老兵。他用大手握住杜局长的肩膀，说："太委屈你了。我是辽源的老局长，是我的底子没打好啊……"杜局长说："不，是我给你捅娄子了。"

我们的律师队伍中，确实有一些人由于长期不注意世界观改造，不加强职业道德修养，缺乏对不正之风和拜金主义的抵抗力，一遇比较适合的外部环境，就往往迷失方向，做出背离人民律师宗旨的事情。但欣慰的是，我们的律师队伍能依靠自身力量去解决它克服它！受惩戒的律师中，有的受党教育多年，为党做过不少工作，但在临近退休的年龄却滑向违法违纪的泥坑。我们为他们惋惜，但铁一样的纪律无法同情他们……

一切都太晚了。他们严重地损害了律师的形象和声誉，给律师队伍造成了极坏的影响。"谁败坏我的形象，我就砸谁的饭碗。"——这也是无奈的选择。

为谁話为谁忙

律师大会刚刚结束，省厅的律管干部又投入到了紧张的整改验收工作。8月1日，副厅长刘力群同志与副处长王晓峰同志一起去了吉林市。

在吉林，他们一天检查了6个所，早饭合并到了中午，而晚饭推迟到了深夜。

这时候，吉林市司法局的领导研究完如何贯彻省律师大会精神后，也在下面检查指导工作，直到深夜，他们追到刚刚成立的大成律师事务所，终于和省厅的领导见面了。

两班人马，一样的疲惫。此情此景，无须再问为什么吉林市的律管工作走在了全省的前头，也无须再问为什么吉林省的律管工作走在了全国的前头。

深夜12点了，刘力群同志明天还有会议，要回省城。大家简单用餐，互道离别。这时，人们看到了副厅长皮鞋上裂开的口子。

夜很深，人很静，大成所的律师们轻轻地用歌声为他们送行。一曲"为谁辛苦为谁忙"，唱出了律管干部的情操，也唱出了广大律师对律管干部的一片感激。

省厅和市局的领导离去了。但记者知道，他们今天晚上都睡不好，即使在梦中，他们还要勾画律师工作的明天。

（1996 年 11 月）

亮出你的王牌

——记"辽宁省最佳律师"文柳山

文柳山还在大连市第一律师事务所的时候，一天，年轻律师车奎突发奇想——

查查文柳山的底细

文柳山 1989 年 1 月开始做律师，仅六年时间，就成为了大连市几乎家喻户晓的人物，他靠的是什么？车奎把关于文柳山的一切案卷材料都找了出来，一件一件地翻阅，他终未找到一件令他惊心动魄的大案要案，却被一连串的数字深深吸引住了——

文律师的办案收费额连续几年翻番上升，第一年 1 万元，第二年 2 万元，第三年 4 万元，第四年 8 万元，第五年 16 万元，第六年近百万元……文律师是鞍山人，大连对他来说是个陌生的地方，他没有投机取巧的机会，也没有走歪门邪道的环境，那一连串的数字，结结实实地压在一连串貌不惊人的小案子上，无论如何可以证明文柳山度过了一段蚂蚁啃骨头的岁月，并在这种岁月中充分展示了他的知识才华和勤奋、以及人生追求和品格。

不久，车奎和年轻女律师耶冰便走进了文柳山踏踏实实的脚步中，共同创办了"文柳山律师事务所"。

文柳山生在鞍山，长在鞍山，因为是红军的后代，所以从小就没有过可以得到特殊优待和特殊照顾的奢望。他必须学会吃苦，学会过最最普通的生活。他当过四年铸钢工人，就在那时候，他模模糊糊地开始思考"工人阶级是领导阶级"的真正含义。他认为工人必须掌握更多的知识，否则把他确定为什么阶级都不会受到社会的尊重。

1978年，文柳山有幸进入鞍钢干部管理学院脱产学了三年日语；后来他考上了电大，学习了三年法律；再后来，他成了北大经济法研究生，获得法学硕士学位后，1988年9月，35岁的文柳山被分配到大连市工作。

文柳山在大连什么人都不认识，甚至分不清大连的东西南北，看来，他的一切都要重新开始了。而这又一个重新开始，仍然意味着——

一切要靠自己

文柳山在做律师之前，已经有了较丰富的人生阅历。他16岁参加工作，36岁才开始做律师。16岁到36岁，中间相距20年，在人生的旅程中，这个距离不算长也绝不算短。因此，文柳山无论如何也明白，他需要尽快成名，并且他比谁都清楚如何才能尽快成名。

律师是需要一些名人效应的。你是名律师，你才有资格接名案；反过来，有了名案，律师也才有成名的机会。但是，在大连，文柳山是个陌生人，可以使律师扬名的大案要案绝对轮不到他的头上，通向成功的道路也绝不会为一个陌生人开出一条捷径。他只能去找些小案子，甚至是小得不能再小的案子：

为了一个医疗事故案，文柳山坐火车去沈阳医大、辽宁省卫生厅取证调查，去大连市卫生局、医院调查取证，历时一年半，收费100元，最终调解结案。

有一位70多岁的老太太，下公共汽车时，一只脚着地，另一只脚还在车上，车便启动，老人被摔伤。文柳山象征性地收了50元代理费，便开始了紧张而艰苦的工作。他找当班的司机了解情况，找当时在场的乘客做笔录，找汽车所属单位请求赔偿损失。他骑单车、挤公交，往返多次，终使肇事单位和受伤老人达成调解协议。

……文柳山就这样一点一滴地积累，像开荒，开垦一小片，播种一小片，虽比别人辛苦，却比别人踏实。他在这种"小打小闹"中扩大了人缘，也丰富了自己的办案经验。当然，这样做律师是最不容易成名的，好在文柳山的选择更有利于思考做人的道理，他在脚踏实地的奔波中，思考的已不再是成功名利禄。他宁愿一辈子都不成名，只要能使最普通的百姓从诉讼的痛苦中解脱出来，只要能让最普通的人看到社会的公平和正义，成名与否在其次。

一天，一位老太太哭天抹泪地找到文柳山："文大律师，你给我做主啊！"原来，这位老太太的后夫去世后，继子女要把她扫地出门，她无依无靠，生活眼看没有了着落。她天天哭泣，她天天喊冤。总算老天有眼，她知道了一位不嫌官司小、不怕收费低的文律师。

文柳山明白，蚂蚁啃骨头终于"啃"出效应来了。他早就知道，他总有一天会"啃"出自己的天地来，那时候，人们会为一个年轻人而感到惊讶：他没有靠任何人，没有施展任何伎俩和技巧，而完全靠着一股子韧劲，点点滴滴，滴滴点点……他成功了，他无须再像往常那样到处寻觅，而是人们在到处寻找他。

"文大律师，给我找条活路吧，20元钱够不够？"老太太把破旧的20元钱高高举过头顶。文柳山为老太太争回了本该属于她的继承权，依法维护了老人的合法权益。他常对所里的人说："20元和20万元，它所代表的案子的大小显然是不一样的，但在当事人看来，20元的案子和20万元的案子没有什么大的区别。因为，在他们的生活中，一生也许就只有这一次官司。"

文柳山就在这10元20元的小官司中，更加丰富地体验了社会、体验了人生，也在这些不起眼的小官司中，赢得了广泛信任，扩展了服务领域。

法律服务市场是开放的，你有能力，你便可以在这个市场中尽情开拓。但每个人的追求是不一样的，所以每个人捞取市场的手段也不尽相同。有的人不是在用社会背景去占领市场吗？有的人不是在用金钱去收买市场吗？有的人不是在竞相压价、互相贬低去搅乱市场吗？……而文柳山没有这样做，他完全靠着知识和勤奋，老老实实地做人，本本分分地做事，在一步一个脚印的进取过程里，在纷繁拥挤的大市场中，他看到了像鲜花一样——

盛开的希望

也许文柳山当初选择一条最辛苦的道路是不得已而为之，但他在这条道路上走出了一种精神、一种人格。当这种精神及人格使法官、检察官以及当事人感动和震撼的时候，人们再也不可以仅仅用数字去计算文柳山有过多少不起眼的小官司，而是可以在这些小官司中去领悟什么才是一个优秀律师真正的王牌。

文柳山在这条路上走得无怨无悔。

文柳山用真才实学去赢得每一场官司，所以他迈出的每一步都是坚实的，无可挑剔的。

一场场官司找上门来了，这不仅是因为他打官司打得多，更因为他打官司打得质量高。一传十，十传百，如此良性循环，文柳山的业务越来越多，甚至一些在法庭上与他唱对台戏的人，也不得不佩服他的"真功夫"。

文柳山代理了一起贷款纠纷案，他是被告。原告是大连开发城市信用合作社。案子结束时，信用社坚决要请文柳山担任他们的法律顾问。

另外一个购销合同纠纷案，结案后，原告方紧紧握着文柳山的手说："我们输了，输得心服口服。我们还有几个案子，希望你能接下来。"

与此同时，大连市各法院也对文柳山的表现给予了高度的评价。

1993年8月，大连开发区法院举办"首次审判方式改革观摩庭"。改纠问式为抗辩式，这是一项重要的庭审方式改革实验。既然是观摩，就要有一流的水准，就要有一流人才的参与。经过再三筛选，法院毫无争议地指定文柳山出庭辩护。检察院也认为文柳山出庭，这个庭才有观摩的价值。

电视台对观摩庭做了全程录相，向公众转播后，文柳山精彩的辩护引起了大连各界的广泛注意。一些只在影视作品中见过律师形象的市民看了录相后惊叹："原来我们大连就有这么优秀的律师啊！"

差不多也是这个时候，在大连市老幼皆知，在全国也很有名望的辽宁省大连海洋渔业总公司正在暗地里对文柳山进行着考察。

80年代后期以来，辽渔遇上了几起不大不小的官司，各分公司也经常被一些经济纠纷所困扰。

"搞改革搞生产我们是行家里手,但在法律面前我们都是门外汉。我们必须要有一个一流的法律顾问。"身为全国劳模的张毅总经理找到法院的一位老朋友,谈了自己的想法。那位法官说:"你辽渔是大企业,你的法律顾问当然也不能含糊。"看来非文柳山莫属了。

张毅沉思了一会儿,淡淡地笑了。他知道一些关于律师的传闻,有的律师不是在打官司而是在打关系,而关系这玩意儿有时是靠不住的,到时候受害的是过于相信这种关系的人。

法官看出了张毅的意思,说:"文柳山跟别人不一样,文柳山就是文柳山,不信你走着瞧。"

张毅又去了检察院、司法局,所到之处,大家向他推荐的都是一个人——文柳山!

恰在此时,大连市人民广播电台慕名为文柳山开了一个法律专栏,这为张毅的考察提供了便利。当"文律师专线"定期在大连的各个角落响起的时候,张毅像许多人一样,成了这个栏目的忠实听众。

……当文柳山正式被聘为辽宁省大连海洋渔业总公司法律顾问的时候,当文柳山全身心为辽渔的权益奔走于法庭内外的时候,他哪里知道,目光长远又严肃谨慎的辽渔人已对他进行了长达一年多的考查。

看着辽渔公司欣欣向荣的改革成果,看着辽渔在法律的保护下更加稳健的前进脚步,张毅欣慰地想起了那位法院老朋友的话——

文柳山就是文柳山

文柳山在日常生活中是一个宽容、大度和洒脱的人。

文柳山像普通人一样,经常挤公共汽车,因此难免也会发生碰碰撞撞,难免也要被人训斥几句或骂几句,他几乎是从来不还口的。他认为没有必要亲自冲杀上去,因为他相信周围的目光和表情都在为他说话。

他坐出租,下车时一般也是要票的。但司机说:"对不起,票用完了。"这时,有的人就会说你没有票我不给钱,争吵不休甚至会引起一场血肉之战;有的人照付车钱,但要把理找回来。而文柳山这时依然是什么都不说,交了钱开门下车走人。文柳山不习惯与人争论不休，尤其在有些场合的争论往往是毫无结果毫无意义的，他把自己的辩才全部用在了法庭上，那是一个真正可以讲道理的地方，并且在那里所讲的道理通常可以用布告的形式标制成"榜样"公示社会，而"榜样的力量是无穷的"，人们可以在那里真正明白是是非非。

文柳山把法律看得很神圣，因此为了追求法律的公正而不屈不挠。

文柳山特别善于把法学理论运用到庞杂而曲折的案件中。有多少属于"疑难杂症"的案件，都被文柳山依据法律迅速分析出症结所在，产生了"山重水复疑无路，柳暗花明又一村"的效果。有人说他靠了博学多才，有人说他是靠了敏捷的思维和出色的辩才，更有人说他是靠了不服输的性格……

1992 年，某生产镁砂的企业起诉大连某外贸公司，要求给付出口镁砂的货款。

文柳山作为被告的律师出庭答辩：我出口的镁砂是你生产的，这毫无疑问。但我出口的镁砂并不是从你处而是从另外一家内贸公司购买，有合同为证。且我出口结汇后，已将货款付给了该内贸公司，有付款委托书和付款凭证为证。我不应为一批货付两笔款，至于那家内贸公司没有向你付款，那是你们之间的事情，与我根本无关，我和你之间没有法律关系。

此案一审开庭两次，耗时一年左右。在一个对该案本无管辖权的法院里，法官明显偏向原告。一审判决，被告应承担付款责任，外贸公司败诉。

文柳山上诉到大连市中级人民法院，又开庭两次。经审判委员会研究，做出二审判决：事实不清，发回重审。

发回到原审法院后，另外组成一个合议庭，再次开庭审理，虽追加内贸公司为第三人，但仍判令外贸公司承担还款责任。文柳山又第二次上诉到市中院。在市中院又一次开庭，终于做出终审判决，判令第三人内贸公司承担还款责任，外贸公司的还款责任被解除。

此案共在两级法院折腾两个来回，开庭六次，历时近两年半，终于胜诉。

……

你如果与文柳山交朋友，他必定是你靠得住的朋友；你如果请他做律师，他又是你绝对靠得住的律师。

文柳山在执行律师职责时那种认真劲儿，他的同事是最有感触的，有时甚至令同事难以忍受。

有一位律师在文柳山律师事务所学习，业务能力很强，但由于户籍不在大连，文柳山坚决不准他以律师身份出现。后来，这位律师去了别的所，经常在律师出入的地方出出进进，也没有人过问他的律师身份，还给那个所带来了可观的经济收入。有人开始埋怨了，而文柳山却说："他在别的所可以那样。在咱们所绝对不行。"

一位文柳山北大的同学，现在某大学任教。她教务繁忙，但还是看在老同学的面子上过来兼职做个帮手。大家都奉她为专家，有事就向她请教。但她没有律师资格。因为是在文柳山的手下工作，说起来是专家，其实只能做些幕后工作，经常有些大的经济代理是冲着这位老师来的，但她不能接。眼看着十几万几十万的票子飞到了别的律师所，文柳山却不眼红。这位老同学也给予了老同学文柳山充分的理解："规矩就是规矩。"

文柳山和他的律师所就是靠着这些不可破的规矩和不可破的人生标准，把律师所越做越规范，把事业越做越红火。但他们并没有满足，他们还要——

永远的追求

从 10 元 20 元人民币的小案，到几百美元近亿美元的大案，从无名小辈到大名鼎鼎，从单兵作战到带出一个优秀集体……这就是文柳山所走过的律师道路。自 1991 年以来，文柳山连年被评为大连市"最佳辩护人""优秀法律服务竞赛先进律师"。1994 年，文柳山获得"辽宁省最佳律师"称号。

1995 年，文柳山不仅个人再次成为大连市优秀法律服务竞赛先进律师，他的律师事务所也在大连市律师事务所优秀服务竞赛中成为先进集体。

1996 年 6 月，文柳山被大连市委、市政府聘请为中共大连市委、大连市人民政府第三届咨询委员会委员。用大连市委书记于学祥的话说："市咨询委员会，是市委、市政府为健全领导决策机制，提高决策民主化、科学化水平而设立的我市最高层次的智囊团，也是吸收社会各界有识之士参政议政的一种新的组织形式……"文柳山作为一个唯一进入该咨询委员会的律师代表，他由此开了大连市律师直接参政议政的先河；这个曾几何时名不见经传的小律师，也由此带动了大连市律师社会地位的提高！

但文柳山丝毫不敢懈怠。当这篇文章展现在读者面前的时候，文柳山已远在日本，他学习、考察、取经、深造，将在那里度过半年的时光。

明年，文柳山将踏着春风回到祖国。那时，人们有可能看到一个知识更渊博，经验更丰富，更加充满活力的文柳山。

文柳山回来了，其他人接着出去；其他人回来了，文柳山还要出去……他们希望学到更多的知识和经验，无论是国内的还是国外的，无论是现在的还是将来的……他们就这样永无止境地学习，永无止境地追求……

（1996 年 12 月）

听那遥远的脚步声

——献给震序律师所及所有探索中国律师事业发展的人们

为震序喝彩
——感慨震序之一

1992 年 7 月，震序律师事务所在云南昆明诞生。从此，一种声音从祖国边陲响起，渐渐向远处延伸。

这个声音在长征。

当这个声音变成了一种生命传奇的时候，他也必将对生命产生深远的影响。

背负着历史的责任，马军和他的震序律师事务所，在中国法制建设这条艰辛的道路上苦苦跋涉，踏响了他们沉重的脚步……

提到马军，不可能不说震序。

提到震序，不可能不说马军。

我写过马军，文章叫《生命的诠释》。那时我身体不好，去不了昆明，得不到第一手材料，并且由于体弱，基本上只能趴在床上去写作。写得很难，但写得不好。文章在今年第 6 期发表后，受到一些读者的喜爱，我认为主要是马军的个人魅力和马军带有传奇色彩的事迹太吸引人。

马军见到了那篇文章，他说："我们所里面有个刘胡乐，是个工作狂，能力不在我之下，大名鼎鼎；还有个高宗华，号称"离婚专家"；还有个'独腿英雄'李景平,是战斗英雄史光柱的连长;还有王达人、谢同春、王碧兰、刘秋平……你应该多写写他们。"

正好那边有个会议,1996年10月8日,我与美编大宇在主编刘桂明的带领下飞往云南。

已经是下半夜了,震序的招待所迎来了他的第一批客人。

三室两厅,高档而具生活情趣的装修,体现着宽敞明亮的温暖高贵。这样标准的住房,震序的律师人人都有一套。

我们来自拥挤的北京,我们对震序人所拥有的居住条件惊羡不已。我们可望而不可及。我们躺在松软的床上,享受着三室两厅温暖高贵的"初夜权"。我们不敢想象在震序的感受属于我们的生活。我们在体会震序人的激动和幸福。

接触震序,内心的羡慕会产生强烈的巴甫洛夫条件反射!

走进震序,便会不由自主地为震序喝彩!

作为震序所的主任、副主任,马军和刘胡乐分别拥有一间48平方米的办公室。这是一个什么概念?这个概念是说,震序主任的办公室甚至要比共和国部长的办公室还要阔气。房间内真皮沙发毛地毯,豪华书柜老板台,还有一盆盆名贵的花木,一排排厚重的书籍,尤其案头那一摞摞的卷宗,显示着房间主人的学识和胸怀,更显示着房间主人内心世界的丰富以及对美好生活的热爱和追求。

靠近阳光的那一面是开放式的,一溜儿的玻璃墙,天天迎接着红日的升起。当秘书把窗帘哗啦啦打开,温暖的太阳便跳到震序的心上,而震序的目光也在此时此刻望向远方。

新的一天来临了,阳光空气都是新鲜的。震序人领略着这样美好的气息,虽然万般辛苦,心情无比舒畅。就在这一天,来自司法部律师司和中华全国律师协会的领导都成了震序的客人。他们带来了司法部和全国律协对震序所过去、现在和未来发展方向的赞同和支持。全国各省、市、自治区、律协领导也在震序大开眼界,他们说:"震序的规模,五年之内,没有谁可以追上。"

让刘胡乐带着我们,让我们带着读者,看看他们的办公楼概况:

震序拥有繁华街区写字楼内三层的所有权,两层用于办公,其中除了主任、副主任各 48 平方米的办公室外，还有 10 多间律师办公室及多间其他功能办公室、24 个律师卡座，还设有大会议室、小会议室、洽谈室……另外一层，是近百平方米的餐厅和 80 多平方米的建身房……

让我们一起为震序的规模而惊讶吧——

这是他们自己的投资，

这是他们自己的产权，

这也便是他们永远的拥有！

让刘胡乐带着我们，让我们带着读者，大家向电脑室走去，看一眼震序所的现代化办公设施。

电脑台上有一张"震序律师事务所计算机网络系统应用情况"。我对电脑、网络一知半解，但还是大体了解了他们的实力：

震序所已经在所内建立起全局网络管理机制，通过服务器把 52 台计算机连成网络，实现多种软件的共享使用。

不远的将来，他们还将加入 Internet 国际互联网络。

震序是个让人敬佩的名字。仅仅四年，他们发展成了全方位最具影响力的大所：一流的办公场地，一流的法律人才，一流的办公设备；人手一部大哥大，基本每人配备一辆汽车；全所人员每天免费午餐；每个律师除了具有人身、养老、财产保险外，还全部为每人买了一套住房，安装了电话……

人们无法不在震序面前肃然起敬。

人们无法不在震序面前发出惊叹。

然而，真正能让人感慨万千的，是震序的管理模式和运作机制，是他们的胸怀和远见……

生死攸关的"毛儿盖会议"
——感慨震序之二

1994 年 1 月 3 日。再有四个月，震序就可以兴高采烈地庆祝他的两岁生日了。可就在此时，在马军的召集下，17 个合伙人集中到海壊，在一个基本上封闭的状态下开了整整 5 天会议。不准缺席，不许请假，可见这个会议是在异常严峻的形式下召开的。马军后来把这次会议称作——"毛儿盖彼"。

这个统生死攸关。

这个会议为震序以后的发展铺平了道路。

1935 年 8 月 26 日，在毛泽东主持下，中共中央在四川毛儿盖召开会议。这次会议开展了反对张国焘右倾分裂主义斗争，确保北上抗日战略方针的实现。

是北上抗日？还是往西流窜？——这就是中国革命史上生死攸关的毛儿盖会议。

震序的"毛儿盖会议"，在震序的历史上也必将占有极其重要的位置。当时，律师所经过一年多的运作，创下了可观的经济收入，不仅实现了当年回本的目标，还在原来的基础上翻了好几倍。

收获了，是将收获当即吃掉，还是把收获变成种子继续播撒？用马军的话说，这是吃种子还是吃果实的问题。

收获了，有钱了。有人说，既然我们挣了钱，就应该提高个人的收入，就应该让大家看到股利。

钱是大家挣的，把钱分给大家，既不过分又合情合理。

但马军有自己的主张，他提出："个人的分配，必须顾及律师事务所的发展。"

是分光吃光，还是积蓄后劲？会议上展开了激烈的争论。最后，大多数人的意见还是统一到了马军的认识上。吃果实，而绝不吃种子！

会后，主任助理谢同春给全体合伙人在一辆唯一属于震序的极为寒酸的旧汽车前照了一张合影。这张照片很珍贵，因为拍了这张照片之后，合伙人就只有 14 人了。

他们并不感到遗憾。既然战略思想上不一致，分手就不是一件坏事情。他们只能感到欣慰，包括后来人，他们都会为前辈的这次战略性会议感到自豪。

马军指着那辆旧车说："这辆车很寒酸，但明年就不是这样了。下次开会，这里停放的将不是一辆，而是十几辆崭新的汽车。"

——就是震序人的自信和眼光！

马军效应还是震豚应

——感慨震序之三

在《生命的诠释》中我写过这样一段文字：

在离云南省城昆明很远的山路上，行驶着一辆疲惫的汽车。车身满是泥土。挡风玻璃上，落满灰尘，落满露水，刮水器划过去，划出一片模糊，划出一片睡意朦胧。

汽车在一个路边小店前停下。

车主人走进小店，要了一碗米饭，要了一盘菜一碗汤。然后，他趴在桌子上，呼呼地睡着了。

上菜的声音吵醒了他。

他睁开眼睛，看见菜肴几乎摆满了桌子。

"这不是我的"，他不解地喃喃着，要离开这张桌子，被老板重新按在了椅子上。

"这是你的。"老板说，"你是不是人称'云南老五'的大律师马军？"

马军的名字很响，响到这路边小店，响遍云南，响及全国。

马军的故事很多，传说很多……"云南老五"这个名字，体现了百姓对马军的崇敬和信任，意思是说：在云南，论声望论影响，除了党委、政府、人大、政协，就数马军了。

马军掏出钱来。老板执意不收："你敢替老百姓打官司，你是个大好人……我就敢不收你的钱，你什么时候来，我都不收你的钱……"

马军说："你要那样，我还怎么做律师。"

快速填饱肚子，马军又要上路了。他的时间，比金子还宝贵。

他走出小店，眼前的一切又一次使他惊讶了——汽车已被冲洗得干干净净，柔和阳光洒在光洁的车身上，温暖着马军的心。

马军上路了。前面，数不清的工作在等待，数不清的考验在继续……

我对这一段文字很满意。有人说，这段文字"很文学"，我也觉得"有点文学"。同时我相信，谁都不会因为它的"文学"而怀疑它的真实。

我给你讲一段亲历的故事：

到震序的第二天，刘胡乐执意安排我们参观云南民族村。盛情难却，只好从命。

带我们参观的李景平左腿装了假肢，是参加过自卫反击战的英雄。在一次穿插中，他感觉到踩上了地雷，在顺手将身边的一位战士推开的同时，地雷轰响。被推开的那个战士便是在1985年中央电视台春晚以一曲《小草》唱响全国的著名战斗英雄史光柱，他双目失明，而副连长李景平失去了左腿。我们不忍心让英雄陪着我们受累，在民族村门口我们请了一位彝族导游。

导游名叫佟红，长得抚媚动人；她落落大方，语音甜美；她的微笑，可以把你带入山寨的惬意；在她的微笑里，你能闻到那清新而自然的香风，你在这香风中飘飘然，飘飘然便在浓郁的民族特色里领略到了她们的万般风情。

佟红问："你们都是律师？"她看到了提在李景平律师手中的《中国律师》杂志的方便袋。

"我们不是律师，我们是为律师服务的。"大宇指着李景平，"他是律师。"

佟红想问什么，刘桂明抢在了前面："我有个问题要问你。"这时候的刘桂明不是游客而是记者。"你知道云南最有名的律师事务所叫什么所吗？"

佟红在犹豫。

"那么，"刘桂明紧接着问，"你知不知道云南最有名的律师是谁？"

"你不要问这种问题……"小姐面露难色，"我对这个方面又不了解……"桂明稍有失望。"云南有个律师……姓马……"桂明瞪大了眼睛，"……叫马军！"桂明的眼睛瞪得更大了。

"是叫马军？"刘桂明进一步追问。

"对，叫马军，他是云南最有名的律师。"

我们感到惊喜。随之与导游小姐的关系也一下子拉近了许多。

佟红是个导游，远离政法系统，从来没打过官司，她能知道马军的名字，可见马军的影响多么广泛。

云南是一个多民族聚集的地方，和别的省份一样，人与人之间，村寨与村寨之间，免不了要发生一些冲突或者械斗。山里人打架经常真刀真枪，但无论在什么场合下，只要马军一到，大喝一声："我是马军！"便可以把他们镇住。这个传说我在东北、西北、大江南北都听到过，今天我相信所有关于马军的传说都不仅仅是传说。

有人说：马军在云南没有办不成的事情，而马军只办他应该办的事情；

有人说：在云南有一种"马军效应"，而马军致力于营造的却是"震序效应"。

当初，他们不得不放弃"云南省经济律师事务所"这个名字的时候，他们的心里万般痛苦。毕竟，他们已经为那个名字创造了良好的声誉。有人提议：我们的招牌就叫马军吧。马军没有同意。

震序没有马军的名字响亮，但总有一天，马军就是震序，震序就是马军，他们互为一体，密不可分，震序就是震序人。

这就是马军的远见，他没有把个人的名声当成私有财产，即使是一个律师事务所的名称，他也要让它永远经受住历史的考验。

序为阴，震为阳；月为阴，日为阳；有阴有阳，阴中求阳，如同稳定中求发展，黑暗中求光明……阴阴阳阳，是万千生命的根本组合……

震为动，序为静；雷为动，天为静；河水为动，河床为静；风雨为动，大地为静……震动而有序，是震序人向未来迈出的矫健步伐……

不论是"马军效应"还是"震序效应"，它的实质是在律师事业发展的道路上走出了特色，它的经验，必定会对未来的律师事业产生影响。

现在，震序人出去打官司，谁都不会给他们摆架子，因为他们自己就很有架子。

现在，在律师之间竞相压价的严峻形势下，许多当事人和企业却宁愿出高价迈进震序的门槛儿。

现在，从震序出去的人，大多发了财，却感到很失落，经常回来看一看。

每次看了都很伤感，恋恋不舍，两眼含泪。

1996年9月5日，震序所收到一封求职信。这封信只是众多求职信中的一封，但它很有代表性。

专职律师申请书

云南震序律师事务所：

YUNNAN ZHEN XU LAWYER'S OFFICE：

我于1988年毕业于司法部直属重点院校之一西南政法学院。随后，在本院就读研究生，于1991年获法学硕士学位。后在云南省劳改警官学校任教一年，因在学校无法发挥专业知识（向中专生讲授《劳改经济管理学》）和外语特长，于1992年自动离职，同年参加律师资格考试。1993年3月取得律师资格……

……那么，我在××所能自己养活自己，却为什么要来贵所呢？原因有三：

一、由于我在外语上的优势，遭个别律师的忌恨，在评职称时受贬低（对此我一直未加核实，因为我不愿陷入内部纠纷）。而我确信，贵所既有派本所律师攻读研究生的大家风范，就不会让律师陷入内部的困扰。

二、我在不同的场合一睹贵所马主任的风采，听说过刘胡乐律师的大名，使我感觉到云南最具实力的律师事务所高人一筹的胆识。参观贵所井然有序的办公环境和员工生活福利设施，更加印证出贵所高远的管理战略和人才竞争战略。我被强烈地吸引了。

三、最终的选择结果来自我认真的对比和全面的冷静思索，而不是一时的兴趣或冲动。最终决定来贵所之前，我曾数次想来贵所，却又没有付诸实际行动，思想上经历了一段反复。

但是，现在我下决心：一定要来震序所，这是我应该来的地方！

远姐能有卓识
——感慨震序之四

如果说领导是一种天赋，那么这种天赋是比别人看得更高更远的天赋；如果说领导是一门艺术，那么这门艺术是掌握永远领先一步的艺术。

震序所刚成立的时候，马军和刘胡乐就认为电脑终究要取代钢笔，要求大家逐步掌握电脑基本知识。现在，当每人配备一部手提电脑时，大家便可以运用自如。

经济体制的不断改革，使律师迎来了一些从未有过的业务。当一些律师还在研究承包、租赁的时候，震序已经开始研究产权问题。

震序所曾经出资 10 万元，将 12 名律师送到北京参加全国证券法律业务培训。一个律师事务所有 12 名律师获得此资格，这在全国同行中居于首位。他们还投巨资，送本所尚未取得硕士学位的 12 名律师上研究生班。各种高层次的培训班，他们都不惜重金参加。他们还派律师到美国、日本及周边国家考察、深造，开拓新的业务领域。仅 1996 年，震序所就有 10 多人到外国学习考察。

也许人们不知道，震序所派 10 多人到北京学习的时候，所里的业务几乎要停止了。但经过了那段短暂的痛苦，他们得到的又是一个第一。

也许人们还不知道，马军和刘胡乐读研究生时，都已是二级律师，相当于副教授，他们还要学习，还要深造，他们为了什么？

如果没有当初的明智和远见，就不会有今天丰厚的收获，就不可能创造明天的辉煌。

把话题再回到他们的"毛儿盖会议"。如果没有那次"毛儿盖会议"，没有在刚刚收获时确定的长远目标，就绝对不可能有现在的积累、现在的规模和现在的后劲。

震序人做了大量的公益事业：免费咨询、免费讲学、出巨资助教、支援希望工程……所有这一切，都得益于当初的决策和现在的规模。举个很简单的例子，法律援助，法院只给 50 元钱，而实际费用起码在 2000 元左右，一个没有积累没有规模的律师事务所，光打车都打不起，一个月指定他两起他就要倒闭。而震序不存在这样的问题，那 50 元钱，他们根本不要。在他们身上，可以真正体现"援助"的含义。

大学生到别的律师所实习是要交钱的，而到震序实习却有补助，这也是震序的一个特色。

云南大学法律专业的大学生对震序是熟悉的，并且以将来能够进震序作为荣耀。从这些大学生进入校园那天起，震序的眼睛已紧紧地盯住了他们。等选准了目标，大学三年级时，震序就开始对他们进行定向培养。

震序对人的要求是严格的，你有天大的本事，但你必须要正派。

在震序，你的头发、胡子、衣服、领带都有统一的规范，谁破坏了这种规范，一次警告，二次走人，没有第三次机会。

在震序，绝对没有私收钱财的事情，有了，一次解决，不可能再有第二次。

震序珍惜人才，严格要求人才，不惜重金培养人才——人才是震序兴旺发达的根本。

震序敞开胸怀纳贤才，今天60人，将来会更多！

家的概念
——感慨震序之五

把震序看成是一个家，谁是家长？马军，刘胡乐。谁是管家？办公室主任刘秋平。

刘秋平的丈夫是马军的好朋友。一次在一起吃饭，刘秋平与马军谈起了工作。其间，马军瞪着眼睛批评了她几句。她去洗手间时，她的丈夫对马军说："马哥，算了吧，她这个人连自己家都管不好，怎么做得了办公室主任呢？"没想到马军的眼睛瞪得更大了："那是你们家的事，你怎么知道她干不了办公室主任？"

刘秋平是办公室主任的最佳人选。她权力很大，掌握着震序的财政和行政大权。吃喝拉撒睡，天天不得闲，把震序打理得井井有条；前方打胜仗，后方大支援，律师所没有人不向她伸大拇指。

刘秋平在行政上谁都可以管，但经常管不了马军和刘胡乐。她担心他们的身体，这两个人一旦累垮了，她没法向全体律师交代！有一天马军没有外出，她悄悄为他做了工作记录：接待当事人 16 拨，接电话 74 个……这怎么是一个心脏病患者可以承受得了的呢？

她要各个击破，先解决马军的问题。

她求助于刘胡乐。

刘胡乐向马军的秘书下了死命令：中午把电话搬到秘书间，没收马主任案头的卷宗，停止他手中的一切工作，对马主任实行强制性午休。

定下的规矩绝不能变。

马军的老母亲，因为怕拖儿子的后腿没有与儿子住在一起。可儿子经常忙得连家都回不了，哪有时间去看母亲呢？

母亲不怪儿子，但她想念儿子。这天中午，老太太几次拨通马军的电话，秘书坚决不肯把马军叫醒。没有办法，老太太只好坐车过来了。

母亲心疼儿子，不忍心打搅儿子，她对儿子的秘书说："让我进去吧，我只要看他一眼。"

她坐在儿子的对面，静静地看了他半个多小时，没说一句话，没有抚摸一下心爱的儿子，便流着眼泪依依不舍地离开了。

下一步该解决刘胡乐的问题了，但直到现在，刘秋平也没有把刘胡乐抓住。

刘胡乐是个非常勤勉、非常谦虚、非常会管理的人，他与马军的配合几近天造。你在刘胡乐的身上，可以看到许多中国人的优秀品质。他时时为马军分忧，他觉得为马军分忧就是为震序分忧；他处处为马军着想，他觉得为马军着想就是为震序着想。

马军经历过事必躬亲的阶段，老律师王达人第一次见马军，马军正在手拿锤头钉子安装律师事务所的牌子。

现在该轮到刘胡乐了，他不仅自己要当好家长，有时还要代表马军当好家长。他不仅自己要把震序的严厉贯彻于全体，还要把震序的温暖送给每一个人。

马军说："你们看看刘胡乐有多忙吧！"接我们进震序那天夜里，1点多了，刘胡乐还要去机场，接外地办案归来的律师。

震序的律师确实把事务所看成了自己的家，把马军、刘胡乐看成了自己的家长。他们习惯了，每次出差，到了目的地后，无论多晚，都要向所里报个平安。他们知道，若不通报，做家长的怎么能睡得着觉啊！

1992年的一天，老律师王达人因病住院了。那时候，他刚刚入职，那边不会再给他交住院费，而这边刚来几天……马军和刘胡乐知道后，带上支票直奔医院。王达人急了："老板，我还没挣钱哪！"马军生气地说："你现在挣不了钱，以后就永远挣不了钱？既使挣不了钱，你毕竟是咱们这个家里的人嘛。"王达人紧紧抓住马军、刘胡乐的手说："等我死了，我的老婆孩子就交给两位老板，交给震序了……"

你在这个家里生活，为这个家工作，这个家什么都给你解决了。但你并不是没有压力。因为这个家给你的工资、汽车、房子……都是浮动的，如果你长时间接不到案子，财务就会通知你：你已经出现了赤字。这就意味着，你可能要被扣工资，你可能要停止用汽车……这时候你必须要加倍努力。不过，尽管发生了这么严峻的事情，你仍然能够享受到家的温暖。比如，你可以向老板求救，请求分一点案子给你。当然，在这期间你如果仍然接不到新的案子，那只能证明你不配做这个家庭的成员了。

不只自己的辉煌和骄傲
——感慨震序之六

亲临震序之前，我对震序的理解有两个误区。一是认为，震序有那么可观的经济收入，一定是云南有很好的法律服务市场，换句话说，是因为云南的钱好挣，现在才知道，云南大多数律师事务所全所的收入不及震序的一个律师，这证明震序的律师有高出别人许多的实力和素质；二是认为，马军既然是占云南70%财政的云南烟草公司、云南五大烟厂的法律顾问，那么马军肯定是发了"烟财"，现在才知道，马军对烟草的代理，只占他全部业务收益的5%，这证明马军的业务领域是令人难以想象的广泛。

当我们要离开震序的时候，得到刘胡乐正在签订一个标的为2.2亿元人民币的经济代理。在一些人看来，这太有点像梦中听到的言语了，可刘胡乐就稳稳地站在你的面前。

震序有无限美好的前景，因为他们诞生和成长在一个美好的时候。

中国人是很忌讳钱这个字眼的。但当震序人坦坦然然地挣钱的时候，人们不得不惊讶国民思想观念的突飞猛进。震序，你放心大胆地挣钱吧，不会有人因此而否定你们。没有钱，你们怎么捐资助教？没有钱，你们怎么帮助那些打不起官司的人？没有钱，你们又用什么去救济灾民？你们的钱来得并不容易，是高质量的服务换来的。是万般疲惫一身病痛换来的。你们的事业很辉煌，而你们个人并没有人们想象得那么富有，因为你们经常想着社会上那些需要救助的人，尤其是那些上不起学的山里孩子。马军和刘胡乐不就每人救助了10个失学儿童吗？马军说："我们少喝一杯酒，多救一个孩子吧！"

……震序踏响第一步的时候，就想到要让所有人听到他们脚步的回响。现在，整个司法界都听到了，整个大地正在听！

这是震序的骄傲，这又不仅仅是震序的骄傲。

震序人，站在所里是震序，走出震序是云南，出了国界是中国。

"100年后还有震序！"这是震序人的口号和奋斗目标。

让震序人的脚步在岁月中回响吧！

永远……永远……

（1996年12月）

张扬，也许你更适合做律师

——拜访作家张扬

20 世纪 70 年代初，《第二次握手》以手抄本的形式传遍全国，作者张扬因此被投进牢狱，内定死刑。这件事，可以说是新中国成立以来最著名的文字狱之一。

"要不是有一位故意拖延'执行死刑'的法官，要不是十一届三中全会来得及时，那么《第二次握手》可能就过早地成为您的遗著了。"

"我庆幸自己可以活下来继续同丑恶做斗争。"

张扬是一个斗士。他有一支很锋利的笔，经常性地去戳穿一些神话。他让人相信，只有正义代表正义，而绝不是哪个职位或哪身衣服。

"张扬老师，您的职业和您的性格，决定您与法律会有很深的渊源，很久以前就有人说您是不搞法律的法律专家，那么，您与律师一定会有很多接触吧？"

"我认识律师并不很多。在我的文章里，赞美过律师，也骂过律师。但我始终认为，一个有良知的作家和一个有良知的律师，他们的目标应该是一致的，心应该是相通的。"

张扬曾经两次入狱，并且目睹了几十年中"左"的危害和近年来许多领域愈演愈烈的不正之风。他对什么叫冤屈、什么叫不平有比常人更深刻的体会和理解。

不平则鸣，于是，他"鸣"了。

以前，张扬更多参与的是法庭外的官司，如党纪、政纪和道德范围内的事件，法庭上的官司他没打过，只是经常帮别人打。1996年10月18日，湖南省长沙市中级人民法院开庭审理《小溪流》案，张扬第一次以代理人的身份走进了法庭。

那么，《小溪流》案究竟是个什么样的案子呢？1996年7月2日，《文汇报》以《长沙判决〈小溪流〉纠纷案，原告湖南省作协胜诉》为题发了"本报讯"：

"《小溪流》是湖南省作协主办的一家儿童文学刊物。鉴于原主编×××长期利用刊物牟取私利，作协党组多次对其进行耐心细致的思想工作均告无效，中共湖南省委宣传部于1995年1月决定免去×××主编职务。但×××不但拒不执行，反而截留挪用公款20余万元以及公章和各种证照、票据。为维护国家和集体利益不受侵害，保证刊物的正常工作秩序，湖南省作协于去年3月正式向法院提起诉讼。在案件审理过程中，×××置国家新闻出版署有关规定和解释于不顾，四处活动，多方干扰，给《小溪流》杂志社的工作造成极大的困难和经济损失……"

从一审开始，张扬就已经主动参与了《小溪流》案，为一审的开庭审理和省作协的胜诉立下了汗马功劳。

案件进入二审阶段后，张扬毅然走向最前沿，把多次非法干扰正常办案的某些人逼上死角，终于迎来了长沙中院10月18日的公正审理。

凡是看过湖南省作家协会主办的《人物新闻报》1996年11月15日第38期的人，都会从《小溪流讼案与×××其人》中感受到张扬作为作家所具有的良知和胆识，同样也能体会出张扬在大诉讼中的勇气和智慧。

法庭上的辩论是很激烈的。"审判长、审判员……"张扬像一个老练的律师那样发表自己的意见："刚才对方长达47分钟的发言，几乎全部游离于案情以外。既然对方可以游离于案情以外近50分钟，那么，请法官允许我游离于本案讲一、两分钟。"审判长点头。"刚才，对方代理人向法庭展示了他的当事人因《巨人之子毛岸英》一书所获'五个一工程奖'的奖状。然而，大家知道吗？对方当事人10多年来从来不是一个像样的作家，因此这本书也文笔平庸，省文联得到赠书的同志几乎无人翻阅；仅仅因为毛岸英的特殊身份和刘松林提供的资料，此书才具备了一定价值。这些暂且不说。善良的人们，你们知道在《巨人之子毛岸英》这本书后面，在'五个一'的奖状和奖金后面，掩饰着跟'五个一'精神截然相反的一段丑恶史实吗？"全场屏息倾听。张扬把手指向对方当事人，"他跑去北京找到毛岸英的遗孀刘松林，以欺骗的手段，把与毛岸英有关的大批书信、日记和照片等弄到手后不辞而别，企图把这些宝贵的文物资料据为己有。刘松林同志因年轻时期失去心爱的丈夫，又长期遭受江青的迫害，身心早已受到严重创伤。在又遭此伤害的情况下，不得不向公安部求助。公安机关迅速立案严加追查，才把这批珍贵文物资料缴回。所以，我要告诉大家，坐在我们面前的这个人——"张扬再次把手指向对方当事人，"他是个贼！"法庭气氛立即像沸开的水向张扬手指的人涌去，这个人顿时被蒸得满脸通红大汗淋漓。一个作家敏捷的思维、严密的逻辑和雄辩的口才令在场的人折服了。对方的律师其实是一个很有才华的律师，在当地乃至全国都很有名气，但他承办的这个案子输掉了。"因为他是在为邪恶的人作辩护。当然，他是律师，他可以为邪恶的人作辩护，但他不可以为邪恶作辩护。所以，他必定要失败。他应该庆幸这个失败，因为这个失败从严格意义上来讲并不属于他。如果他的当事人真的赢了这场官司，那才是他真正的悲哀。"也许张扬从此会放下笔杆子，真的去做一名律师了。

"张老师，如果您真的去做律师，兴许会是个很好的律师吧？"

"我想是肯定的。起码我心存正义和良知，其次我声音很干净，口齿很清楚……""其实，做律师哪有那么简单啊……"张扬发出感慨道，"律师可以理直气壮地说话吗？律师提供的证据可以有效地被采纳吗？律师依法辩护能够改变执法者的态度吗？律师走正常的法律程序能够扭转案件的局面吗？……如果这些都不能做到，那么，律师只不过就是一个花瓶，一种摆设。"但是，像张扬这样经历过风雨的人，最知道叹息解决不了任何问题。他说，"恢复律师制度本身就是法制建设的一个进步，并且律师的确对健全法制起到了积极的推动作用，所以，个别律师没有必要在社会不良风气面前丧失自己的信念和行为准则。"

"在目前的社会环境中，律师如何执业是一个谈起来很不轻松的话题。社会上有些议论。我们很想听听您对律师的总体评价。"

"我很敬仰律师这个职业。"

敬仰律师职业和敬仰律师是两回事，所以我们可以肯定张扬的这句话没有说完，或者说，这句话的背后还有另一层意思，那就是：律师要自节自律，要保持良好形象，不要辜负存在于人们心中的神圣。

　　"能不能当一个好律师，首先是如何做人的问题。"张扬有这样的感慨，许多优秀律师都有这样的感慨。

　　张扬被"内定死刑"的时候，案子最终交到了湖南省高院李海初法官的手里。他充分地利用了当时法制不健全的形势，先将案卷巧妙地扣压在手中，再用无限期拖延的办法保护《第二次握手》和作者张扬，直到十一届三中全会前夕，他看到条件成熟了，开始为平反这桩冤案积极奔走，直至取得最后胜利。"像李海初这样，敢于在特殊环境中明辨是非、坚持正义的人，如今社会中不知还能有多少。"在张扬所有的作品中，几乎都能读出现实社会在历史进程中发出的沉重叹息，而这种叹息其实是在呼唤希望。"人们了解律师，无非通过两个途径：一个是艺术作品中的律师；一个是生活中的律师。说到艺术作品中的律师，人们很容易就会想到印度电影《流浪者》和中国电影中的施洋大律师。我敢说刚刚恢复律师制度后那些做律师的人，有好多是受了《流浪者》的影响；而普通老百姓最早认识的中国律师，恐怕就是施洋了。"

　　接下来，张扬讲述了一个生活中的律师的故事：

　　1964年，中国外派巴西的7名工作人员，被巴西有关当局出于政治目的无故扣留。当时，中国的律师制度已名存实亡。一个对中国人民充满感情，在巴西又赫赫有名的大律师，顶着难以承受的政治压力，奔走呼号，据法力争，终于使这7位举目无亲的中国人回到了祖国的怀抱。从此，平托这个名字便永远记录进中国的有关史实中，而中国人真正应该永远记住的，是平托那种置个人安危于不顾，敢于用生命去维护法律尊严的正义精神。"而在我们的生活中，有些律师缺少的正是这种精神。"

　　"全社会都在注视着律师这支队伍，关心着它的成长。司法部非常重视律师队伍的建设，今年9月下发的关于《进一步加强律师队伍建设的决定》，实际上是一次对律师队伍的整顿，效果很明显。尽管律师事业发展过程中有这样那样的问题，您认为律师这支队伍是不是比有的队伍还要纯洁一些？"

　　"这不是用这么一句话就能概括的，一句两句讲不清楚，讲不清楚……"

其实"讲不清楚"就已经讲清楚了。总不能让张扬说出"律师队伍中有好人也有坏人，而有的队伍中好人太少吧？"

不管怎么说，我们已经有了一个较好的法制环境，无法无天的日子恐怕永远不会再有了。如果张扬觉得自己更适合做律师，他就可以去做律师；如果他觉得用笔更能揭露横暴的强者和帮助无辜的弱者，他也不会因此而进入牢狱更不会被内定死刑。

——这就是历史的进步，而在这历史的进步中，律师应肩负起自己的责任！

（1997 年 1 月）

把命运交给自己

——胡秀山律师的执业经历

一个人的命运经常是不属于自己的，有一天命运突然属于自己了，你猛然会感到一阵失落。

当胡秀山坐在吉林市鸣正律师事务所主任所拥有的那张老板椅上的时候，他很激动，也很惆怅。毕竟，创办一个律师事务所是艰难的，但回忆此之前走过的每一小步，他觉得都要比现在难得多。

然而，今天，他总算拥有了自己的天和地。

但是，也许，这更意味着他会比从前付出更多的艰辛。

胡秀山当了15年律师，如今算得上是吉林市的名律师了，但15年里，伴随着他的追求一齐成长的是许多的不如意。而正是这些不如意，或许能决定他有着与别人不一样的境界，或许能决定他有着与别人不一样的追求。

1983年3月，胡秀山从市司法局来到律师事务所。第一次出庭，他就没有丝毫胆怯，让法官牢牢地记住了一个洋洋洒洒的"小白脸"。

"你适合当律师"，胡秀山的老师这样说过，同事朋友这样说过。第一次的成功，使胡秀山更加坚定了自己的选择。

胡秀山是没有必要怯场的。他当过文艺兵，跳过舞蹈演过戏剧，现在48岁了，一样能看得出他的艺术气质。演员的艺术价值是通过征服观众来实现的，胡秀山从19岁被特招到铁道兵文工团后，就渐渐具备了这种征服的能力。他在成千上万人面前表演过，而一个法庭上的人数与原来的观众人数是不可相比的。但法庭上需要另一方面的知识，为此胡秀山早有准备，并在以后付出了巨大努力。他在吉林大学学了3年专科5年本科，准备继续攻读研究生的时候，他体会到了命运不在自己手中的滋味。他的机会被剥夺了，尽管当时的年龄已经在提醒他，这个机会一旦失去，意味着以后不会再有，但在体制面前，在人人都可以体会得到的无奈面前，胡秀山表现得无能为力。

回忆，有时候是很幸福的，而回忆有时也很痛苦。

无论什么滋味的回忆，都没有必要陷得太深，因为，谁都不可能靠回忆生活。

1988年，胡秀山继续求学的梦想永远只能是梦想了，他就干脆把胡秀山分成了两个胡秀山，一个梦想中的，一个现实中的。梦想中的胡秀山既然走不出梦想就让他做了5年的研究生梦，现实中的胡秀山却要重新调动起全部热情，决心要做出让梦想中的胡秀山永远望尘莫及的成绩。

5年间，他撰写的论文数量及发表级别居全地区第一位。其中国家级刊物1篇，省级刊物9篇，专著1部。

5年间，他的业务总收费额居全地区同行第一位。其中办案243件，总收费15.2万元。

也受聘担任4家国营大型企业的法律顾问，居全地区律师第一位。

1989年9月，在全地区专职律师中，他第一个成为中国法学会会员。

也办理了全省有重大影响的案件和法律事务4件。

1988年，他在《试论专职律师担任法律顾问的发展趋势》一文中首次提出了本专业有预见性的学术观点，专职律师与企业法律顾问将出现分职。

1987年3月，他被吉林市人民政府授予"先进工作者"称号。

在刑事辩护中，5年间他曾为贪污案谢某某、李某某，受贿案王某某，诈骗案田某某作无罪辩护，现4人均已被宣告无罪。为此，1990年他被评为吉林市优秀辩护人。

在民事代理中，他曾于1990年代理过一起轰动全国石化系统的大案。中国石化销售公司吉林公司在与永嘉县某厂签订购销铅封合同时，由于具体细节上的失误，使原本要签订3591元的合同标的在扩大了一千倍后，变成了 359.1 万元。永嘉厂依据合同组织生产了 40 万元铅封运往吉林后，要求石化公司付款并全面履行合同。经调查计算，如果 359.1 万元铅封全部履行，足够全国铁路油罐车使用 67 年和吉林石化公司的油罐车使用 2000 年。为维护国家财产不受损失，经他据理力争，终于使对方同意终止合同。

在行政诉讼中，他代理的原告市江滨冷饮厂诉市防疫站食品卫生处罚案，在全省产生了较大影响。在诉讼过程中，市长曾两次召集政府会议研究应诉问题，市人大、市政法委、省人大、省卫生厅、省防疫站等有关部门都对此案给予高度重视。尽管审理结果两次判决一比一平，但全市冷饮行业和全市卫生防疫系统通过此案均受到了教育，从而增强了守法和执法意识。

在担任法律顾问方面，5 年间，他曾为 27 家企业和政府机关担任过法律顾问……

回望过去的 5 年，一个梦在希望中破灭了，而另一个梦却在希望中诞生，他把这个梦变成了现实，变成了生命历程中永远抹不掉的印记。

……如果说是不如意激发了胡秀山对工作的热情，这样似乎有些狭隘，但我们没有必要在一样事情或一个道理面前故作姿态、道貌岸然、装腔作势。假如我们愿意做一个实实在在的人，不如亮出自己的阴暗，剖开内心的隐私，心中只有法律，誓为法律而生存而战斗而追求是高尚的，而凭一事之愤一时之欲靠近了法律、选择了法律、热爱了法律也同样高尚；就如同因为接受马列主义熏陶而投身革命的是革命者，因为逃避家庭包办婚姻而投身革命也是革命者一样。胡秀山有过不如意，但他没有被这些东西绊住脚步，他努力奋争，不断进取，取得了如果不经受打击或许永远也无法取得的成绩，而这个取得的过程里，依然有述不尽的辛酸往事。

丰满发电厂，李鹏总理曾经工作过的地方。1989 年在为国家重点项目 1 亿 5 千万元的丰满电厂大坝二期扩建改造工程的论证和实施中，胡秀山对九号、十号发电机组建设提出的招标意见被采纳，该工程经水电六局中标后工程进展顺利，现已全部投入发电。

丰满电厂办公室负责法律事务的王小松，是胡秀山一手带出来的学生，王小松对连续 13 年担任丰满电厂法律顾问的胡老师充满了敬佩。他记得，有一次胡老师与他一起研究法律问题，嗓子痛得说不出话来，就用写纸条的方式向学生传递经验；他更记得，有一次在法庭上，胡秀山老师的嗓子突然又发炎了，浑身是理，可就是张着大嘴发不出声音，急得满身是汗，脸都白了。法官宣布休庭。胡秀山流着眼泪走了出来，一个趔趄撞在了树上，他顺势抱着大树毫无遮掩地痛哭起来，在场的法官、检察官和当事人无不为之动容。他们体会到了一个律师对自己职业的热爱，更体会到了法庭在律师心中的神圣……

1991 年，安徽省 7 户农民根据与吉林市中心粮库张某所订的口头协议，自己集资购买大批芦苇，编了大量囤围子，运到吉林后，张某已死，粮库拒收，致使货物在火车站滞留。办理此事的农民第一次到吉林，除了张某谁都不认识，可是，张某死了，他再找谁去呢？眼看着存放过期了，再不交罚款，火车站要就地处理，他没有别的办法，赶紧回安徽取钱，没想到安徽发了大水，90 天后，这位农民没有回来，他们 7 户农民用血汗钱编织成的希望便被当作无主财产以 1500 元的价格卖掉了。

消息传到安徽，一中年妇女承受不住这样的打击，当即自杀身亡。

11 个月后，几位农民来到吉林。但铁路部门按章行事，对农民的要求不予理睬。

当人大法制办的信件转到胡秀山的手上时，胡秀山做完声带手术刚刚 9 天。医院要求病人 15 天内禁止说话，但看着跪在地上不停流泪的农民那种真切的恳求，他还是赶紧从床上爬了起来。

胡秀山第一次去铁路局是按约定时间去的，但等了半个多小时几位农民才到达，一问，原来农民已身无分文，一切活动全靠步行。胡秀山在与铁路局的交涉中，先为农民争取了 1000 元现金，解决他们的吃住行问题。

胡秀山去货场，去货运处，去铁路局……每到一处，都要费一番口舌："农民不应该为不可抗力负责，1500 元的处理价格显失公平……"终于，农民得到了 4 万元的赔偿，而胡秀山由于提前 6 天开始说话，嗓子留下了永久的炎症，同时也给他留下了永久的遗憾。

还有一种遗憾令胡秀山哭笑不得。：1989 年，吉林市一公司经理因合同纠纷被河北某地公安局带走。胡秀山接受委托前去解救人质，途中突发高烧，呕吐不止，在不得不住院的情况下，他让医生用强剂量针剂控制病情，绝不做手术。他强行出院，带了大量药物，沿途打针吃药，总算把人救了回来。他的阑尾由于没有得到及时有效的治疗，以致后来造成大面积穿孔。

他为了救人差点把命搭进去，而被救的人在交委托费时却与他算起来吃了几只冰棍儿喝了几瓶汽水……

当了十多年律师，其中的遗憾失落和恩怨真是太多了。为当事人吃苦受累是应该的，不被当事人理解也无所谓，胡秀山一直希望自己的工作能得到组织上的承认，毕竟，在那么多年里，他年年办案最多，年年收入第一……

人们生活在社会上，有时会感到不能挺直腰杆走路，尽管你努力工作，千辛万苦……那是因为你经常自以为命运不属于你自己。

胡秀山或许并没有感到委屈，他也没有理由感到委屈，想想所走过的道路，看看所取得的成绩，如果拥有众多的收获，无论如何是应该感到欣慰的。更何况，他所信赖的组织并没有忽视他，律师管理部门并没有忘记他。他曾被吉林市人民政府授予"先进工作者"称号，并在 1992 年被吉林市司法局提前晋升为二级律师……

在吉林市司法局"关于对胡秀山同志晋升二级律师的考核意见"上有这样几句话：该同志刻苦钻研，努力实践，业务水平较高。在平凡的律师岗位上取得了较好的社会效益和经济效益……他在律师专业理论研究及学术上有自己的独到见解……具有较丰富的律师业务经验和系统业务知识，在处理重大疑难案件和担任大型企业法律顾问工作中发挥了较好作用……

命运对谁都是一样的，没有付出，就没有收获。

胡秀山在 14 年的律师生涯中，怒也有过，喜也见过，哀也品过，乐也尝过，每一段往事，都可以令他感慨万千，但他毕竟积累了许多经验、取得了很多成绩，在组织的关怀下，他认为终于到了可以锻炼自己掌握自己命运的时候了——

1995 年 4 月，由胡秀山创办的鸣正律师事务所正式营业，这意味着胡秀山的命运进入了另外一个崭新的阶段！

这是一种体验。

也是一种挑战！

如今的胡秀山，从严格意义上讲，他的命运不再仅仅属于自己一作为一个律师事务所的主任，绝不存在纯粹的个人成功，如果带不出一个优秀的集体，就是一种失败！

且看胡秀山如何掌握自己的命运吧！

也许他已经把命运交给了自己；

也许他还没有把命运牢牢抓住。

但无论如何，他都要奋斗！

（1997 年 1 月）

风从海边来

——"山东第一大所"琴岛律师事务所风采录

在山东青岛市,有一个琴岛律师事务所。山东省司法厅的梁德超厅长曾亲口说过:"琴岛所是山东第一大所。"厅长这么说,看来这个"第一"是不必考证的;可又有人说:不止在山东,就是在全国,"琴岛"也是最大的律师事务所。这话不知该不该考证?

任何人到琴岛所参观,在惊奇的提问后面,必定有"琴岛"人自豪的回答。

"你们现在有多少人员?"

"我所恢复重建已有 16 年,现有专职律师 51 名,加上兼、特聘律师和工作人员共 110 人。"

"这么好的写字楼,是租的还是买的?"

"是我们依靠多年的积累,投资 500 多万元买下来的。1000 多平方米的房屋产权是我们自己的。"

……

青岛银都花园大厦,紧靠海岸,高耸云霄。属于琴岛律师事务所的第 16 层,正以独特的优势,沐浴着春天的海风。"琴岛"的窗前,大海无际,天空无际,视野无际……

改革三部曲

"山东第一大所"，在山东司法界影响广泛。它是公认的老大哥，它也以全方位优秀的姿态体现了老大的气魄和老大的胸怀。

琴岛律师事务所成立于 1956 年，1980 年 8 月恢复重建。十六年创业，十六年辉煌……渗透着杨伟程等老前辈们的诸多心血。

琴岛所是在改革中重生的，但随着改革的深入，作为律师所主任的杨伟程觉得"琴岛"的脚步越来越沉重了。有些东西滞后了，有些东西不适应了，眼看着一些律师事务所逐渐走向衰亡，杨伟程真是焦急万分。怎么办？改革出现的问题，毕竟还要用改革的思路去解决。"国资所"为什么没有生机没有活力？说到底，你要发展，你要壮大，你也要让个人得到实惠。否则，不管你是什么性质的事务所，你也不会有出路。

于是，在琴岛所发展史上具有空前意义的改革三部曲开始了！

第一部曲——自收自支。1984 年，琴岛所在全省率先进行了自收自支试点，在律师年人均收费 4000 元的情况下，大胆提出了"财政断奶"，实行自收自支、独立核算、自负盈亏、结余留用的管理办法，使律师们清醒地认识到：只要多办案、办好案、多创收，就能拿到高工资、高福利，这比吃大锅饭要强百倍。律师们的积极性被调动起来，改坐等办案到服务上门，常年法律顾问单位一下子比上年增长了 3 倍，业务量和业务收入分别比上年增长了 83% 和 50%。

第二部曲——任务承包。1989 年，在自收自支的基础上，他们又开始实行任务承包。同时制定的《全员承包责任制方案》及考核办法，规定律师完成指标者配发 BP 机，连续创收超过 3 万元，安装一部住宅电话，连续三年创收超过 8 万元，为其改善居住条件。这一举措，从实质上增加了奖励的分量，拉开了奖励的档次，进一步调动了律师的工作热情和积极性。使律师业务每年以 30% 的速度递增。1990 年全所律师共办案 800 余件，业务收费达到 200 多万元。

第三部曲——效益浮动工资。1992 年，邓小平同志的南方讲话随着温暖的海风吹到青岛，琴岛所借此机遇进行了全面系统的改革。他们在体制上打破了过去用所有制模式和行政管理模式界定律师事务所的传统做法，实行"一所两制"，即占编和合作两种制度。在人事上，他们冲破了按编制进人和只能进不能出的束缚，根据需要向社会公开招聘，全员实行合同聘用制度，做到人员能进能出，人才合理流动；在工资分配上，实行效益浮动工资制，按照个人收费的一定比例按月提取工资。在运行机制上，对合作制、合伙制采用的竞争机制、激励机制、自我约束机制取其之长，综合运用，使律师所从此有了更新的面貌。

是改革带来了生机，是改革带来了活力。当琴岛所依靠改革走向辉煌的时候，人们有理由说："琴岛"人是成功的，"琴岛"人是有远见有气魄的！

"甩手掌柜"杨伟程

作为一个"大所"的主任，杨伟程并不是那种显山露水的人。他是典型的山东人，特别寡言少语。所有人对他的感受，都是通过他的行动，而绝不是通过他的语言。

近几年来，众多的"国资所"，包括一些有相当规模的大所，已经或正在分化解体。人们不禁对杨伟程刮目相看了：你们的队伍为什么那么稳定？领导班子为什么那么团结……谁都说杨伟程会管理，而这个管理者"管得好"的诀窍却是"什么都不管"。他还需要管什么呢？管思想政治工作有健全的党组织团组织；管业余生活文艺活动有工会、妇委会；而宏图设计业务管理更有律师会议、所务会议、主任办公会议。有人说杨伟程是个"甩手掌柜"，而"甩手"才是最高的领导艺术。

"琴岛"16年的发展史，实际是16年的改革史。"琴岛"成长的每一步，都得益于中国改革的风潮。不改革问题成堆，改革又会产生新的矛盾，在市场经济的大潮里，在对手如林的竞争中，一个"国资大所"是以怎样的力量抗住冲击取得了令人瞩目的成绩？杨伟程的一句话说得好："兴也管理，衰也管理，管理是律师事业永恒的主题。"

生活在"琴岛"的人是可以把自己当作主人的，因为他们人人都有议事权利，人人都可以参与设计"琴岛"的远景。他们很看重"律师会议、所务会议和主任办公会议"这样的民主管理机构，在这种机构的活动中，他们人人都是平等的，因此他们的建议和言论都是真正轻松和自由的。律师会议，是全所的最高议事机构。参加成员是全体专职律师。律师会议每季度召开一次，由主任向会议通报各项工作情况，广泛征求意见，并通过律师会议，实行民主管理和监督，讨论决定重大事项；所务会议，是常设议事机构。成员由律师所主任、副主任、主任助理、政治协理员和各业务部负责人组成。所务会议每月召开一次，通报和研究一个阶段的工作，并通过所务会议实施日常具体管理；主任办公会议，由律师所主任、副主任、主任助理、政治协理员组成。每周一上午召开，主要研究一周内各项工作，落实事务所的日常管理事务。

杨伟程这样一个不善言语的人，却把如此大的一个律师所管理得井井有条，各项事务纳入了严格规范的管理之中，他靠的是什么？无疑，杨伟程是在用制度管人，而他们的制度不仅是科学的，也是容易操作和富有特色的。这时候，人们开始对杨伟程发出惊叹了：原来老杨是一个大智若愚之人哪！

杨伟程并没有那么轻松，他要领导好那几个会议，他还要抓好行政、支部和各业务部负责人的思想作风建设……

"甩手掌柜"也是难以"甩手"的，要不，怎么会使一个刚刚跨入50岁的人看起来像个60岁的老头儿呢？

走向新领域

近年来，琴岛所进一步树立大服务、大市场的思想，改革深入到哪里，市场经济发展到哪里，他们的法律服务就跟踪到哪里；哪里有需要，他们就在哪里服务。他们以管理取胜，靠管理发展，人员素质和服务能力不断提高。现在，他们的服务水平基本上可以覆盖所有的业务领域，并且在为中外当事人提供的法律服务中，呈现出层次越来越高、领域越来越新、大项目和涉外案件越来越多、办案效果越来越好的特点。

"琴岛"的服务层次高。他们除了有两名律师担任青岛市政府法律顾问外，还为43家政府部门和108家大中型企业担任常年法律顾问，为政府及企业家们正确科学地决策提供了卓有成效的帮助。

"琴岛"的服务领域新。近年来，"琴岛"律师服务的领域已拓展到金融、股票、期货、房地产、海事海商、对外经贸、信息、技术、知识产权、企业兼并与破产、股份制改造等新的领域，并相应设立了11个专业部。1996年6月，9名律师在一位副主任带领下，组成专门班子，先后参与39家企业的破产清理工作。在涉外律师业务中，他们建立了"律师咨询服务网络"，填补了介于法律顾问和单纯法律咨询之间的服务空白。他们还与国外律师联手办案，为解决仲裁案件在国外的执行积累了一些经验。

"琴岛"办理的大项目、涉外案件多。仅1994年，"琴岛"办理的百万元以上大标的案件就有22件，涉外案件60余种。他们不断开拓业务，多次参与由市政府主要领导牵头主持的大项目的谈判、合同审查、翻译、修改制作。如投资21亿美元的"大炼油"项目，投资10多亿美元的"跨海大桥"项目等。

"琴岛"的办案效果好。1994年，"琴岛"律师承办刑事辩护案件210件，其中对130件认定事实和适用法律提出异议，辩护意见被一审法院采纳的74件，被二审法院采纳的40件。办理诉讼和非诉讼案件672件，案件涉及标的额4.2亿元，为当事人避免和挽回经济损失9800多万元。在招商引资中，他们采取"一条龙"服务方式，促成合资项目5个，引进外资6700多万美元，为岛城的对外开放和经济建设做出了贡献。

394年，琴岛律师事务所经中国证券委员会和司法部批准，具有从事证券法律业务的资格。他们先后为青岛海尔股份有限公司、青岛国货股份有限公司、山东淄博华光陶瓷（集团）股份有限公司、青岛海信电器公司等多家股票公开发行上市和配股策划，成功地出具了法律意见书和工作报告，赢得了委托人的充分信赖。

为了配合青岛市政治中心的东移，琴岛律师事务所在东部建设指挥部设立了法律事务部，给指挥部领导当法律参谋，提供法律帮助，仅依法追回拖欠的国有土地出让金就达2亿多元，保证了东部开发建设的顺利进行。分管市长多次提到：琴岛律师所为东部开发立了大功。

1993年，琴岛律师事务所与邮电局160电话信息服务台开办了法律咨询热线，专门安排一名律师解答群众提出的法律询问，三年来，共接受询问2000多人次。1994年他们又与青岛人民广播电台和经济台分别合办了"法律与生活""经济与法",定期向人民群众宣传法制。

这里有支娘子军

1996 年,青岛市庆"五一"职工文艺会演中,一位女律师以一首催人泪下的《黄河怨》获得了全市第一的好成绩。她叫武菁。她不仅为琴岛律师事务所争了光,更为琴岛律师事务所娘子军的姐妹们争了光。

琴岛律师事务所有 38 名女律师,占全所执业律师的 40%,是山东省女律师比例最高的律师事务所。在该所的 11 个业务部中,有 5 个业务部的负责人是女律师,占中层领导的 45.4%。为了开展妇女工作,该所专门成立了妇女工作委员会,以使女律师的合法权益得到有效保障,并协助所领导做好女律师的思想政治工作。近几年来,该所在发展党员或评先选优中,女律师都能占 50% 左右的比例。

为使女律师更好地开展工作,该所十分注意为女律师提供必要的办公条件和设备,所里先后为 30 名女律师配备了 BP 机,为 21 名女律师安装了家庭电话,为 5 名女律师购置了移动电话,还选送了 3 名女律师学习汽车驾驶技术。该所还注意加强对女律师的学习深造教育,选送了 2 名女律师赴香港学习培训,开创了女律师赴境外学习培训的先河。近年来,共有 11 名女律师获得大学本科学历,2 名女律师参加了研究生班学习,大大提高了女律师的专业素质水平。

该所先后为 14 名女律师解决了住房。在该所的效益浮动工资制分配方案中也明确地写着"女律师在产假和哺乳期内享受原结构工资,一切福利待遇不变"的规定。这些实实在在的关怀,极大地调动了女律师们的工作积极性,争先创优,创一流业绩,已变成女律师们的实际行动。去年上半年,该所经济效益最高的 30 名律师中,女律师占 43.3%;收到中外当事人表扬信 21 封,锦旗 3 面。女律师在承办案件和执业中,廉洁勤政,拒收当事人钱物折款 3.1 万元,涌现出不少先进人物。该所女律师尚素玉,被评为青岛市优秀非诉讼法律事务律师,此前她在荣立三等功的同时,还获青岛市"三八红旗手"称号。与她一起赴香港学习的女律师曲哲,还被选为青岛市政协委员。

为充分发挥女律师在法制建设中的作用，该所十分注重对女律师的培养，做到政治上关心、工作上支持、主活上照顾，使女律师"半边天"的作用日益凸显。近几年来，她们担任常年法律顾问200余家；办理各类案件1700余件；接待来访并提供法律咨询8000余人次；参与引进外资的谈判、合同的审查，协助企业引进先进的生产线，为企业、事业单位避免和挽回经济损失达2亿多元；协助引进外资1千多万美元。鉴于琴岛所的女律师们为青岛市的改革开放和经济建设做出了积极的贡献，1996年"三八"国际妇女节期间，青岛市"巾帼建功"活动协调小组授予琴岛律师事务所"青岛市巾帼建功活动先进集体"荣誉称号。

"我谢谢他们……"

1997年1月2日，《青岛晚报》发表了这样一篇短文。

元旦早晨，寒风瑟瑟。8时30分，本报接待室的大门刚一开启，一名衣着单薄的男子便一头"扎"了进来，成为本报1997年的第一位来访者。

站在寒风中等候了半个多小时的这名男子，落座后开口没几句便泪如雨下，抽泣不已。记者从他那断断续续的叙述中得知，他叫韩立新，今年32岁，是青岛市住宅二公司下岗职工，现住费县路75号。韩立新一年前下岗，一个月只能拿到100多元的生活费；妻子因病长期病休，一个月也仅有140多元工资。加之一个正上初中的孩子需要供养，一个月下来，200多块钱所剩无几，家中生活举步维艰。

眼看临近新年，一家人正为如何过好新年而犯愁时，他所在单位工会和琴岛律师事务所的同志于去年12月31日来到家中，向他们嘘寒问暖，并送来了100元慰问金。临走还留下了一张法律援助卡，表示今后将免费向他全家提供法律咨询。韩立新用手抹着泪说，这100元钱送来得太及时了，一家人立即拿它上街买了面，买了油，心里别提有多高兴了……

激动得一夜没睡踏实的韩立新此时越发百感交集，已无法用更多的语言来表达自己的感情，只是反反复复地说："我谢谢他们，谢谢他们……"

琴岛所对韩立新一家的援助并没有就此结束，他们已为这一特困家庭建立生活补助基金，每月除为韩家提供 100 元经济援助外，还提供一定数量的食品和生活用品，一直到韩立新一家摆脱贫困为止。

琴岛所做事和杨伟程的为人一样，实实在在，从不张扬。韩立新走进报社，才使琴岛所帮困济贫的故事传遍了青岛；而发生在琴岛所身上更多的献爱心行动，又有谁知晓呢？

琴岛律师与贫困灾区人民的心始终连在一起。为支援西藏日喀则地区司法工作，全体律师捐款 2130 元；荷泽地区遭受暴风雨袭击，大家纷纷解囊相助，共捐款 1550 元；冬季到来，贵州贫困地区人民的疾苦，使琴岛律师再次伸出温暖的双手，律师所购置了 10 床崭新的棉被，律师们捐出了自己的棉衣、毛衣等各种冬季衣物，女律师尚素玉还特意购买了两件崭新的毛衣，表达了琴岛律师的一片爱心，展示了琴岛律师关心贫困灾区人民疾苦的良好风尚。

早在 1993 年琴岛所就主动为"全国十佳好少年"杜瑶瑶义务担任了常年法律顾问。杜瑶瑶的父亲早逝，母亲身患重病常年卧床不起，年仅 11 岁的杜瑶瑶既要照顾母亲操持家务，又要坚持自己的学业，稚嫩的肩膀过早地承担起生活的重担。当长春电影制片厂要以杜瑶瑶的事迹为题材拍片时，琴岛所作为杜瑶瑶的法律顾问提出了若干中肯的法律意见，有利地维护了杜瑶瑶的合法权益。

1995 年中秋节前夕，琴岛所党、团支部以及工会、妇委会组织了 12 名代表赴青岛市社会福利院看望孤寡老人和孤儿，带去了饱含着律师深情厚谊的 1000 多元捐款和月饼、水果……并决定义务为该院担任常年法律顾问，以维护老人和孩子们的合法权益。他们已为福利院义务承办诉讼及非诉讼案件 3 起，解答法律咨询 20 多人次，为孤寡老人和孤儿撑起了法律的"保护伞"。1996 年中秋节，他们又来到福利院，送来了 2000 元捐款和礼品。院长感慨地说："像你们这样每年来看望老人和孩子的单位，不多见啊！"

"琴岛"给人的安全感

为了加快与国际接轨的步伐，加快律师办公现代化步伐，树立现代化律师事务所形象，琴岛律师事务所在固定资产投资上大胆打破传统意识，于1994年在青岛市东部购置了1000平方米的高档写字楼，为律师创造了整洁宽敞的办公环境，使人均办公面积达到了20平方米。他们拥有图书资料室和阅览室，专业图书资料较为齐全；拥有全国各种法学类杂志、报刊40余种，藏书3000余册，且查阅方式简便，管理手段先进；拥有40平方米的律师业务档案室，配备了专职的资料员和档案管理员；拥有14台计算机，并建立了计算机网络系统，11个业务部，5个办公场所可同时调阅法律法规数据，还可接收国际信息中心每天传递的法律法规。律师所为律师配备了BP机和移动电话、手提电脑，安装了住宅程控电话。全所的固定资产已达560万元，资本积累达全年收入的10%以上。

琴岛律师事务所深深懂得安居才能乐业的道理，十分重视改善律师及工作人员的居住条件。他们先后两次自筹资金建职工宿舍2300平方米，共36套，使42名律师的住房得到了改善。他们还根据现行住房政策，制定了改善律师住房的有关制度，采取根据律师贡献大小给予适当补助的方式，解决今后的律师住房。

在琴岛律师事务所执业多年的业务骨干，大都肩负着家庭和工作两副重担。他们起早贪黑甚至不分昼夜地为律师事务所的发展倾注了大量心血。他们工作繁忙且经常出差，有病也不能及时检查和治疗。这样下去，这些人都会累垮的，那时候，谁来支撑"琴岛"的事业？杨伟程一咬牙，律师所就做出了一项深得人心的规定：拨专款，每年为律师进行一次健康检查。

在琴岛所，律师的养老已加入政府设立的社会统筹。他们在事务所总收入中提留一定比例的执业风险预备金和福利基金，依靠自身力量和社会保障机制，解决律师的医疗、福利和养老的支出，促使大家在竞争环境中对自己的生存和发展承担责任和风险。1995年有两位老律师因病去世，事务所光医疗费就支付了 30 万元；1996 年，又有一位年轻律师外出办案时心脏病突发撒手人寰，所里又为他花了近 10 万元。律师同行们都说：除了"琴岛"，谁有这样的承受能力？

作为国家出资设立的律师事务所，如何对积累的资产进行界定和清理？如何对国有资产进行有偿使用？这是迫切需要认真解决的事情。青岛市司法行政机关正与当地财政部门协调，准备确定一个时间，以此为界，此前各所的固定资产和资金属国有资产，收归司法局代管，债权债务也由司法局统一承担；此后各所的创收归律师事务所所有。这就意味着，琴岛律师事务所将真正拥有后劲，他们的固定资产将永远属于自己了。这更意味着，随着"琴岛"人对"国资所"的进一步改造，他们的明天将更加辉煌。

（1997 年 4 月）

当高宗泽被树为全国典型的时候，我们猛然发现，在此之前，我们一直都没有停止过对高宗泽的宣传。现在，全国各大报纸都报道了高律师的事迹，我还能再写点什么呢？我就扯点高宗泽的"闲话"吧——

闲话高宗泽

高宗泽早就是名人了，但当他成为全国学习的榜样时，许多人还是拨通了他的电话，向他表示祝贺；与他更熟悉一些的朋友顺便也开句玩笑："什么时候当面介绍一下你的英雄事迹呀？"那边却说："饶了我吧，饶了我吧……"然后是剧烈的咳嗽声。

1997年1月，曾有十几名记者把高宗泽"架"到北京潮白河畔，三天三夜，使他"失去了人身自由"。他只能像埋在岁月深处的文物一样，等待考古工作者去挖掘他，发现他，追寻他的过去，还他本来面目。而高宗泽最大的特点就是忘记过去。他说过，一件案子办完了，即使是相当轰动的大案，别人都在议论，可是我已经没有时间去想他了。高宗泽办了许多大案，但没有一个案子可以回过头来自己讲得清清楚楚。如果说高宗泽是个不善于总结自己成就的人，这话或许是贴切的。

跟记者在一起，高宗泽要不停地回答问题。他不善饮酒，但烟抽得厉害，尤其在这种不愿想也得想，不愿说也得说的情况下。他的肺部或是气管不太好，烟抽得多了，白天又被搞得很疲劳，晚上更休息不好，拼命咳嗽，令记者顿生怜悯，只好把他放走。其实，记者是没有必要了解高律师全部的办案过程的。高宗泽一年要办几个或十几个案子，一个细节一个细节地问下去，哪一个案子不够写一本长书呢？透过高宗泽的工作和生活，告诉人们一种品格和精神，这才是记者应该做的事情。高宗泽的案子很多，长年天南地北来回飞；高宗泽的头衔很多，被记者多"扣留"一天，不知道有多大损失。为了能使一个本来活生生的高宗泽再活生生地通过文字，通过图像，通过声音站在读者、观众和听众面前，记者们在中宣部和司法部的组织下，紧锣密鼓地忙活了一个月，而在这一个月里，高宗泽除了"必须"听候记者的调遣外，还得马不停蹄地忙他的案子。因此他很累，有些支撑不住了。

尽管高宗泽很累，但他的那个老驼背并不是记者给累出来的。高宗泽的背驼得相当厉害，据说年轻时就已定了格局。有人说高宗泽的学问都藏在他的驼背里，可见这学问的积累也不是一天两天的工夫。他的这副相貌体型，易认易记，天生是"名人"的胚子。高宗泽的长相很特殊，许多看过《中国律师》1996年第3期封面的人，在机场、在车站、在茫茫人海之中，都很容易把他认出来。这个长得"很像外国人"的人，注定一生只能为人民做好事，倘若做坏事，他的那张大长脸可往哪里躲藏呢？这样说时，千万别以为高宗泽相貌丑陋，其实他绝对是一个仪表堂堂风度翩翩的人，这不仅因为他长年累月西装革履、衣冠楚楚，更重要的是他的内在气质无时无刻不在告诉你：他是一个学者，一个专家，一个能为你拨开云雾见晴天的人。

高宗泽的知识很渊博，精通许多专业法律，因为他办的很多案子也特别专业，转述给非专业人员时，也使人很难听得明白。他处理的许多大案，头绪繁多，错综复杂，一些法律专家去了也理不出头绪，根本无从下手，更别说如何操作了。他的知识渊博，得益于他特别爱学习，特别注重吸收各方面知识，因此他办的有些案子会给人一种"有先见之明"的感觉。高宗泽快60岁了，但依然爱学习，只要回到家中，坐着是法律书籍，躺着是武侠小说。高宗泽涉猎广泛、博学多才，可这与武侠小说没有关系。高宗泽看了不少武侠小说，但没有一本能说出来情节，因为他每次绝对看不过两页就会呼呼大睡。对于高宗泽来说，工作是最大的快乐，武侠小说是最好的安眠药，热粥咸菜是最好的饮食。回到家中，最喜欢穿的是洗了10来年补丁摞补丁的睡衣睡裤。

高宗泽算是一个老人了，但他跟什么岁数的人也能扯到一起。他现在更是名人了，但每次走进全国律师协会，仍然没有人把他当名人看待，他依旧是原来那个让人开心的老头儿。他是全国律协的副会长，但全国律协从来没有他的一张桌子，也没给开过一分钱，恐怕他的许多头衔都是赔钱搭工夫的。按司法部张耕副部长的话说，"是事业选择了高宗泽"。事业选择了高宗泽，高宗泽别无选择。

高宗泽再忙，也有轻松的时候。他每次到全国律协办完正事，都要利用等车的一小会儿工夫，去各办公室走一走，串一串，打个招呼，说句玩笑。他很喜欢去中国律师杂志社，他常说："律协换届后，你们杂志社很有起色。"杂志社的人就说："给化点缘吧。"他说，"别跟我哭穷，你们杂志社我还不了解吗？"看来高宗泽也是一个"官僚"，他不知道杂志社有多穷啊！高宗泽扯闲话也是很有"眼力见儿"的，若见人家太忙，便赶紧退出来，坐在大厅里，与协会请来的卫生清洁员谈上几句。他也经常等不到司机来，便自己走出胡同，"打的"回所，而"的票"是不会在律协报销的。

高宗泽出过国，留过洋，举止文雅洒脱，但跟特别熟悉的人闲扯时也带点"那样"的语言；高宗泽不喜欢音乐，也不理解喜欢音乐的人。当许多观众为外国演奏家热烈鼓掌时，他免不了要觉得：那是附庸风雅吧？音乐有什么可鼓掌的？这证明高律师确实不懂得音乐，也就不可能懂得别人对音乐的感受。这就和他从不做梦，也不知道做梦是什么感觉一样。高宗泽是个大学问家，但肯定也有许多不懂的东西。不懂就不懂，他从来不会故意装成一个什么样子。所以，大凡认识高宗泽的人，都认为他是一个很真实的人。

总之，高宗泽律师是个活生生的人，有血有肉的人，他现在成了全国学习的榜样，但他依然如故，该什么样还是什么样，如果我们不注意这一点，我们笔下的高宗泽就不那么可爱了。我们偶尔在想，如果有一天有人问高宗泽，什么时候是你最辛苦的时候？他或许会回答，树我当典型，那是我最辛苦的时候。可这有什么办法呢？站在你自己的"播种"面前，难道你可以不去"收获"吗？

（1997 年 4 月）

孙德荣同志，原是山东省荷泽地区翔城县兴翱律师事务所的律师。他热爱律师事业，忘我工作，无私奉献，终于积劳成疾，最后倒在了辩护席上。他生前为老百姓做了许多好事，在人民群众的心目中树立了人民律师的良好形象，受到了当地群众的真心爱戴。孙德荣同志已经离开我们一年多的时间了，但他的故事仍在郓城广为传颂。

归来兮，孙德荣……

——谨以此文祭悼山东省优秀律师孙德荣

1996 年 3 月 21 日，一位令郓城人熟悉和敬仰的优秀律师，带着一身的疲惫，走了。

人们不愿相信。人们幻想着苍天有眼，幻想着孙德荣能起死回生……但这一切都不可能了。

孙德荣太累了，他年仅 49 岁，对这个世界还有很多留恋，但他实在没有力气再把眼睛睁开了。

郓城哭了，荷泽哭了……老人和孩子都在这一天懂得了什么叫"噩耗"！

孙德荣本可以走得不那么匆忙，因为，在现代医学面前，肺病实在算不了什么大病。可孙德荣太热爱律师工作了，以至于挤不出时间来看病，或者说，他从来也不会感觉到自己能有重病。而当他感觉到的时候，就已经到了生命终结的时刻。

1995 年 10 月末，是孙德荣最后一次外出办案。这时他肺病复发，咳嗽不止,连续输液13天仍不见好转,医生认为:也许这不只是肺炎,也许……他们留不住孙德荣,便把电话打到兴郓律师事务所:"孙律师必须立即住院!"可是,大庆市龙凤区法院发来电报:营口庆营石油公司诉郓城石油公司购销合同纠纷案,11月1日开庭。同时齐齐哈尔、佳木斯两案也来电催办。这种情况下,谁能把孙德荣送进医院?"不行不行,绝对不能再让老孙出差了。"事情终于搬到了县司法局女局长李爱国面前。李局长虽然刚到司法局任职不久,但孙德荣的事迹她早就知道:孙德荣从事律师工作15年,先后多次被县委、县政府评为优秀共产党员和先进工作者,1992年荣立三等功,1993年被评为山东省优秀律师,1995年被评为荷泽地区"十佳律师"和山东律师职业道德建设先进个人。省地报刊多次报道过他的先进事迹……这样一位知名度很高的省级模范,是郓城县的骄傲和财富,一旦有个好歹,对律师、对那些敬仰他的百姓不好交代呀!局领导当即做出了决定:派两名老孙最放心的律师代他去。孙德荣知道后,急了:"这三个案子,谁能比我更清楚!"

孙德荣走了,司法局和律师所整天都在等待东北的消息。尽管律师所主任李兰祥亲自陪老孙去了东北,但谁都明白,主任替不了老孙的病痛,也挡不住寒冷对肺病的威胁。

终于等到东北的消息了!"李局长……"电话那边的声音颤抖着,"李局长,老孙不行了……"李局长使劲攥着话筒,汗水顺着话筒直往下滴,她说:"老李,别着急,你慢慢说。"那边的声音:"李局长……老孙实在支撑不下去了……"李局长听见身边有人伤心地哭了,而她的心里也像针扎一样的痛:"老李呀,咱们不打官司了,什么能比咱的命值钱啊,你们赶快回来吧!……我带车去接你们,告诉我,你们在什么地方……""啪"的一声,那边的电话挂了。大家知道,那是孙德荣把电话夺了过去。

焦急的等待啊! 10多天后,办完案子的孙德荣回来了。这时候的孙德荣已经骑不了自行车了,就连步行都特别困难,他只好扶着墙走路。但他仍然不住院,坚持投入到又一件即将开庭的刑事辩护案中。

1995年11月18日,是孙德荣最后一次出庭辩护。当吐完辩护词的最后一个字时,他晕倒在了辩护席上。

孙德荣不得不住院了。

多少年来，人们经常看到一个左手夹着公文包，右手压着输液针眼在大街上奔波的人。现在，这个匆匆忙忙的身影骤然不见了，人们不敢猜测，这个身影是不是永远不会再出现了？

谁都希望孙德荣这次跟往常一样，只是"肺炎"，即使"肺炎"比过去严重得多，也只不过多治疗一段时间而已。他一定还会再回来的！有那么多人盼着他回来，他也舍不得离开他所热爱的律师事业；那些惦记着他的心，那被他踏习惯了的大街小巷，一定会把他召唤回来的！

但愿望毕竟只是愿望，一个让人不忍接受的结果终于还是出来了——肺癌晚期，癌细胞已扩散到肝部和大脑！

当李兰祥把这个消息告诉李局长的时候，两个人都哭了，哭得好半天说不出一句话来——那是一个男人在女人面前、一个领导在部下面前的哭泣啊！

孙德荣再也离不开医院了，再也不能上午输液下午接着去办案了。但他习惯了为老百姓做事情，只要还有一口气，他就不能不把自己的知识贡献给别人。就在他重病期间，他在病床上为别人写了10多份诉状，直到双手颤抖得握不住笔了，他还在用口述的方式，向年轻律师传授自己的经验。

有一天，李爱国局长再次看望老孙，一进门，正抖着双手在药盒上练字的孙德荣两眼闪着泪花、兴奋得像个孩子似的说："李局长，我又能写字 T！我又可以写诉状了！"李局长抚摸着孙德荣的手，强忍着泪水说："老孙，你还能写字，你还能写诉状……但你别在药盒上练了，我给你找纸来，你想写什么就写什么，把你心里想说的话都写出来……"在场的人都知道，李局长是想用这种方式留下孙德荣最后的要求。但孙德荣什么要求都没有。1996年3月21日，他用生命中最后的一点气力说出的最后6个字是："再审案……王从来……"这6个字是他生前未了结的两个案子，这六个字也是他在这个世界上留下的唯一的遗嘱。

孙德荣走了，他是带着遗憾走的。他那么热爱生活，那么热爱生他养他的荷泽大地郓城乡亲……他想为老百姓多做点事情，他是不舍得离开这个世界的！

1992年正月初二，下了一夜大雪，初三早上，乡亲们推开院门，发现大街上的积雪已经被清扫过了。谁都知道，那一定是孙德荣干的，但大家怎么也不会料到，孙德荣因此患了感冒，由于急着返城上班，没有及时治疗，转成了肺炎，从此留下了一个致命的病患。

孙德荣天天在为别人活着，当他热情饱满地为别人奔波时，恐怕谁都不会想到，他每一次所谓"感冒"，其实是肺病复发，说不定已经是肺癌了。

孙德荣病逝的消息传开后，没有人不为他感到惋惜！

"这么好的人，怎么会死了呢？"如果那年春节他不上街扫雪，如果感冒后不急于办案而多休息几天，如果他得了肺炎后及时治疗定期检查，他怎么会得肺癌呢？即使得了肺癌，立即放下所有的工作，及早采取措施，他也不会英年早逝的……

但这一切都怪不得孙德荣。老孙的人品和业务能力深得人们信赖，他的业务量自然也就大得惊人。他有80多个顾问单位，其中68家是连年担任法律顾问。他并不想"带病坚持工作"，但凭他的品德和性格，他实在是不可能把敬重和信赖他的人放到一边而自己跑到医院去看病，他心中放不下工作，放不下百姓，所以"他带病坚持工作"也是不得已而为之。孙德荣其实特别爱惜自己的身体，他不打牌、不下棋、不喝酒、不抽烟，甚至没有人听他讲过笑话，这样一个几乎没有一点业余爱好的人，却有一个比一般人强烈的偏好：锻炼身体。老孙喜欢跑步，就是出差到外地也从来不间断，他有干不完的工作，因此，他更希望有一个健康的身体。他并没有忽视医生和医院的存在，他只是不得不偏信体质对疾病的抵抗能力。他总在幻想，他的身体能和他的心一样，可以抗得住工作的压力，对得住众多的人对他的厚爱。有人统计过，仅1988年以来，孙德荣为聘用单位草拟、审查、修改合同353份，上法制课49场，听课人数达25000多人次，为当事人代书4200份，解答法律咨询3200多人次，代理民事案件570多件，索回欠款2300多万元……有些事情是可以统计的，而更多的事情却无法统计，孙德荣的肌体毕竟不是铁铸的，那火一样炽热的心，再也承受不住工作和病患的双重压力，在艰难而持久的坚持中，垮了。

孙德荣的身旁，摆满了滴泪的鲜花，数不清的人在他面前深深地把腰弯下去，泣不成声地哭喊着："孙律师，你是被我们的事情给累死的呀！"

谁不为好人的离去而痛心哪！一些厂长经理跪在孙德荣的遗体旁，放声大哭，任凭怎么拉也拉不起来。五尺男儿啊，他们的眼泪不是轻易可以掉下来的！——孙律师，你为我们做了那么多的事情，可你连我们的一顿饭都没吃过，你这样走了，不是撕碎了我们的心吗？你比我们还了解企业，你走了，我们没了主心骨啊……

许多厂矿企业的职工，在没有任何组织动员的情况下，纷纷来到孙德荣的灵堂。他们多么不舍得让孙律师走啊！要不是孙律师，他们的企业可能还没有摆脱困境，那么，他们个人还有什么希望啊！现在，孙律师真的走了，他们如果不能最后看他一眼，最后送他一程，心里会一辈子不安的！

所有和孙德荣一起出过差的工厂业务员，几乎都从天南地北赶回来了，他们要最后看一眼孙律师，可看到孙律师时，他们就控制不住自己的感情了。在他们的记忆中，从来都没有像送别孙律师这样伤心过。郓城陶瓷厂的两名业务员说："老孙啊，人家都说律师能挣大钱。别说挣钱了，你长年累月在外面跑，你都吃过什么呀？……那是1992年，你和俺到泰安办案，三个人一天才吃了9元3毛钱，说出去俺都怕人家不相信啊！"这些业务员都知道孙德荣的一个外号，但谁提起这个外号都是一脸泪水。孙德荣每次出差，不管当事人有没有钱，都主动提出吃好的，住差的。他出差身上常备两样东西，一是干烧饼，一是腌咸菜，从不到了吃饭的时间刻意去找饭馆。一旦进了饭馆，他也不舍得要好菜，当事人要了，他坚决不吃，结果还得退回去。了解孙律师的"习惯"后，大家都依着他，他点什么吃什么，而他常点的菜，却是最便宜的素豆芽，久而久之，"素豆芽"真可以算是孙德荣的别名了。

一个活生生的好人，现在静静地躺在那里永远不会站立起来了。他生前做律师，一个令人羡慕的职业。做这个职业的人，都很有才华很有知识。他把才华和知识都贡献出来了，可他得到的是什么？他得到了一个让人心酸的外号，"素豆芽"！就是这个吃素豆芽的人，为了索回企业的外欠债务，一天跑了3个县城；也是这个吃素豆芽的人，为了追回企业的货款，一个星期去了13个县市；还是这个吃素豆芽的人，1993年去河南光山县南羊店办案，正赶上下大雨，道路不通，他步行10多里却被一条河拦住。业务员说："回去吧。"他说："回去？你们厂子拖得起吗？"他毅然脱掉衣服，蹚水过河。

1996年3月23日，郓城县被泪水浸湿了，人们从四面八方赶来参加孙德荣的追悼会，使追悼会几乎失去了秩序。学校的师生来了，机关的党政干部来了，附近的居民和农民也来了……他们要看一眼一个已经故去的人，谁可以阻拦他们呢？

"德荣啊，我们来看你了……"薛保民老人喊着孙律师，刚迈了两步就老泪纵横，伏在孙律师身上失声痛哭起来，"德荣啊，你这一走，俺这样普普通通的人还能找到你这样的好律师吗？"

"德荣啊，如果死可以让人替的话，我宁愿替你去死啊……"上塘村的孙老汉使劲拽着孙德荣的衣袖，哭得死去活来。孙老汉曾经因为家庭困难，中止了儿子占民的学业，让他去山西打工。孙德荣得知后，三番五次跑上门来做工作："占民这孩子成绩不错，是个好苗子，不上学可惜了，咱可不能耽误了孩子的前程啊！"几天后，孙德荣亲自去山西把占民找了回来，并担负起了占民的学习费用。1995年，孙占民考取了山东师范大学。"……德荣啊，要不是有你，俺家占民咋也进不了大学的门哪！"

从外地刚赶回来的律师，一进门就问孙律师的儿子："爱国，给你爸买双新鞋了吗？"孙律师的二儿子孙爱国使劲扳着父亲的双肩说："爸爸，我对不起你，我把你的鞋子换下来了，把你穿了20多年的衬衣也换下来了……"

在孙德荣子女的印象中，他们的父亲几乎就没有穿过什么像样的衣服。

孙德荣生长在农村，幼年丧父使他尝尽了生活的艰辛，所以，他从小就养成了勤劳俭朴的习惯。他身上常穿的都是些洗得褪了色的衣服，并且上面肯定还缀着几块很显眼的补丁。后来进城工作了，可依旧还是那样的穿戴。爱国从小就有一个想法：爸爸一定很穷，等自己能挣钱了，一定给父亲买件像样的衣服穿。1994年爱国参加工作了，看到父亲还穿着1984年单位作为福利发的那双棉皮鞋，就用第一个月的工资给他买了一双新皮鞋。当他高高兴兴地把新鞋送到父亲面前时，想不到父亲却急了："退了，你把鞋给我退了。"爱国说："你试试再说嘛。""不用试，赶快把鞋退给人家。"爱国感到很委屈。给父亲买这双鞋，是他这么多年来的一个心愿，没想到却受到父亲的一顿训斥。"我不退！"他转身走进自己的房间，砰的一声关上了房门。过了一会儿，父亲走进儿子的房间，对儿子说："爱

117

国，你刚上班，一个月能挣几个钱啊……以后花钱的地方多着哪……"是啊，村上30多位外出民工发生车祸，租车救人的钱是他花的，上千元的住院费也是他交的；村里架高压线，他一下子掏出来5000元，那是全家人多少年来从牙缝里挤出来的呀；十几年来，他每年春节都要给村上的几个五保户每人10元钱；还有那些孤寡老人，他经常给他们买衣服，买营养品……父亲那么多花钱的地方，怎么舍得自己多花一分钱呢？但爱国这次没有听爸爸的话。他把新皮鞋悄悄藏了起来。直到父亲去世，他才满脸泪水地把父亲穿了10多年的皮鞋脱了下来……

追悼会上的泪水还在流，一直流到孙德荣的老家——流口乡张堂村。这一天，听说孙德荣要"回老家"，乡亲们纷纷拿起扫帚铁揪，走上大街。"德荣啥时回来都把街道打扫得干干净净，这回，咱也干干净净地接一次德荣吧。"本村、邻村和十里以外的乡亲们聚集在孙德荣的庭院里、街道上，尽情地为老孙流泪，真诚地为老孙送行，自觉自愿地为孙德荣举行了一次隆重的骨灰安放仪式。遗像下放着乡亲们敬献的供品，堆满了乡亲们送来的纸钱，上千名乡亲自发组成了长长的送葬队伍。许多人抑制不住内心的悲痛，大声喊着："德荣慢走，德荣慢走啊——"那情景，那悲声，令苍天落泪，大地动容。

1997年的春节到了，这是孙德荣去世后的第一个春节。

当张堂村的乡亲们清扫完自家院落，推开院门，准备像孙德荣那样去清扫街巷的时候，却发现大街小巷早已被清扫过了。

"德荣回来了？德荣回来了！"多少年来，只要看一眼大街上是否干净，就能知道孙德荣是不是回老家过的春节。如果不是孙德荣回来了，那是又有一个孙德荣不成？

患有精神病的孤寡老人颜氏听说孙德荣回来了，高兴的泪水灌满了脸上的皱褶："德荣回来了，德荣一会儿就来接我去过年了。"正说着，大队干部来接她了，左邻右舍来接她了，孙德荣的儿子也来接她了……颜奶奶说，"老天爷呀，怎么一下子出来这么多德荣啊！"

大年三十，孙德荣家里很难有往日的欢乐，但他们为了颜奶奶，还是尽量装出高兴的样子。可他们看见了，老太太在偷偷地流泪，孙德荣的小女儿说："奶奶，你怎么不高兴啊？"这一问，老太太一下子哭出了声来：

"俺想德荣啊……"小女儿猛地扑到老太太的怀里："奶奶，俺也想爸爸。"

孙德荣的一个徒弟，现在已经是律师所的主任了。节后第一天上班，一进门，他看见房里那么干净，就顺嘴喊了一声："老孙，年过得好吧？"喊完了却没有人应声，啊，许是打水去了，他走到孙德荣的办公桌前，看着老孙被儿子扔过三次的破提包，这才想起，老孙早已不在人世了！"老孙啊，你真不该走啊，我有好多事要跟你商量啊……"

孙德荣，归来吧，人们都在想你啊！

（1997 年 4 月）

我在海阔天空之间

——一个军人律师昨天和今天的故事

一个在祖国南疆的上空翱翔了 15 年的飞行员，一个曾在西沙海战中尽展雄姿的山西青年，有一天，他必须要改行了，尽管心中有说不出的酸楚，但他还是愉快地走上了新的岗位。

十多年的酸甜苦辣风雨磨炼，使这个从大海走向陆地、从天上来到地上的军人，重新找到了海的辽阔、天的空远，他在这海阔天空之间，自由搏击翱翔，向社会展示了一个新时期革命军人的风采。

郝进忠，这个被写进县志令家乡人引以为荣的名字，不知以后人们将把他写在何处。

面对选择　他只有一条路可走

1965 年，山西长治一中被一个即将实现的梦想激动着。在这个梦想中，一向品学兼优的郝进忠同学成了全校师生心目中的明星。

长治一中，已故著名作家赵树理读过书的地方。这里出过各式各样优秀的人才，但从来没有出过飞行员。而这个奇迹，很快就要由郝进忠去创造出来了。海军航空兵！多么令人心动的名字啊！它既属于大海，又属于天空……而所有这些，对于太行山人来说，都只是梦啊。幸运的郝进忠，别人的梦，却马上就是他的生活了。

初检合格，郝进忠成了学校的特殊人物。校舍的卫生不用他搞了，怕的是一旦有个磕碰；白天晚上都有两位同学陪伴着，为的是确保他的人身安全；为了使他更健康，全校团员每人每月捐1角钱，给他买营养品；他也不必在拥挤的学生食堂吃饭了，他被安排到教师餐厅，一日三餐，享受着老师的待遇。

几个月过去，最后复检开始了。初检时，全市有80多人，现在只剩下七八个人了。人一少，就有一种寡不敌众的感觉。18岁的青年，光溜溜地站在一群男女医生面前，郝进忠掩饰不住青春的羞涩。"跑了吧——"郝进忠心里说，"跑出去，不验了，实在太叫人难为情。"但转尔又一想：为了自己能当飞行员，学校已经搞得轰轰烈烈。现在别说逃之夭夭，就是踏踏实实地接受复查，还不一定能合格哪。如果不合格，岂不是给学校留下一个长久的笑话吗？

就好像郝进忠天生不是会让人失望的人一样，他被查了个底朝天，但他坚持住了，他为学校争得了一份成功。

市委书记、军分区领导都来为郝进忠送行，全校师生都被郝进忠的幸运感染得眉开眼笑。而此时，郝进忠的父母并不知道儿子的荣耀。儿子都上了航空学校了，父母还在整天念叨："儿子咋不回来拿'吃的'了呢？"这一情节，更给郝进忠和海军航空兵增加了一些神秘。

郝进忠穿上军装，正式成为一名军人了，北京航空学院还没有忘记这个山西青年，他们把信寄到部队，希望部队能把郝进忠还给学院。

面对北航学院的锲而不舍，不难想象，郝进忠的高考成绩一定是大大超过了北航学院的录取分数线。

如果不参军，他兴许是一个在学术方面能做出成就的人，当时却容不得选择，甚至也还不太懂得选择，直到他成为一个完全成熟的男人时，他才经常感叹：也许我更适合做学问。

不管是完成了谁的梦想谁的选择，既然人们需要你，这个需要又是光荣而神圣的，那么，留给郝进忠可以选择的，就只有成功了。

一个偶然　却落定了一个人生的坐标

1980年，飞了15年的郝进忠由于身体原因停止飞行了。他很失落。

他在碧海蓝天之中付出得太多了。他所付出的艰辛，在现在人看来，有些是无法逾越甚至是无法想象的。一旦停飞，以前所有的艰苦努力以及那些从汗水泪水中滚动出来的经历便永远只是记忆中的故事了。

老郝离开蓝天后，到海航后勤技术部当了一位保卫干事。一天，一名湖北籍战士来找老郝，说他父亲两年前承包了村上100亩果园，合同期签了8年。由于精心侍弄，本来无人敢要的果园赚了大钱。村干部心热了，眼急了，单方面撕毁合同，并鼓动村民哄抢果实。……多么容易理清的法律关系啊，而当时的郝进忠却想不出一点主意。

这件事，把老郝的心刺疼了，一连几天，他的脑子里总忘不掉那个战士失望的表情。他下意识地感到，像这样的表情，在部队中肯定还有很多很多。带着这样的表情，战士们怎么安心习武练兵、怎么能保卫好祖国的海疆啊！

他一头扎进了图书馆，针对"小湖北"所谈情况，查阅了大量法律书籍，摘录了一条条适合解决这场纠纷的法律条款，然后以组织名义，给"小湖北"的家乡发了一封信。地方政府很重视，问题很快得到了解决。老郝捧着"小湖北"的父亲寄回来的感谢信，激动得不能自制，幸福的泪水滴落在原本已满是泪痕的信纸上。

尝到了学法的甜头，郝进忠便一发而不可收拾了。

20世纪80年代初，为了适应改革开放的形势，人们都在拼命追求知识，"文凭热"随之兴起。其时，郝进忠已经有了一个大专文凭，因为飞行员入伍后首先要进航空学院。但郝进忠现在更需要的是法律，于是，他又选读了法律大专。

郝进忠一旦投入学习，他那做学问的优势就显露出来了。那么多人在自学中半途而废了，那么多人要经历三年五载甚至更长时间，而郝进忠只用一年就把法律专科的文凭拿到了，并且，他从未进辅导班，只要告诉他是哪本书，他保准能抓住要害，各个击破。在短短一年的有限时间里，他没有影响工作，没有影响对两个还上小学的孩子的照顾，相反，他还做起了妻子的辅导老师，使妻子也随之顺利过关。

郝进忠已经拥有两个大专文凭了，但他还不满足，他又报考了北京大学的法律本科。

又是两年过去了。当郝进忠终于拿到法律本科毕业证书时，谁能说那只是一张文凭呢？那是郝进忠对军队、对未来的一种责任啊！

有耕耘就会有收获。1988 年，郝进忠顺利地获得了律师资格；1989 年获得军事法律顾问资格；1993 年又成为全军第一批注册律师；1995 年，郝进忠当选第三届全国律师协会理事，成为全军仅有的两个全国理事之一。

现在的郝进忠，不管是"小湖北"还是"小湖南"；也不管是"小山东"还是"小山西"，他都不会让他们有失望的表情了。

五年一案 牵动海航部队无数急切跳动的心

1988 年 10 月 100，海航政治部保卫处会议室气氛凝重，一位保卫祖国东大门 20 余年的海军航空兵某部一级飞行员，正在讲述其弟冤死的经过。郝进忠作为海航法律顾问处主任，参加旁听。

飞行员李金生，老家在锦州市某区。

1988 年邻居韩家违章建房侵占了公共通道，影响了住在通道里端且年老体弱的李金生父母的出行。在老人的请求下，区城建局根据有关规定，要求韩家将违章建筑拆除。然而，韩家仗着交际广泛，一不做，二不休，不但违章建筑不拆，反而连夜兴建另一间棚屋，并且纠集了 20 余名亲朋好友前来助威。李家毫无思想准备。情急之下，老太太跑上去推墙，被韩家人打伤，躺到地上。韩家人见状跑了，李家几个儿子正好赶来看情况，这时候，派出所来人了。他们不问青红皂白，对李家人连推带打。李家三兄弟很不理解，问：你们为什么连情况也不问，却动手打人？副所长说："打你咋的？"随即拿电警棍往他们身上杵。李父见儿子被"电"，心疼万分。他高喊着："别电我儿了……"冲了过去，但话音未落，已被电警棍击倒在地。急了眼的李母不顾伤痛，拼力从地上爬起来。一个已被打伤的老太太，三个手无寸铁并被电击过的年青人，与五 6 个手握警棍的警察撕扯在了一起……

当日深夜，李家忍着伤痛将派出所的行为告到了市公安局。

小小百姓敢告派出所的状，这下可把派出所惹急了。9 月 3 日，所长拿着他亲自签发的传唤证，带着五名警察，来到李家，将正在家中的老三李金满打倒在地，带上手铐，揪着头发拉上了警车。

消息传到了部队。为了保卫祖国海空已有 8 年没有回乡探亲的李家老大李金生，被组织强行安排放假，因为，飞行员上天，是不能有任何思想负担的。

李金生回到家乡，上下反映，要求放人，可派出所就是顶着不办。所长不无得意地对李金生说："这事要大就大，要小就小……你就是告到中央，我也不怕。"他提醒李金生："你们李家，以后还要在这里住呢！"

当时，南沙形势紧张，李金生所在部队决定派去 10 个机组，他只得立即归队。可有谁能想到，他 10 月 3 日归队，4 日便接到电报：弟弟已在收审站被人打死！

作为飞行员出身的郝进忠，对李金生的遭遇有着比其他人更深的同情。李金生当兵 20 年，是所在部队的技术骨干；他三十多岁，正是飞行的黄金年龄；国家用几百万元才能培养出这么一个飞行员，他又驾驶着价值几百万元的战斗轰炸机……他不可以有半点闪失。然而，亲人冤死，他怎么可能没有沉重包袱呢？他怎么可以飞上蓝天呢？

"绝不能因为这桩冤情断送他的飞行生命！"郝进忠毅然主动地向领导请战。

郝进忠不是不知道，在此之前，李金生已找过许多政府部门，递交了许多控告材料，但毫无结果；李金生也请过几位地方律师，尽管律师们对案件的性质看法明确，但无人敢接。因为谁都明白，李金生告的不是一般百姓，而是作为执法者的公安干警。有人劝郝进忠：你可要谨慎点，别引火烧身，郝进忠说："我怕什么？我是军队的律师，我能看着军人家属的合法权益受到侵害而不管不问吗？如果那样，我们的军人怎么能够安心于部队工作，部队思想又怎么能够稳定？"

这样，一场历时五年的持久战开始了！

经过一番努力，打人凶手被捕了，但其他问题无人理睬。郝进忠于是来到了辽宁。他带着锦州市委书记的批示来到市公安局，负责接待的一位副局长十分冷淡："我们认为公安机关从处理民事纠纷到李金满被打死前没有任何责任。"说完，他莫名其妙地微笑起来，"具体情况，你们可以看卷宗"

他太低估郝进忠的水平了。他的"老眼光"认定郝进忠也是原来那种部队派到地方了解情况的一般机关干部，没想到，郝进忠几番奔波，调查访问，缺的正是公安机关的内部材料，你让他看卷宗，那真是求之不得。

真是"不会看的看热闹，会看的看门道"，郝进忠打开卷宗，立即发现了里面的众多疑点。许多手续都是事后补办的——郝进忠差点把心中的惊骇喊出声来：收审证没有编号、传唤证及收审证只有单方签字，等等。

有了证据，就有了主动权。此案存在报复、渎职、非法拘禁行为无疑，郝进忠立即将新的证据提供给当地党政领导机关和司法部门。1989年1月，案件得以复查。

似乎是柳暗花明了，然而，公安局和公安分局的复查结论是：执法不够严密……不存在报复、渎职、非法拘禁……

郝进忠再次来到辽宁，带着省人大的批示，一家一家地表达对案件的意见和要求。有关方面都表示：一定尽快严肃处理。可是，回到北京，音信皆无。这时，郝进忠想到了"舆论监督"，于是，他陪一位记者又一次北上。1989年11月，此案在《法制日报》曝光。新闻媒介的披露，虽然没有推动全面复查，却使大大延期的刑事诉讼程序启动了。

1989年12月190，锦州市中级人民法院分别判处打人凶手无期徒刑和有期徒刑14年。

审理中，打人凶手拒不认罪，但宣判后竟不上诉。

对于法院的审判结果，李金生不服，郝进忠更不服。在郝进忠的再三努力下，检察机关终以适用法律不当和量刑过轻提出抗诉。然而不知何故，没过多久，检察院却撤回了抗诉。

此时此刻，郝进忠的心情万般沉重。检察院撤回抗诉，还怎么进行二审？还怎么追究有关公安人员的非法行为？案件进展得如此不顺利，已引起了海航高层领导的高度重视和海航官兵的深切关注。事到如今，已经不是哪个飞行员自己的事情了，案情将往何处发展，必将在部队中产生震动，弄不好，就要影响飞行部队的战斗训练！

在接手这个案子之前，郝进忠早就有了充分的思想准备。军人是不可以在困难面前退却的！不能打硬仗、打恶仗的军人，还算什么军人！老郝已清楚地看到了埋伏在案件内外的人与人之关系的黑幕和权与法之力量的拼杀。既然非正义的权力可以使法律倾斜，那么就让正义的权利去帮法律一臂之力吧！郝进忠立即将案件的严峻程度向海航司令员以及全国人大军队代表作了汇报。

1990年1月3日，海军航空兵司令员亲自致函辽宁省省长李长春；几乎同时，全国人大代表李树柏向大会提交了《关于军人家属应受到保护》的议案。很快，案件的审理权全部集中到了辽宁省公安厅。

……1993年5月11日，一支由轿车和警车组成的道歉队伍缓缓向李金生家驶去。

冰冻了五年的尸体终于火化，29岁的生命终于得到了7.2万元的经济赔偿，与案件有关的公安分局副局长、刑警大队政委、副大队长以及派出所所长等均受到了严肃处理。……尽管处理结果还不尽如人意，但当李树柏向部队官兵报告案件处理经过时，竟十几次被掌声所打断。这掌声，是对法律的信任、是对律师的感激，而面对这崇高的奖赏，郝进忠却是感慨万千！

勇往直前　军人从来不懂得退缩

几乎与李金满案同时，郝进忠在锦州还办理着另外一桩案子。

那也是一场艰难的战斗。

海军航空兵某场站依据协议，收回承包给驻地专业户王某的1000多亩土地，竟被王某告了。一审法院判令场站赔款十多万元。郝进忠赶到部队时，离上诉期限只剩4天了。他带着李金满案的疲惫，用凉水冲一把红肿的眼睛，顾不得休息，来不及吃饭，急切地请场站领导介绍情况。

这不是一般的合同。他又遇上了强硬的对手。

第一次交锋，王某想给老郝来个下马威："你们还是乖乖地赔钱吧，这场官司你们输定了。……我有的是钱，和我打官司，没那么容易。"

郝进忠明白，王某之所以气焰嚣张，一是仗着钱多；二是认为法院有他的"哥们儿"；一审的胜诉，也使得他更加得意忘形。但王某怎么也不会懂得军人所具有的素质。老郝不温不火不慌不忙地对王某说："咱们法庭上见吧。"

真不能低估王某的水平，二审还未开庭，他又向法院起诉四案，状告部队因建砖厂、修跑道、果园承包等侵犯了他的财产，要求赔偿经济损失64万多元，这样，连同一审判决的10多万元，场站将面临70多万元的严重损失。

而对如此沉重的压力，场站官兵的情绪出现了波动，站领导也被接二连三从天而降的五起经济纠纷搅得难以静下心来工作。

郝进忠向来是个不信邪的人，越是难斗的对手，他越要碰一碰。他知道，这不是一个一般的经济纠纷，而是正义与邪恶的较量。

在深入调查的基础上，郝进忠很快就将五起经济纠纷案统统理出了头绪。他发现王某一审之所以取胜，就在于用伪证欺骗了法庭。而要击败对手，关键在于能否向二审法庭提供充分的证据。于是，他先后八次到绥中、锦州调查取证，不分白天黑夜，走访部队官兵和驻地群众近百人次，终于取得了100多份书面证据和录音记录。

1989年9月21日，郝进忠代理的场站上诉案在中院开庭。法庭上，双方律师的辩论异常激烈，整整一个上午不分胜负。中午休庭，部队开一辆救护车来接郝进忠回场站吃饭。而王某明知马路对面的高级宾馆离法院不足100米，却特地租来一辆高级轿车抖一抖威风，并在上车前，当着众人，拉开钱包，潇洒地掏出两沓人民币交给律师："这3000元是给你的，这2000元是给你们单位的。"他们似乎稳操胜券，已经乐不可支了。

谁笑到最后，谁才笑得最美。郝进忠关上门窗，粒米不进，把所有的案卷又重新摆在了面前。他憋足了一股劲，一定要让人们看看，什么样的人才叫军人，什么样的人才叫军队律师！下午一开庭，郝进忠先声夺人，以有力的证据和准确的法律依据，将对方律师和王某驳得哑口无言。

经过郝进忠艰苦的工作，一审败诉的"官司"在二审中讨回了公道，另四场"官司"也在一审中大获全胜。曾经得意一时的王某，这时却很不体面地在法庭上号啕大哭起来。

心地宽阔　满眼秀色满眼春

站在郝进忠面前，一般人是看不出来他的年龄的。他的眼神中，总是闪烁着一种军人所特有的迅捷和机智，他较为清瘦而又略显黝黑的面庞，又总是显露着文人才会有的那种温文尔雅的谦恭。他走路基本上都是快节奏的，腰板儿挺得很直，身材匀称，既使穿着便装上街，你也能看出来他是"行武出身"。

这个已经50岁的军人，精力就像四十几岁的人那么旺盛。海军航空兵是中国军队中分布最广泛的兵种，东西南北，海上陆地，到处都有他们的机场、营地。这些年，郝进忠的足迹几乎踏遍了海航的每一个驻地，而他的身体，似乎比年轻人还抗得住折腾。但年龄毕竟是人的生命中的一个障碍，恐怕他最经得住折腾的，还是被部队这个大熔炉熏热了的那颗心吧！

50岁的郝进忠现在是上校军衔正团职干部，这个军衔这个职位对一个50岁的军官来说是够低的了。

1986年底，海军航空兵组建法律顾问处，当时的一位海航首长对郝进忠说："你去把它搞起来……你不要改行，不要转业……个人的事情没有问题。"

郝进忠的工作干得是出色的，"个人的事情"的确应该"没有问题"，但除了总政司法局以外，各军兵种的法律顾问处均是没有正式编制的单位，要想升官，郝进忠就必须换一个地方。别的军兵种中与郝进忠一起从事这项工作的人大多都离开法律顾问处而升迁了，海航领导也多次打算解决一下老郝的"个人的事情"，可郝进忠死活爱上这个岗位了，任凭是什么样的诱惑也难以打动他了。就这样，郝进忠刚到法律顾问处时就是正团，10年过去了，现在他还是正团。跟他特别要好的人就对他说："再不往上爬一爬，你都快成'正团精'了。"

没有编制也就没有经费，因此顾问处每花一分钱都要由上级首长东抠一点西借一点。所以说，没有海航领导和主管部门的重视和支持，法律顾问处是一天都无法生存下去的。

做律师这么多年，有两件事情特值得郝进忠欣慰。第一个值得欣慰的，是他那可爱的一儿一女。做律师以后，儿女的事情根本就顾不过来，既然如此，他干脆放手，孩子初二后他就把他们彻底放开了。结果两个孩子都很争气，儿子现在已经是大学生，女儿也考上了全国重点中学。老郝认为，作为父亲，在孩子的心中树立起一个做人的形象就足够了；第二个更值得欣慰的，那还是海航各级党委领导长期以来对法律工作的爱护和扶持。很早的时候，一位海航领导就对郝进忠说过：你郝进忠既然热爱这项工作，那你就把你的实力打到全军、打到社会上去！

这个目标郝进忠很快就实现了。

郝进忠对法律如醉如痴，他似乎在这一领域里，又重新找到了他的碧海，又重新找到了他的蓝天，又重新找到了他的新航线。

郝进忠就像一面旗帜，所到之处，就把军队律师的形象牢牢地插在人们的心上。他在辽宁同时打的两场硬仗，给新时期的军人做了一个很好的广告，扩大了海航部队在老百姓心目中的影响，当地青年踊跃报名参军，使人民军队的飞行队伍里又增添了许多新鲜血液。辽宁省一位多次接待过郝进忠的人大主任，见郝进忠条理那么清楚，运用法律那么娴熟，就问："你是哪所大学毕业的？"老郝笑着说："是墙外大学。"人大主任惊讶地说："了不起了不起，咱们解放军的人就是厉害。"郝进忠善打硬仗敢打硬仗，使部队官兵信任他，政法机关佩服他。然而，也有一些以身试法或不公正执法的人怕他恨他，某市一位公安局的副局长就曾这样对手下人交代：海航那位姓郝的律师来，要掌握好两个原则，一要热情接待，二要说验慎。

其实郝进忠有什么可怕的？他无非是站在法律公正的基础上，以军队律师身份，努力维护军队和军人的合法权益而已。军队和军人的利益，说到底，是国家的利益，是我们每个人的利益。因为，没有强大而稳固的人民军队，就不可能有人民群众平安而幸福的生活。

现在，在海航乃至在海军，凡遇重大军地纠纷和经济案件需要处理，都不可能没有郝进忠的参与。

郝进忠是个军人，他有军人的那种勇敢刚毅和不屈不挠；郝进忠是个律师，律师所应有的法律功底在他身上显得更加厚实牢固。尽管如此，单靠郝进忠一个人的力量，还是难以满足广大官兵对法的需求的。起初，郝进忠经常不辞辛劳地下部队进基层，讲法授课解答问题，但回到机关，依然电话声声咨询不断，不仅难以达到逐个细致有效，也影响了办理主要案件的精力。怎样才能适应社会发展的形势，更主动更有效地为部队提供高质量、高效率、全方位和长期性的法律服务呢？郝进忠终于想出了一个好办法：建立法律服务咨询网络。在上级领导的支持和基层部队的配合下，这个网络终于建立起来了。现在，海航部队师有咨询站、团有咨询组、连有咨询员。郝进忠不再像原来那样瞎忙活了，他把功夫主要用在三级咨询员身上，经常给他们讲解法律知识，传授办案经验，使咨询员的法律水平不断提高，也因此促进了整个海航基层部队学法用法的自觉性。这种播种式的法律服务，不仅及时有效地解决了部队干部战士的实际涉法问题，也真正培养了一大批法律服务骨干。他们有的已成为这方面的"专家"，有的已获得律师资格，有的甚至在驻地军民中成了较有影响的人物。

　　网络建立起来了，这等于又给部队增添了一份稳定因素。这样看来，郝进忠真是把法律服务放到部队现代化建设和依法治军的大环境中去了。

（1997 年 8 月）

1997：律师被拘第一案始末

1997年1月2日，人们刚从元旦节日中走出来，在河南某市却发生了一桩令人难以置信的事件——两名律师因为在法庭上为当事人作无罪辩护而被控方检察官刑事拘留。而这一天，恰恰是新的《刑事诉讼法》实施的第一个工作日。

激烈交锋

郑永军和熊庭富怎么也没有想到，作为金誉律师事务所的主任和律师，几天前还在市中级人民法院与作为公诉人的市人民检察院检察官坐在平等的位置上，面对面地各尽职责，互相辩论，转眼之间，现在却成了检察官手中的"犯罪嫌疑人"，无可奈何地接受控方的讯问。正所谓，平等控辩不平等，律师冤为阶下囚。此情此景，两律师不得不回忆一下，1996年12月23日，他们俩在法庭上与公诉人就陆超挪用公款案所进行的激烈辩论。

被告人陆超是国营694厂的财务科科长兼地区建设银行营业部694厂代办点的负责人。1995年8月，地区建筑公司欲从兰州通用机械厂购买打桩机一部，价值64万元。合同签订后，总经理鼓励所有职工全方位筹款。在此之前，公司以业务员李承的名义在建行694厂代办点开立过一个账户，但仅有存款886元。李承找到代办点负责人陆超，请求陆超帮助贷款。陆超便为建设公司透支15.7万元并通过李承的账户将此款汇往兰州。

1996年11月110，市检察院以挪用公款罪对陆超提起诉讼。

1996年12月230，陆超案在市人民法院开庭审理。

法庭上，控辩双方唇枪舌剑，就地区建筑公司的企业性质展开了激烈的辩论。检察院认为，建筑公司名为集体所有制实为个人合伙企业。如果检察院的这一意见被法庭认定，则陆超构成犯罪无疑。

很显然，如何认定地区建筑公司的企业性质是本案的关键。根据法理推定，倘若建筑公司确系集体企业，陆超挪用公款就不是归个人使用，则陆超不构成犯罪；倘若建筑公司被认定为个体企业，也便同时认定了陆超挪用公款是归个人使用，则陆超构成犯罪。两位律师向法庭出示了地区工商局认定该企业为集体企业的"年检登记手续"，接着又出示了工商局开具的一份证明，称，"经审查，原××地区建筑公司提交的文件材料所反映的企业性质为集体企业定性正确。我们认定，该企业仍为集体所有制企业"。郑永军举例说："正如公诉人代表国家公诉机关出庭的行为系职务行为而不是个人行为一样，李承的行为也是职务行为。"公诉人对此大为不满。双方言辞激烈，法官宣布休庭。

休庭后，法院未退案，公诉人却从法院的卷宗中抽走了律师当庭提供的"证明材料"。

从表面看，检察院是在怀疑律师有制造假证包庇被告人的嫌疑。而律师则认为，检察院拘留律师，"伪证""包庇"只是一种借口，真正的起因是辩护人在法庭上批评了反贪局在侦破陆超一案过程中，使用非法手段，在没有办理任何合法手续的情况下，将陆超囚禁在反贪局四天四夜，采用"车轮战"让其难以入睡的违法事实。

灰暗的日子

这是一个特别容易记住的日子。

尽管昨天是新年的第一天，但昨天是法定假日，作为工作日来说，今天——1997年1月2日，才是新的一年的第一天。

《律师法》和新修改的《刑事诉讼法》同时在这一天迎来了它的第一个工作日。

然而，对于郑永军和熊庭富来说，这一天，是他们从事律师工作10余年来最灰暗的日子。

早晨8点，正在律师所清理文件的熊庭富被四名便衣带到了检察院。大约半小时，检察院反贪局副局长关成户进来说："你们主任郑永军，传他他不来，说我们没有权力传他来。郑永军藐视我们，态度蛮横，他不来，我们有办法把他搞来。"

　　"你们这样做到底是为什么？"熊庭富问。

　　"为什么？"关成户拿出地区工商行政管理局出具的那份证明说，"因为这份证明是你们律师提交给法庭的，我们认为是伪证。"

　　"请你们检察院搞清楚之后再下结论，否则会冤枉好人的。"

　　"冤枉好人？"关成户说，"你们律师对法律比我们熟，国家不是有《赔偿法》吗？如果我们检察院搞错了，我们检察院负责赔偿。"这时反贪局长也过来说："这个案件你们律师怎样辩都可以，但不应该作无罪辩护，不应该把这份材料提交给法庭。我们检察院在每一个案件上都下了很大功夫，费了不少心血，结果你们律师动不动就按无罪辩护，我们能不气愤吗？"熊律师说："你们是控方，我们是辩方，站的角度不同，但目的是一致的；我们律师是以事实为依据，以法律为准绳，不像你们说的那样，想怎么辩就怎么辩；我们向法庭提交材料，是正常的职业行为，是希望法庭调查质证，并没有什么过错。"

　　"那你们就等着瞧吧！"关成户不冷不热地说。

　　"等着瞧"这句话如果不仅仅是威胁，那么，它的背后一定隐藏着某种危险。

　　9点左右，吃完早点的郑永军走在司法处机关办公楼前，被两个身材高大的人拦住。其中一个穿布夹克的人问：

　　"你是郑律师吗？"

　　"是。"

　　"我们是检察院的，找你问点事。"布夹克说。

　　"你们可以到司法处办公室去问。"郑律师的话刚完，另外一个穿皮夹克的人掏出一张纸说："我们带有传票，你不去就拘传你去！"说着，布夹克和皮夹克将郑律师推到一辆警车上，带到了检察院。

　　谁知道郑永军和熊庭富是不懂"等着瞧"这句中国话呢？还是想试试这句话究竟能给他们带来什么恶果？在警车、讯问和嘲笑面前，他俩依然据法争辩，理直气壮。检察院不是说律师作伪证吗？郑永军指着他和熊律师向法庭提交的那份证明，问："这上面的公章是假的吗？"

"是真的。"

"既然公章是真的，你凭什么认定这证明是假的？"

郑永军问得对呀，检察院认为建筑公司"名为集体企业，实为个人合伙"，这个"名为"从哪里来？证明检察院所获得的建筑公司的"性质"也是"集体企业"，提交给法庭的"营业执照"内容与律师提交的完全一致。郑永军说："如果说我们律师在搞伪证的话，那么是你们检察院先搞伪证。"

伪证罪看来是要泡汤了，尽管从早上把人抓来时一直想这么认定。下午8时，检察院给两律师换了一个罪名——"包庇嫌疑"，然后将两律师刑事拘留，关进了市看守所。

看守所　进去容易会

与其他犯罪嫌疑人同挤在大通铺上的郑永军一夜未眠，他一遍一遍地咀嚼胡乔木同志的那句诗："你戴着荆棘的王冠而来，你握着正义的宝剑而来，律师——神圣之门，又是地狱之门。"只有在这个时候，他才更深刻地理解了这句话的内涵。这时他感到有些伤感，不是因为自己在受苦，而是觉得自己进这种地方进得太容易了。这是关押犯罪嫌疑人的地方，可我何罪之有呢？监号内漆黑一片，号内外死一般寂静。他在想：我被抓起来了，我的家人知道吗？我的组织知道吗？全市的律师，乃至河南的、全国的律师知道吗？如果他们知道了，对他们将是多大的伤害呀！

在郑永军感叹看守所进得太容易时，外面的律师却有另外一种感受。

1月3日，在得悉郑、熊二律师被拘后，地区司法处和金誉律师事务所决定指派律师介入。3日下午3点多钟，四名为郑、熊提供法律帮助的律师与市检察院交涉，要求会见"犯罪嫌疑人"。检察院答复可以会见，但须有两名检察官在场。4日下午，四律师按指定时间与被拘律师会见。会见开始前，检察官又告知律师：时间限定为30分钟，并要录音、录像。尽管律师对此提出抗议，认为这不符合刑诉法的规定，但还是不得不服从检察官的要求。10日上午，律师又前往检察院要求会见仍被关押的熊庭富律师。检察院一反常态："你们想见只管见，谁也没规定不让你们见，不需要我们批准。"面对突如其来的宽容和配合，律师们有些受宠若惊。他们怀着激动和兴奋赶到看守所。然而值班人员却说："没有检察院的人在场，你们不能见。"律师这才知道高兴得太早了。当日下午，律师们又返回检察院，向反贪局负责人介绍了会见受阻的情况，希望检察院依法配合，但检察院仍坚持会见不必经他们同意。律师不得已又返回看守所，看守所称与市检反贪局联系了，侦查阶段还是不让律师见。就这样，几位律师一天之内在检察院和看守所之间来回奔波，最终还是未能会见，使得律师会见被告的权利形同虚设。

如此撤案

两位律师被拘留后，河南全省律师人人自危。他们密切关注着案件的发展，对检察院的错误做法反映强烈，坚持要求依法纠正并公诸于新闻界。此事也引起河南省、地、市各级有关政府部门的高度重视。与此同时，市检察院也在抓紧调查那份证明材料的来源。

原来，被告人陆超有个在工商银行某支行当副行长的堂弟，利用本行职工洪业升的父亲是地区工商局局长这层关系，于 1996 年 12 月 16 日，由洪业升陪同，到地区工商局通过私人关系取得了那份使得两律师身陷囹圄的证明材料。

真相大白，两位律师造假证的嫌疑被解除。2 月 6 日凌晨 6 点，陆超的堂弟被刑事拘留。第二天，郑永军律师被取保候审。四天后，熊庭富律师被取保候审。两位律师在分别被关押 6 天和 10 天后，终于走出看守所。

1997 年 2 月 26 日，市检察院向两位律师宣布了《撤销案件决定书》："郑永军、熊庭富包庇一案，本院于 1997 年 1 月 2 日立案侦查，现已侦查终结。经检察委员会研究，根据《中华人民共和国刑事诉讼法》第 15 条第（一）项、第 153 条之规定，决定撤销郑永军、熊庭富包庇一案。"如果这一纸撤案决定书是针对一个法盲，他可能只注意到"撤销"二字。而两位律师首先注意的是决定书所引用的法律条款。撤案决定书引用的《刑事诉讼法》第 15 条第（一）项是这样规定的，"情节显著轻微，危害不大，不以为是犯罪的"不追究刑事责任。律师对所引用的这一条款提出异议。他们认为，"本来就没有违法行为，根本谈不上情节显著轻微、危害不大"。检察院于是又于 1997 年 4 月 1 日送达了另一份撤案决定书，内容由第一份的"犯罪嫌疑人"改为了"当事人"，并删去了原来引用的"第 15 条第（一）项"。两份《撤案决定书》，文件编号一致，落款时间一致。

错在何处

两律师被拘案在社会上引起了强烈反响，河南省人大领导同志在听取了省、地区两级检察院以及地区、市两级人大的汇报后认为：此案是个错案。

那么，此案究竟错在哪里呢？

首先，市检察院以包庇嫌疑立案拘留律师，严重违背法律规定。修改后的《刑事诉讼法》第 18 条第（一）项明确界定了检察机关自侦案件的范围。据此规定，即使律师真的有制造假证包庇被告人的行为，此案也不归检察机关管辖，而应由公安机关立案侦查。如果是国家机关工作人员利用职权实施的重大包庇案，需要由人民检察院直接受理的，决定立案的权力也在省级以上人民检察院，更何况，《律师法》已明确将律师界定为执业者，而并非国家机关工作人员。总之，此案已超出了检察院自侦案件的范围。由于市检察院超出法定管辖范围管了不属自己管辖的案件，从而使得对案件的立案侦查，包括采取的拘传、拘留等强制措施都失去了合法性。

其次，律师向法庭提交的证明不是伪证。律师提交的证明与企业营业执照、税务登记证以及 1996 年年检结果是一致的，说明其内容符合客观事实；退一步讲，即使律师提供的证据失实，只要不是故意，根据法律规定，也不能算是伪造证据；再退一步讲，倘若律师有制造伪证的故意，检察院也应该与法官交换意见，由法院对证据进行认定。

最后，"涉嫌包庇"，实属荒谬。根据新的《刑事诉讼法》第 12 条"未经人民法院判决，对任何人都不得确定有罪"这一法律规定，对有犯罪事实，需要追究刑事责任的人，在侦查阶段只能称之为"犯罪嫌疑人"，在检察院提起公诉后称之为"被告人"，只有在法院判定其有罪后，才能称之为"罪犯"或"犯罪分子"。而根据《刑法》第162条的规定，包庇罪是指明知是反革命分子或者其他刑事犯罪分子而窝藏或作假证明包庇，使其逃避法律制裁的行为。在本案庭审过程中，被告人本人自陈无罪，两位律师也认为他无罪并在法庭上为他作了无罪辩护，法院是否判决被告人有罪还不得而知。既然法院未判决被告人有罪，律师也坚信被告人无罪，怎么谈得上"明知是犯罪分子"呢？既然谈不上"明知是犯罪分子"，"包庇罪嫌疑"又从何而来？

当然，本案还有其他一些值得商榷之处……

1997年3月2日，市检察院在向地区检察分院作的"关于办理郑永军、熊庭富二律师涉嫌包庇一案的报告"中总结了以下教训：L对新刑诉法学习得不够全面，理解得不够深刻，把握得不够准确，按新法办事的意识不强，对办理自侦案件中带出来的案件还是沿用了过去的做法。2.在没有确凿证据的情况下，把被怀疑有可能制作假材料的人当作犯罪嫌疑人，这是对"犯罪嫌疑人"的一种误解。3.执行上级检察院的指示不够坚决。此事市检察院曾向地区检察分院作过请示汇报，地区检察分院副检察长李玉禄当即提出两点意见：第一，对证据有疑问可与法院交换意见，陆超案件继续进行；第二，等陆超案件结束后，再来调查律师取证问题，不要急于采取强制措施。但市检察院没有照此意见办理。

案件发生后，河南省律师协会对此案作过全面调查，他们曾作出过这样的结论：检察院办态度案、情绪案，有滥用职权之嫌，属典型职业报复。

1997年3月24日，市检察院领导走进金誉律师事务所，向两位律师赔礼道歉。然而，到目前为止，检察院不接受"办情绪案"的说法，只强调是"工作失误"。

故事还在继续

人被放出来了，检察院也已经道歉了，但故事并没有就此结束。

1997年3月25日，郑永军和熊庭富向地区检察分院递交了一份控告状。他们认为，市检察院"乱抓律师，又不敢光明磊落，不愿彻底纠正错误撤销案件，还想给我们留个'尾巴'"。据他们反映，有人给市检察院的行为性质定了调子："是工作失误，不是职业报复。"

看来，这个故事非继续下去不可了。

在 3 月 25 日的控告状里，两位律师提出以下控诉请求：

一、请求上级人民检察院依法立案侦查追究两被告（市人民检察院检察长程德、刑二科副科长袁月芳）报复陷害和徇私枉法罪的刑事责任；

二、请求追究除两被告以外的其他责任人员相应的法律责任；

三、请求赔偿侵犯律师人身权、名誉权及精神损失费，共计人民币 20 万元。

故事的最终结局，是要由法律来说话的，但现在谁也不知道，法律将在何时说话，怎样说话。

这是一个不该发生的故事！就连检察院自己也说："开始并不想拘留律师，只是叫来问问情况。"但他们最终还是控制不住激动的情绪，对两位律师采取了强制措施。出现这样的后果，有关责任人强调：那是因为律师态度很不友好，傲慢、气粗，传唤后仍盛气凌人。但执法机关可以看谁傲慢就抓谁吗？如果可以，那岂不是看谁不顺眼就可以抓谁了吗？这样的悲剧，中国人是并不陌生的，但它绝不应该发生在"依法治国"的今天！

"新刑诉法实施后，你们律师的权力不是大了吗？这回看你们还蹦不蹦！"许多人是不相信检察官袁月芳对身陷囹圄的郑永军讲过这句话的。这种言辞如果出自一个执法者之口，说明他的素质太低下了，报复之心也太迫切、太露骨了。不过有一点是可以证实的：与两位律师在法庭上已产生矛盾的陆超案公诉人袁月芳，确实又参与了对这两位律师的审讯。郑永军提出让她回避，她说：我是"提前介入"。

控告状称：在省检察院和地区检察分院决定必须立即撤销案件的前提下，市检察院本应于春节前向已取保候审的律师下达撤案决定书，但程德仍顶着不办，并于 2 月 16 日安排一位副检察长故意放出风来：把律师再抓起来，错就错到底！致使受害律师四处躲藏，单位及家人均不得安宁。

人们惊呼，在改革开放顺利进展、法制建设日益健全的今日中国，某些执法部门能想关谁就关谁，关错谁就关错谁吗？

但是，尽管事情已经演变到了受害律师要与检察院对簿公堂的地步，市检察院的大多数检察官对两位律师的举动还是表示理解的。他们都希望这个不幸的故事能够早日画上句号。毕竟，市检察院是 1996 年度省级先进集体，检察长程德和检察官袁月芳在过去的工作中都曾取得突出的成绩，郑永军律师也是河南省百名优秀律师之一。这起错案的发生，对双方而言，都是一个损失，一个悲剧。

1997 年 5 月 16 日下午，中共河南省某地委副书记兼地委政法委书记张本乐同志正在主持有关方面参加的"检察院正式赔礼道歉会"。人们猛然发现，地区检察分院的曹文义检察长也走了进来。郑永军和熊庭富迎了上去。曹文义紧紧握住郑永军的手。郑永军说："谢谢您能参加……"曹文义说："不用谢……检察院和律师，本来就应该是朋友！"郑永军的眼泪刷的一下流了出来。在凝重的注视下，这眼泪重重地打在了检察长的手上。

两个人的手握得很紧。人们分明从那握紧的手中听到了一种声音：但愿这样的故事别再发生！永远不再发生！

（1997 年 10 月）

吉林律师业将有质的飞跃

——访吉林省司法厅厅长杜兆清

如果你到吉林省司法厅或律师协会去会见一位在那里任职的同学或者朋友，那么，有一点你必须要注意：不可超过5分钟。其实，在这座日式老楼里并没有这样的规定，但当你看到办公室内那忙碌的景象时，你便无法在处理不完的公务面前再侵占主人的一点点光阴。

此次吉林之行有好几项任务，其中最重要的一项任务就是采访司法厅长杜兆清和主管律师工作的副厅长刘力群。然而这项最重要的任务却差点未能实现——刘力群同志一直在基层调研没有回来，而对杜兆清同志的采访几乎到了7天行程的最后时刻。

这天上午9点，律管处王晓峰副处长把我领进厅长办公室。

这是一个简单得不能再简单的办公室。地面上没有地毯，甚至连地板革也没有，但水泥地擦得很光很亮，不留一丝灰尘。屋内最显眼的恐怕是厅长座椅后面那架敦敦实实的绿色大铁柜，不用说，那应该是20世纪五六十年代的"首长专用柜"，而如今它差不多可以算作文物了；另一样显眼的东西是厅长坐椅旁边的拐角柜上一条红绒布所覆盖的一套计算机。那计算机盖得很严实，想必也是几天没有见到它的主人了。

厅长没有在办公室等候记者，而是在王晓峰的再次寻找下从别的办公室匆匆赶了过来。

知道厅长很忙，采访便在没有客套、寒暄的情况下开始了。这时晓峰处长为记者为厅长倒水；这时记者发现，厅长的杯子是干干的，这就说明，厅长上班一个多小时了，可能还没有喝一口水。

笔者近年对吉林省的律师工作了解较多，对吉林省律师事业的发展认识比较深刻，并且在多次接触中，与吉林省的律师管理干部和许多律师结下了很深厚的友谊。直接一点说吧，笔者因为与他们的接触而对东北人民充满了感情。

吉林省的律师管理工作是富有特色的。他们长期以来坚持强化律师职业道德教育，促进了律师业的全面发展。吉林省有一大批以"全国十佳律师"王海云为代表的不重钱财、不为名利、法律至上、人民至上，深受普通百姓喜爱和敬重的"穷律师""傻律师"。王海云的事迹在全国都很有影响力，他的桩桩大案，件件小事，无不令人震撼，催人泪下。王海云的事迹体现了一个国家和人民真正需要的律师的宽广胸怀、高尚情操和在困难面前不屈不挠、曲折面前信念坚定，为维护法律尊严而永远勇往直前的崇高境界和气魄；王海云的事迹也体现了吉林省律师界的整体素质和共同追求，展现了吉林省律师的整体形象。王海云后继有人，一大批王海云式的人物已在东北大地不断涌现。——这是吉林省长期重视律师职业道德教育的结果。

"律师道德教育，是搞好律师工作的一个很重要的前提条件。"杜厅长说这句话的时候，表情很有些庄重。这位去年春天刚从检察系统调过来的司法老兵，对整个司法界的文明素质有很深的了解和感受。他认为，作为一个好律师，必须要具备两个先决条件，一个是道德水平，一个是业务水平。对于吉林全省的律师队伍职业道德杜厅长是满意的，但同时表示不能放松，要继续深入持久地抓下去，当谈到全省律师的整体业务水平时，杜厅长坦言："与全国比尚有差距。"而这种差距不是律师个人的问题，在很大程度上它是一个大环境的问题。要说明这个问题，可以拿来一个佐证：吉林省近年来是有一些律师走了出去的，他们在广州、深圳，干得都非常出色，成了当地律师界的佼佼者。这证明不是吉林的律师水平低，而是社会环境制约了他们的发展。东北是长期的计划经济所留痕迹较深的地方，经济相对不发达。人们的观念与南方比有差距，而这些外部环境问题，绝对是影响律师业发展的。

"但我们不能等。在观念上，我们既要适应，又要超越。"

适应，无疑是要因地制宜；超越，肯定是要加大改革力度了。

要改革，要发展，要超越一种观念，谈何容易！为了解决这些问题，杜厅长到任不久，就和力群副厅长带领全厅有关同志深入到律师所作调研，广泛听取基层律师的意见和要求，与律师们共同研究律师改革发展大计。

吉林省的国资律师所多，这几年受市场经济的冲击，在合伙所面前暴露出了许多劣势，有的合伙所甚至提出要兼并国资所。这个问题严峻地摆在了司法行政管理工作者的面前。于是，如何解决国资所的实际困难，如何使国资所出现活力，成了吉林省律师管理者今年乃至今后一段时间内要着重解决的大事，也成了杜兆清厅长时时思索的一桩心事。党的十五大之后，他要求各位副厅长带着题目下去搞调研，其中，如何深化律师改革、如何搞活国资所、如何加强吉林律师工作，就是他亲自点的题目。不仅如此，他还请来了历届分管律师工作的老领导、老同志进行座谈，请律师代表上来提建议。他这番心思真是没有白费，经过这一系列工作后，他心里有数了，难怪他在会上畅谈一系列改革措施时，到会的同志是那么的激动、那么的欢迎。

吉林的律师管理工作者似乎形成了一种传统，那就是把服务放在工作的首位，在为基层服好务的前提下再进行有效的管理。因此，他们在律师面前，不似"长官"而是朋友。据说杜兆清厅长到任后不久便提出了"三个服务"——为全局服务，为基层服务，为人民服务；强调管理者是服务而不是索取。这位农民的儿子，这位从反贪局走出来的司法厅长，对群众有着深厚的感情，他最厌恶的就是耍嘴皮子不干事和弄权谋私的行为。领导的行为就是一面旗帜，在他的带动下，吉林律师管理干部坚守着一个好风气，那就是少说空话，多干实事。诸如，国资所的负担过重问题，老律师的后顾之忧问题，法律服务市场的公平竞争与管理问题……时时萦绕在这位厅长的心头。一年来，司法厅的厅长、副厅长、律管处的处长、副处长以及律师协会的工作人员都主动下去调研，有的还被派往省外、国外进行考察。通过此举，他们摸清了省内律师工作的病症，学到了外省和外国的先进管理经验，至此，一个改革国资所体制、激活国资所机制的清晰的思路很快就要付诸行动了。

杜兆清厅长说：在今年或今后的一段时间内，我们必须要抓紧做好三件大事，一是要增强律师事务所的经济实力，二是要建设大规模事务所，三是要下决心开拓非诉讼法律服务领域。

建大所、创名牌，是司法部对律师所建设的一项新的设想，杜厅长认为这个要求是有战略眼光的。他对张耕副部长几次关于"建大所"的讲话都认真进行了研究，认为建大所有利于实行专业化，有利于提高律师的专业素质。大所可以分设若干部门，进行专业化分工，既能各负其责，又能互相协作，可以形成规模力量，实行集团作战。而小的律师所是什么都管，金融、证券、债权、债务……样样通，而样样难以精益求精。建大所还有一个重要意义，那就是有利于与世界接轨。小所难以有大的影响力，与国外大所联系交流相对困难。而大所可以动用自身的整体实力，与国外大所横向联系，还可以受政府、大企业的委托，招商引资、洽谈生意……

建大所是要和改革紧密联系起来的。而国资所的改革，目前最根本的无非是两大问题，一是产权，二是人才。

在产权问题上，杜兆清厅长明确表态：司法厅已进行了充分的酝酿和准备，要尽快对国资所的产权进行界定，在国资所内部形成一种责权清晰、结构合理、运作科学的产权形式。只有这样，才有利于积累，而没有积累的律师所，是难以办成大事的。产权界定了，要鼓励律师所巩固经济实力。如果有必要，主管部门可以牵头与有关部门联系，为律师所投入一部分资金，使办公条件有一个根本的改善，办公设备完全实现现代化。

建大所需要有一个全新的人才运行机制。过去，国资所一方面难以留住人才，而不适合人员又无法向外流动，使每个律师所都无可奈何地背着包袱过日子。当律师所的规模建设起来后，现代化的办公条件无疑可以吸引人才，但如果人才运行机制不活，所越大，问题也会越多越难管理，最终还是有可能分化瓦解，使建大所的努力和所取得的成果被葬送。因此杜厅长说，今年国资所将实行全员聘任制。如果开始实行起来有困难，可以先在省直所做试点，然后推向全省，那些不称职的律师，要想办法提高，实在提高不了，该处理的处理，该辞退的辞退。

这是一个很好的设想。国资所的产权界定和人才机制问题解决了，其他问题只能算作枝节问题，自然会迎刃而解，那么，吉林省的律师工作必将产生质的飞跃。那时候，吉林律师业与全国的差距将会缩小；那时候，吉林的整个经济状况也会在律师更多的参与下得到改善；那时候，我们有理由说，吉林的律管干部不仅超越了陈旧的观念在前进，而且还在带动着崭新的观念往前飞。当然，要改革，要超越和带动一种观念，是要遇到一些困难的，对此，杜兆清厅长爽朗地说："没有困难，还要我们这些人干什么？"

（1998 年 2 月）

144

为生命奏响乐章

——请听长春律师事务所的生命旋律

从一种冲动说起

大约是一年前，吉林省司法厅和吉林省律师协会便向笔者推荐了长春律师事务所和律师所主任王兴志。后来与王兴志见过两次面，却没有感觉到写"全国十佳律师"马军、王海云时的那种写作冲动。马军、王海云，一个在祖国南疆云南，一个在东北大地吉林。这两位有着鲜明性格特点和具有广泛影响的律师，多年来一直备受新闻界关注。并且几乎所有见过这两位律师的记者，都有同一个冲动："我要写他！"

王兴志似乎很难让人有这种冲动，可能因为他没有马军、王海云那样的传奇经历和故事，也可能因为他没有马军、王海云那样的性格魅力，可是，当你真正了解王兴志以后，你会觉得他其实很有特点。这个曾几何时被人们亲切地称作"王傻子"的律师所主任，为了保住他的"心肝宝贝"——国资所，他的倔劲儿和固执几乎暴露到了顶点，但没有他的固执和倔劲儿，兴许长春所就坚持不到今天了。

实际上王兴志的经历足够丰富和传奇，长春律师所的故事也足够久远和光彩，尤其当你深入到他们的内心，去倾听他们的焦虑与渴盼、体味他们的苦衷与期待、感受他们的奋争与追求的时候，你会觉得，长春所的历史中，无时无刻不在涌动着一种激情。这种激情就像自然流淌的河水（当然这种"自然"是相对的，因为它毕竟有河岸的约束），有时急，有时缓，有时面临干涸，有时又飞浪涌波。但无论怎样，它总是在不停地流淌着。我们有理由相信，它是在"不停"中寻找机遇，寻找希望，寻找盼望已久的辉煌。

作为人，我们都是非常珍惜生命的。如果把长春所人格化，那么，这个生命是有着沉重的底韵和丰厚内涵的，她的艰辛曲折和百折不挠是很值得施以笔墨的；假若长春所或者王兴志被我们的笔遗漏了，说不定那真是我们的一个遗憾。

存在就是一种胜利

一个 40 多年的律师所，诞生和生存在一个变革的时代，周围的一切都在日新月异，每个人的内心都充满着矛盾和躁动切都在变，一切都令人不得安宁。

吉林省长春市"长春律师事务所"，从 1956 年开始，经历了从生到死、死而复生的艰难历程，又在一次次改革中，一会儿几近成为全国老大，一会儿面临分化瓦解，一会儿人才济济八方会聚，一会儿人才流失各奔东西……它就像一架老马车，颠颠簸簸，摇摇晃晃，在一条漫无边际的路上苦苦跋涉，似乎没有人可以告诉它，它的宿营地在何处？它的希望在哪里？

那是一段永远值得回忆的历史！

1956 年，长春市有史以来的第一个律师事务所诞生了。这个当时被叫作法律顾问处的律师组织，实际上就是今天的长春律师事务所的前身。但那是一个不幸的婴儿，仅仅存活了一年半，便在"反右"斗争中夭折了。接下来，一大半律师成了右派，剩下的几个也成了右倾……

一年半的生命的确是太短暂了，而 20 年的等待却又太漫长太漫长……1979 年，这个生命有了重生的机会，这个以 50 年代的老律师为主体重新组建的律师组织，很长一段时间是由中级法院代管的。它来之不易，它要寻找到散落在各行各业已远离了法津的法律专业大学毕业生。这种寻找是艰难的。但最终还是成功了，这也许是"法律"这个神圣词汇的无形力量吧！

王兴志，这位长春律师所的第六任主任，至今对 1979 年重建时的人员组成记得一清二楚：两位中级法院派来的主任和三个右派、二个右倾、一个"特嫌"，另一位是 50 年代北京政法学院毕业、当时在中学任教的教师，再一位便是他自己——当时是中级法院民事庭书记员的王兴志。

往事不堪回首啊，那时的 10 个人，除了王兴志，现在都已退休了，有3 位老律师已经去世……

王兴志怎么也没有想到，这样一个好不容易活过来的生命，却差点断送在他的手上！

忘不了的 1993 年啊。仿佛眨眼之间，像长春律师所这样艰难发展起来的国办大所差不多都稀里哗啦地解体了。

这时候的王兴志，当了 5 年的副主任后，刚刚于 1992 年底成了律师所的"一把手"。1993 年，他刚刚在所里进行了优化组合；刚刚成立了 9 个专业部；刚刚率先实行了纯效益工资制；刚刚使总收费、人均收费、人均提成和福利实现四个翻番；刚刚公开登报招聘人才，使原来十几人的律师所发展到 150 人，成了长春市人才最多、实力最强、后劲最足的律师群体。王兴志是要趁机大干一场的，可眼前几乎可以看得到的灿烂景象马上要风吹云散了，因为上级要从他们所分出去四个所，然后把"母所"转成合伙所。

"这不是命运又在要我吧？"王兴志苦笑着。

这个被命运要弄过几次的人，这次不甘心再被要弄了。他知道成立合伙所是大势所趋，也知道合伙所更能发挥人的主观能动性和聪明才智，句话，合伙所更适合市场经济的要求。但他更知道：市场经济的发展还不平衡，不能要求长春一夜之间变成东南沿海，要因地制宜，不能一刀切。目前，长春所的发展呈平稳上升的势头，人才一年比一年多，业务一年比一年精，收入一年比一年高，直到 1993 年，长春所的收入几乎历年都是全长春地区所有律师所收入的总和。这就说明，长春这块土壤，是正好适合长春律师所生长的。既然如此，为什么一定要分化呢？律师所是要有集团效应的，一个大所分成若干小所，机制灵活了，人的积极性高了，但什么时候才能形成规模？没有规模的律师所，又拿什么与世界接轨？

王兴志认准了的路是十头牛都拉不回来的。领导做他的工作做不通，同事朋友拉他也拉不走，反正他是铁了心了：一定要守住这块根据地。那期间，王兴志特别喜欢参加会议，一参加会议就特别希望有机会发言，一发言就保准要跑调，一跑调就令到会的领导和律师觉得有点云里雾里，什么要走有中国特色的社会主义道路啦，什么律师所也要有中国特色啦……尽管花里胡哨，但人们还是听懂了——王兴志是在为国资所唱赞歌哪！

为了保住国资所，王兴志不知费了多少苦心，想了多少花招。他软磨硬泡，使当时的局领导哭笑不得，只好解嘲地说："这个王大傻子。"

胳膊总是拧不过大腿的，到1995年底，长春所9个专业部的主任多半被分出去了，新招的律师也被"分配"走了，长春律师所的实力一下子削弱了。最令王兴志痛心的，是他倾注了极大的心血建设起来的专家部，100多名兼职和特邀律师，一下子被分走了一大半。那可不仅仅是一年将近100万的收入啊，它的作用，是不能用金钱衡量的！若不是"男儿有泪不轻弹"，若不是"革命者流血流汗不流泪"，王兴志真想大哭一场啊！

长春所元气大伤，但"长春律师事务所"这块牌子总算保下来了。这几年，他招兵买马，使长春律师事务所在吉林省所有形式的律师所中仍属老大。如今，律师界对"建大所、创名牌、上规模"已经形成了共识，这时，长春所这样的大所，才真正可以显示它的后劲、实力和优势；这时我们更应该觉得，当初王兴志的坚持是多么的可贵啊！

多少年来，中国人习惯于一夜之间"旧貌变新颜"，在一次次龙卷风式的变革中，一些新的生命诞生了，而一些实际上还具有活力的生命，也在"一刀切"中被活活葬送了。

长春律师所总算活下来了，但她活得是那样艰难，那样曲折，看她那犹如身背重负却又是那样信心百倍不屈不挠的样子，真有些死里逃生却又义无反顾初衷不改的凛然气魄。

尽管长春所人认为现在的规模与他们自己的目标还有很大差距，尽管长春所还没有迎来它最辉煌的时刻，但有一点人们无论如何是可以认同的，那就是，长春所的今天来之不易。

长春律师事务所，是中国国资大所的一个活标本，她的生存成长的轨迹，是中国国资律师所改革发展的一个缩影。

长春所历尽千辛万苦，能够坚持到今天，这本身就是一种胜利。

人才是命根子

长春律师所光荣的过去，虽然没有文字记载，但现在的长春所人讲起她的过去都能够像讲述自己的历史。因为他们每个人都知道，过去的每一年每一月，每一个案子每一件事，每一个声音每一个人，都是长春所永远的财富永远的精神。

历史是不能忘记的，而前辈们在创造的业绩中显现出来的精神品质和优良传统更不能忘记。所以，当人们提起刘械、罗康、张凤山这样几位老律师的名字的时候，他们已经不是某个具体的人了，他们是作为一种形象永久地印刻在长春所一代一代年轻律师的心里。

张凤山，人称吉林省刑事辩护的一杆旗，仅在1997年的刑事辩护工作中，经他办理的二审将死刑改判为死缓或有期徒刑的案件就有5起。在长期的执业过程中，经过他的努力，使死刑改判为死缓、无期、有期或无罪的案件有68件。这是一个了不起的成绩，而这样的成绩，除了可以显示一个律师高而精的业务水平和素质外，最主要的还是反映了一个律师在法律面前神圣而崇高的责任感。当看到同样一位有着很高威望的70多岁的老律师刘械坚持每周到所里上半天班，但每次上楼至少用20分钟才能把气喘匀时，人们更能感觉到，在他们这一代人的身上所能学到的，绝不仅仅是法律知识。

提起长春所老业务主任卢桂馨，没有不竖大拇指的。这位吉大法律系毕业的高才生，这位几届省市政协委员，她的人品、风范和办案水平都是一流的，但她谦恭自律，从不宣传自己，以至于这样一位有着真才实学的女律师的名气并没有与她的德气、才气同步……

因为长春所是吉林省最早的律师所，因此吉林省当时可以在长春市找得到的最有名的律师几乎都是长春律师所最早的成员，由此后来人们说"长春所是长春市乃至吉林省律师的摇篮"其实是并不过分的。尤其是1993年末至1996年初的那股"解散国办所，成立合伙所"的风潮，虽然对长春所造成了伤害，却也检验了长春所的实力，那些从长春所出去了的律师，到了新的律师所后，确实成了那里的摇钱树、顶梁柱。可长春所这块"革命圣地"却伤筋动骨了，一下子被抽走了那么多骨干，谁来支撑以后的事业？

"没有人才就没有发展，人才是我们的命根子。"王兴志一边顶着分化的压力，一边广招人才。在三年的时间里，在被分出去70多人的情况下，他招进来30多人，使律师所的人员实力保持了相对稳定。

长春律师所现有专职律师51名，兼职和特邀律师78名。在这130多位律师中，有6名律师取得了证券业务资格，5名取得了产权并购、重组业务资格。

经过长期的努力，长春律师所积累了一批素质很高的法律人才，同时，他们还注意发展外围力量，吸收聘请了许多社会知名度很高、在法律或与法律相关的其他专业领域卓有建树的专家学者为律师所的兼职、特邀律师或顾问，从而更加壮大了律师所的实力。这些人为长春律师所带来了可观的直接的经济效益，而王兴志更愿意把他们称作无价之宝。

对于这些无价之宝，张作航同样有着极深厚的感情，因为在当副主任之前，他便是当时拥有60多名兼职和特邀律师的专家部的主任，虽然他是他们的管理者，但从他们身上，他还是吸收了不少营养的。张作航和王兴志、张辉、王刚等律师一样，是属于办一个案子能带回来两三个案子的那种律师，不过最能显示张作航成就的，恐怕是1994年他成功办理的吉林省第一起期货纠纷案。在那之后，吉林省有十几起期货纠纷案，张作航就代理了8起，他无疑可以称得上是这方面的权威了。

长春律师所最早的声威，得益于他们叫得响的刑事辩护。直到现在，他们以张凤山、刘械为主体的"刑事团队"，依然活跃在冰雪大地、北国之春，每年都有许多案件改变定性或作无罪判决，每年都会因为他们的出现而"枪下留人"。长春所的刑事辩护业务，在省内国内都堪称一流，是他们赖以自豪的"传统项目"，更是带动他们的发展的一驾马车。

然而，对于这样一个大所，一驾马车自然是满足不了他们的追求的。他们还要启动第二驾马车、第三驾马车……而9个专业部室正是在这种背景下产生的。

涉外经济部，可以说是长春律师所全部经济类业务部中人才最集中的部室，这几年里，他们把有实力或有动力的律师几乎全部调整到了这个部，如从司法部英语强化班学习归来的律师，由全国律协派往英国和新加坡进修归来的律师等，都成了涉外部的骨干力量。而领导这支骨干力量的却是一个名叫王刚的年轻人。

王刚很年轻，而他的那帮手下更年轻，就连长春所的副主任张辉也才是个刚刚30出头的女子。长春所就是这样一个既有着光荣的传统又充满着年轻活力的集体。在这个集体中，似乎永远焕发着一种向上的朝气。他们有主动挨家挨户推销自己，后来成了类似于"全国十佳律师"王海云那样越是贫苦百姓的官司、越是困难重重的官司，越要彻底捍卫法律的神圣，且现在已经成了案源丰富的名律师的年轻律师关鑫；他们有坚持数年勤于研究法学理论，被人们称作法律才子的王收；他们有20余名懂得英、俄、日、韩四国语言的外语律师，10余名双学历人才；他们有5名律师曾参加过司法部英语强化班，一名曾以较强的涉外法律服务能力被选为出席第四届世界妇女大会的律师代表……长春所还有一个颇具特色和影响的对韩法律服务部，部主任李锦花是一位汉、朝文化和语言俱佳的朝鲜族女律师。她办理了大量对韩法律业务，办理了我国第一件韩商诉中方有关行政部门的案件并胜诉。现在，她正在办理具有国际影响的6名中国朝族同胞因不堪韩国老板虐待而杀人的涉外案件的民事部分。她目前已是吉林省办理对韩业务的行家里手。长春所在培养人才方面是舍得花本钱的，是走在了吉林省全省的前列的，事实证明，他们在人才上的投资也是值得的。王春燕是刚刚从英国进修归来的年轻女律师。与她交谈，即使你是一个非常沉稳的人你也会觉得地球在飞速运动，时间在嚓嚓作响，你不可停留，不能等待，你要抓紧每一寸时光，否则你就浪费了生命。而思维敏捷的于燕，作为长春所第一批提出外语条件时招进来的律师，在业务上已经初见优势。去年底，她也通过了赴英进修的考试。等她从国外回来，她也会跟现在大不一样的，她也会从素质上到观念上实现一个质的飞跃。

激活机制要靠谁

任何一个存在着的生命，都是兼有着欢快与不悦、健康与病痛的。长春律师所连做梦都想让自己的生命更活泼更健壮，但他们却时时感觉到脚步的沉重。

这么大的一个律师所，如果没有一套科学的管理体系，是很难保持长期稳定和发展的。而作为一个国资所，要实现科学管理又谈何容易。尤其这个国资所的主任不是别人而是王兴志，他那复杂而曲折的足以写一本书的传奇经历，以及那种长期的炼狱般生活造就的观念和思维方式，能适应大规模律师所的生存和发展吗？

王兴志可真是一个人物。这么看他似乎很保守，那么一看他似乎又挺开放，有时觉得他很注重现实，但回过头来再看反又觉得他很有远见……王兴志啊，有时真叫人摸不透。

王兴志的出身看起来挺吓人的：他的爷爷是伪满洲国的旧官，父亲是国民党部队的上尉编辑、农安县的教育长。多亏了在"编辑"上沾了点"文职"，否则，王兴志就是彻底的"黑五类"子女了。

在当时的社会环境中，王兴志要走一条什么样的路是特别难以选择的。要么走白专道路，搞业务而绝不问政治，要么在政治上拼命向党靠拢，努力取得党的信任，而这是一条明知不可为而为之的道路，王兴志却偏偏选择了这条道路。凭他的出身，他是一个比别人矮几头的人，但在政治上，他却一定要争取和别人一样高。这便注定了他必须要做超常的付出。

1966年，王兴志读书读到高三时，文化大革命开始了。正在他和同学们还差十几天就可以考大学的时候，高考制度一下子在全国废除了。1968年，对"有成分论不唯成分论"坚信不移的王兴志，第一批主动要求上山下乡接受贫下中农的再教育。

在农村，王兴志拼命地干活、拼命地表现、拼命地去换取别人的信任，但是，因为他出身不好，他不可以当民兵，连基干民兵都当不了，招工回城就更没他的份儿了。由于当时教育断档，别的老高三在农村是可以做教员的，但王兴志不可能有这个资格。王兴志要想和别人一样高，没有别的办法，只有劳动。劳动是他获取平等权利的唯一途径。别人休息他仍在劳动；别人回家过年，他还留在农村继续劳动；他的爷爷奶奶去世了，他硬是不回家，擦着眼泪接着劳动；甚至生病了，他也咬着牙关坚持劳动……一年365天，王兴志却干了367个工。家里人没法不犯嘀咕了：这孩子真的和家里划清界限了？炼狱般的磨难和超常的付出，使他深得贫下中农的喜欢，1973年，当王兴志苦苦熬到第五年半的时候，终于成了"出身不好的子女的典型"，被送到东北师大中文系，当了一名工农兵学员。不容易啊，一个县才一个半名额，谁能想到会落到王兴志的头上呢？那本该是革命家庭的子女们才有资格得到的东西啊。

上大学的第二年，王兴志就开始申请毕业后去西藏支援边疆建设，结果还是由于他社会关系复杂、不是党员，因此他选择的"第一条光荣的路"没有走成；他被分配到农村当了农民，很无奈地走上了"第二条光荣的路"。

他走时确实"很光荣"：锣鼓喧天，鞭炮齐鸣，县委亲临迎接，全县张贴大字标语——也成了同旧观念决裂的先进典型。

三个月后，"四人帮"被粉碎了，王兴志一下子成了极"左"的产物，地位一落千丈。一番热闹过去了，没有人再管他的事了，他只好自己上工，自己做饭，自己安排自己的一切……这样又默默地拼了三年，赶上邓小平同志出来主持工作，说了一句：把社会上闲散的科技人员都网罗上来，那被叫了三年"王大学"的王兴志，才真正走进了知识分子行列，并且在离开农村前的最后时刻，终于完成了他多年来的追求，成为了一名中国共产党的党员。

经历了那么多风雨，王兴志养就了一个好德行，一副好身板，一个铁性子。而最最重要的，他成了一个雷打不动的共产主义的忠实信徒。当初他坚持保留国资所的时候，人们都在佩服他对国资所的那份感情。不错，他对付出了心血的国资所的确有很深的感情，而他真正不许别人伤害和动摇的，是他对共产主义的那份坚定的信念。他不明白与世界接轨为什么一定要采取"分"的形式，难道西方的宗教所弘扬的不是大同吗？这难道不是正好符合我们的社会主义的最高理想吗？

像王兴志这样的人，对当今社会上的一些现象肯定是看不惯的。但他并不是一个顽固的人。他不动烟酒，但工作需要，他也会一狠心一扬脖儿将白酒果断地灌入肠胃，而他的这种表现，其公关效果绝对胜过别人半斤八两；他不喜欢歌厅舞厅那种场合，但只要是为了工作，他可以自己不唱不跳甚至不去，却绝对会尽心尽力地组织。不过，王兴志这样做毕竟是勉强的，内心深处是缺乏主动的。他自己也知道，他身上存在的这些"缺点"，说不定什么时候会影响大家的利益的。

王兴志是个大忙人。他的身体被"摔打"得特别棒，因此，他就吃老本儿，整天这个案子钻出来那个案子钻进去，没有了节假日，没有了白天黑夜，有时所里的管理也难以顾及。他觉得有众多的案子实在无法推辞，但也的确不能放松律师所的管理而误了百十号人的前程，于是他向局里反映，一定要选拔人品好、业务过硬、有管理经验、有开拓精神的年轻律师，迅速充实长春律师事务所的领导力量。

有了张作航、张辉这样两位副主任，王兴志的心里踏实多了。他们一起回顾过去，展望未来，把当前所存在的问题进行了科学的分析，制订出了比较务实的发展方案。

管理是一门艺术，而这门艺术在长春律师所是存在的。

张辉在进入长春所之前，在行政学院做过多年的团委书记，那是一个很锻炼管理才干的岗位，张辉在那个岗位上学到了不少管理知识和经验。她是凭着个人实力于1993年底公开招聘过来的，短短一年时间，她就打开了局面，并且在同行中建立了很高的威信。她主要负责行政和财务管理，与负责抓业务的张作航可以相互交流，共同配合主任的工作。她认为张作航思路更开阔、更富有开拓精神。有什么新的设想，两位副主任是很容易沟通的，然后一起向主任汇报，而王兴志比两位年轻副主任更扎实、更稳健，所以他们可以做到步步为营，毫无闪失。

国资所是有包袱的，这一点谁都不能否认。它的人才机制不活，该来的来不了，该走的走不了，无法进行正常流动，慢慢地就会形成沉淀，而沉淀物有时是可以毁我江河的；它的财务机制不活，难以在法律范围内自由支配资金运作和分配，影响创收人员的工作积极性；它的产权不归律师所所有，这样就不利于积累，而没有积累就难以产生后劲，就难以有大的发展……凡此种种，都是令国资所的领导者头痛的大事。但长春所的领导者在这些问题面前的表现是很冷静的。他们认为，关于机制问题，从外部来讲，要依靠上级主管部门的理解和支持，自己着急也没有用；从内部来讲，激活机制的主动权还是在自己手里，因为在有限的空间里，主管部门是尽可能给了一些自由度的，只要自己会运用，还是可以激发内部活力的。他们相信，只有先把自己的事情办好，才能够更加引起领导的重视。

实际上，国资所的苦衷早已经引起了长春市司法局的重视，1997年，司法局在对国资所进行了认真调查研究的基础上，又派出律管处长刘颖赴南方及沿海城市进行了专项考察，一项从根本上改变国资所状况的措施很快就要出台，那时，长春律师事务所作为国资所可以呈现出来的大后劲、大规模、大实力将更加突出和明显了，它的前景，兴许是许多人意想不到的，也是令许多人望尘莫及的。

拖着环境一起走

年轻女律师王春燕从英国进修归来时，长春市司法局的桂副局长与她有一次谈话。桂局长是对长春所的年轻人寄予很高希望的。毕竟，长春所虽然有过不平凡的声威和成就，但以后的辉煌还是要靠年轻的一代去创造的。于是，王春燕就毫无顾忌地对桂局长说：您要把我们推向政府，让他们认识我们。

是的，在一个经济社会里，政府不认识律师的作用，百姓不知道律师除了打官司以外还能做些什么，律师还能怎样去实现自己的价值呢？

当然，王春燕心里比谁都明白：让社会认识律师，不是靠推，而是靠闯。

然而，在东北这块经济和观念相对滞后的大环境里，要闯出一番天地真是太难太难了。很长一段时间里，长春所的律师是很难拿到大的经济诉讼和非诉讼案件的。这不是长春所一个律师所的问题，吉林省的律师所几乎都遇到过这种情况——大的生意都让北京等大城市来的律师抢走了，而吉林省的律师只能泛泛地介入，当一当配角。市场就是这样无情，北京的律师实力强大，结果仗越打越精；而吉林的律师没有机会练兵，也就缺乏实战经验，如此恶性循环，永远处于劣势。

但长春律师所的律师们是决不甘心永远被动挨打的，否则，他们就不必花钱培养人才了。他们介入不了股票上市，就做点证券配股，当不了谈判桌上的主角，就当配角，总之，为了学本事长能耐，他们可以忍辱负重。他们相信自己是有出头之日的，因为他们知道，他们的内在素质并不差，他们中到了南方的人，都成了事业的"头羊"。而他们这些未去南方的，应该是有条件走出去的，但他们却留下来了，因为他们更热爱这块热土，更热爱自己的家乡，他们要与长春所共存亡！桂副局长曾经问过：长春所的精神是什么？这恐怕就是长春所的精神之一吧？

是金子总是要闪光的，是山泉总是要流淌的。只要有足以谈得上"发挥"的实力，那么"等待"毕竟是暂时的。王兴志眼看着长春所在张作航、张辉等一群骨干力量的带动下，很快在经济法律服务方面异军突起，心中真是有说不出的兴奋。现在，长春律师事务所已经是长春市政府和"一汽""长影"、吉林省军区、长春经济技术开发区以及高新技术开发区等300多个单位的常年法律顾问；并且成功办理了"一汽"与韩国某公司关于合作生产"现代"汽车的谈判，为"一汽"红旗轿车股份公司上市、"汽百"股份公司和"长百"股份公司的股票析股等业务提供了高质量的法律服务；自然，他们在期货、保险、知识产权、房地产以及企业改制、产权并购、企业破产等领域早已是驾轻就熟了。

无论是律师所的前辈们，还是王兴志、张辉、张作航这一代新的领导者，他们都寄希望于王春燕、于燕这样一些在国外进修过的律师能给律师所带来新的观念、新的思路、新的起色。他们从来不满足于现在的成绩。他们还要不停地参加实战，不断地锻炼和提高自己的队伍。

1997年12月，王兴志的前任主任唐斌从深圳来到了久别的长春律师事务所。深圳的"唐人"所，在律师界是很有些名气的，而它的主任唐斌，至今却难以忘记培育他成长的"母所"，他看着长春律师所自己建起来的律师大楼，他看着装饰一新的井然有序的办公环境，五尺男儿也禁不住激动万分了："不比从前了，不比从前了。"当听说了长春所那段差点分崩瓦解的令人痛心的经历后，他的泪水立即充满了双眼，他拍着王兴志的肩膀说："老弟呀，难为你了。"王兴志和张作航使劲握着唐斌的手："大哥呀，我们想办法合作吧，我们一分钱不挣都行，得让年轻人练兵啊……"说到这里，三个人的眼泪都控制不住了。唐斌哽咽着："咱们是兄弟，我唐斌什么时候都是长春所的人……"

其实长春所并不缺"活"干，但他们一定要不断地接受南方的新观念。他们早已经意识到，无论是激活机制还是开拓市场，最重要的还是要不断更新观念、增强竞争意识。

观念是有价值的，观念可以出办法、出效率、出活力。当长春律师所率先改变观念转化机制的那一天，兴许所谓的"东北现象"不再对长春所形成制约，而是长春所在某种程度上对"东北现象"有所触动。那时候，不是长春所怎样去适应大环境，而是拖动着大环境让它来适应自己。当然，那时候的长春所其实并不轻松，因为她背上了一个历史的重任——她要拖着大环境一起往前走。

建设大形象

长春律师事务所作为全国律师行业24家文明窗口单位之一，曾做过许多令长春市乃至吉林省人民家喻户晓的事情。而律师所的主任王兴志，不仅是连续四届的长春市人大代表，还是吉林省十佳律师，全国优秀律师，1997年，他代表律师所参加了全国第二次自强模范及扶残、助残先进集体和先进个人表彰大会，受到了江泽民总书记等党和国家领导人的接见。

1994年夏天，王兴志办案返回长春。他睡不好，吃不香，脑子里总是浮现在火车上看到的一篇文章中所叙述的惨景：一位守寡半生的母亲，正当儿女们先后成家准备颐养天年的时候，五个儿女中的三个却先后成为了植物人。这三个家庭都消失了，一起生活多年的配偶离开了，孩子也被另一方带走了。这位母亲望着三个不会说话、不会走路、不知吃喝的儿女，虽然心痛得如同刀绞，但眼泪却只能往肚子里流。可怜的老太太意识到以后的日子将充满泪水，因为她已经知道，她的三个孩子患的是罕见的异染白痴脑病，全世界已发现200例，中国仅有17例，而她家里就占了3例。这种病是无法医治的，但老太太怎么能眼睁睁看着自己的孩子在无人陪伴的情况下凄然离开人世呢？那是她身上掉下来的肉啊！她把三个孩子都接到了自己身边，用颤抖的双手，服侍着三个微弱的生命；用顽强的毅力，承受着随时有可能白发人送黑发人的痛苦；用每月108元的退休金，苦苦支撑着充满辛酸的日子。

老人太苦了，然而她怎么也不会想到，一个素不相识的人，正在为她的苦难而心焦，为寻找她的住所几乎费尽了心思和周折。

大约是四个月后的一天，王兴志走进了老人家中。他把律师所党支部捐助的 100 元钱交到老人手里，又把自己捐助的 100 元钱交到老人手里。他说："老妈妈，你可不能倒下啊。你不仅仅是在为自己尽义务，同时也在为社会尽义务。……有什么困难，我们会来帮你的，这两百元钱，我们会月月送到你的手上。"

王兴志每月给老太太 100 元钱，看起来并不多。可是，有谁知道在这 100 元之外，王兴志每月还出 300 元资助着东北师大的三位特困生；有谁知道，王兴志对素不相识的人每月送去 400 元钱，而对自己高中住校的唯一的女儿，每月才给 200 元；又有谁知道，王兴志和长春所每月一齐捐助给老太太家的 200 元钱，对她的家庭将会起到什么样的作用？1996 年春节前，王兴志出差，回来时，已经是两个月没有给老太太送钱了，而这时只差几天就要过年了。当他把两个月的 400 元钱交到老太太手中时，老太太激动地好半天才说出一句话："这可是救命钱啊！"原来，老太太和女儿的单位都好几个月没有开支了，如果没有这 400 元钱，老太太家可怎么过年啊！

两年后的夏天，老太太再也无法沉默了，她在四女儿的搀扶下，来到了长春市司法局。一个多么坚强的老人啊，可这次，她的眼泪再也控制不住了。"好人，好人哪……"老人哭喊着走进了局领导的办公室，"他们再三不让我来，可我再也不能不吱声了……"她已经哭得有些站立不住了，但她还是坚持着把锦旗高高地举过头顶，"我们再难，也要买一面锦旗送给长春律师所、送给王主任，他们是救命恩人啊……"

这件事，长春所和王兴志再也捂不住了。

他们捂不住的事情还有许多：1995 年他们在长春市妇联设立了法律援助窗口，专门为特困和残疾妇女儿童提供减免收费的法律服务。1997 年初又与共青团长春市委合作成立了面向特困和残疾青少年学生的法律援助窗口。他们不仅积极从经济上救助残疾人，从法律上援助残疾人，还积极扶助残疾人事业，帮助残疾人创造美好幸福的生活。长春所的行动，不仅解决了特困和残疾人的实际困难，给了他们追求美好生活的信心和勇气；同时，长春所的行动也像一股春风细雨，洗刷和净化着人们的心灵。新闻媒介和普通百姓都把长春所的行动称之为义举。

既然是义举，他们就打算永远地坚持下去，把它当成长春律师所整体形象的一部分。

建设大形象是一个系统工程，它需要规模、需要实力、需要一群过硬的人才……而所有这些，长春所都具备了。

1997年底，长春律师所大胆地推出了《建大所创名牌三年规划》，他们雄心勃勃，准备到2000年，人员上达到专职律师150名，专业上使刑事辩护、法律顾问和产权并购重组等非诉讼业务达到全国一流水平，其他专业知识水平达到省内一流，从而带动整个业务的大发展；在办公设施方面，他们准备在1998年更换办公车辆，1999年至2000年自建或购置新的办公楼，并且在1998年内，完全实现电脑自动化管理；长春律师所现在已经在大连设立了分所，1998年争取在北京设立分所，1999年争取在国外建立分所。他们与国内近百家大中城市的律师所建立了业务协作关系，并与香港、台湾、日本、韩国、俄罗斯、英国、比利时等国内外律师机构建立了业务交流合作关系……长春所以其自身的规模和实力向社会展示着她的形象，同时也不放松在"小事"上大做文章：他们实行统一着装配戴胸卡制度；印制标准统一的名片、信纸、信封；从接电话到接人待物，都要求规范的语言和举止……当一位年轻的女秘书第一个在楼道里对一位陌生人微笑着问了一声"您好"时，副主任张辉及时进行了赞扬："我们的形象，就是要从这一点一滴做起。"

长春律师所是一个大所，大所就要有大所的风度，别人没有做的，他们要先做，别人已经做到的，他们要做得更好，他们要让别人看到：长春律师所与别的律师所就是不一样。

长春律师所的人有一个共识："我们的形象，就是我们的生命。"因为他们永远不甘落后，所以他们永远都不会懈怠。

他们总在一种危机感中生存，总在"冒着敌人的炮火前进"；他们不仅要苦撑着拼命活，而且要争取活得非常好。这或许就是长春律师事务所的精神所在吧？这或许也就是长春律师事务所生命乐章中最动人的旋律吧？

（1998年3月　长春律师事务所现已更名为"常春"律师事务所）

一起被中央电视台"3·15晚会"公布为1998年侵害消费者权益十大新闻的事件；一场曾引起消费者强烈关注的纠纷。

41.65元，何故轰动全国

——我国首例因长途话费引起的"官"告"民"案件

肖平，32岁，法律专业大学本科文化程度，包头市承达律师事务所执业律师。

该文记述了肖平作为一名年轻律师，如何经历二审败诉的考验，进行申诉、再审，最终为消费者讨回公道的详细过程。文中披露了大量未被人知的法律细节，揭示了一些被人们忽略了的无奈和遗憾。

隆冬的塞外高原，寒风凛冽。

1998年元月20日下午3时。

呼和浩特，内蒙古自治区首府。行人在高级人民法院门口驻足，期待着轰动全国的包头市邮电局诉消费者邓成和侵害名誉权，邓成河反诉包头市邮电局返回财产、侵权赔偿一案的审理结果；高级法院的法庭内，庄严的国徽高悬，主席台上摆满了话筒。全国20多家新闻单位的记者应邀前来采访。由41.65元长话费引起的建国以来邮电部门首例因长话费纠纷而产生的"官"告"民"案件的孰是孰非，人们翘首以待。

3时10分，内蒙古自治区高级人民法院副院长郝耀忠宣读《关于包头市邮电局诉邓成和侵害名誉权一案的新闻发布辞》："……包头市邮电局诉邓成和侵害名誉权，邓成和反诉返还财产、侵权损害赔偿纠纷一案，本院于 1997 年 11 月 11 日公开进行了审理，并已在法定审限内审结。现将有关情况向大家作个介绍——

　　"……包头市邮电局诉邓成和侵害名誉权不当，包头市邮电局向邓成和书面赔礼道歉；包头市邮电局向邓成和返还 41.65 元的长途电话费及利息，赔偿邓成和因诉讼造成的直接经济损失、精神损失费，并承担一、二、再审案件受理费、反诉费、鉴定费等共计 16000 元……"

　　听到这里，记者们的镜头对准了在前排就座的邓成和与他的代理律师——头市承达律师事务所执业律师肖平。邓成和的眼圈湿润了，肖平律师的脸上露出了胜利者最后的微笑。

　　郝院长还宣读，按照《全区法院错案责任追究制度》和干部管理权限的有关规定，本着实事求是，惩罚与教育相结合的原则，对错案责任人员追究责任，对负有直接责任的青山区法院一审审判长、包头市中院二审审判长给予行政记过处分；对负有领导责任的包头市中院副院长、包头市中院原民事审判庭庭长、青山区法院原民事审判庭庭长等三人给予行政警告处分；给予负有领导责任的青山区法院院长党内严重警告、行政记过处分，免去青山区法院院长职务；对一审、二审合议庭和审委会有关人员除对一、二审判决持不同意见者外，分别给予检查、扣发奖金等处罚；一、二审法院审委会作出集体书面检查。

　　作为一名年轻的执业律师，肖律师此时感到无比欣慰。一审、二审虽遭败诉，但最终赢得胜利。再审不仅纠正了错案，而且连原合议庭、审委会支持过错误判决的责任也给予相应的惩罚，足以检验出他作为律师的心理素质和四年三审的代理工作是成功的。

　　一件普通的民事案件产生这么大的影响，在我国的民事审判史上是罕见的。人们不禁要问，为什么 41.65 元引发的民事纠纷，却受到新闻媒介和全国亿万消费者的强烈关注呢？事情还得从头说起。

一、一张恼人的长话查询单

　　用户邓成和本是内蒙古第一机械制造厂宣传部的一名普通干部，1993 年 4 月在自己的家中安装了一部自费程控直拨电话，电话号码是 336296。

当时邮电局使用的交换设备是步进制的旧设备，电话装机后，邓对包头市邮电局实行的电话费储蓄颇有意见，曾写信给邮电部的领导，认为强制用户进行储蓄否则停机的做法不妥；单方扣话费而不给用户通话明细表有欠公允。邮电部领导非常重视邓的意见，责成内蒙古邮电管理局领导专程为邓解释。邓成和对此十分满意，并告知前来的包头市邮电局营业厅储蓄组人员："我自从装了电话，不知每月能使用多少话费，能否给我查一下？"储蓄组人员态度十分肯定地说："可以。"

1993年11月10日，邓成和收到了包头市邮电局寄来的一封信，信内附有邓成和九、十两月的话费查询单，其中九月份的长话单上，一下子打出12个来路不明的电话，邓感到莫名其妙，因邓的电话属私人住宅自费电话，邓的妻子是一名普通工人，女儿只有10岁，一家三口，社会关系和交往圈子较小，不可能是自家人所为。何况电话所打方向一无亲属朋友，二无业务往来，是谁家的电话记到邓的单上？邮电局是怎么记到邓的单上的呢？

带着这些疑问，当日下午二时许，邓在办公室拨通了包头市邮电局营业大厅电话，向工作人员查询此事，营业小姐说："这是电脑打出的，不会错！"

"难道电脑比人脑还好使吗？还是给我查一查吧！"邓反问道。

"你是神经病，还是到神经病院去查吧。"话机里传来营业小姐的骂声。邓成和气得脸色发白，浑身哆嗦。

邓成和在投诉查询遭辱骂的情况下，又拨通了市邮局纪检委的电话，向纪检委同志反映查询不仅无结果，反而遭受营业员辱骂的情况，纪检委同志答应翌日下午三点半之前，给邓一个答复。然而，半个月过去了，仍未有回音。

事情没有搞清，却遭此羞辱，今后再碰到这种乱计话费的情况怎么办呢？邓成和明确地意识到，不能就此善罢甘休。

二、为讨公道，成了被告

邓成和在万般无奈的情况下，投书《包头日报》，反映了自己的遭遇。报社读者来信栏目派出卢彦霞、尚晓英两位记者赴包头市邮电局调查此事，并按被叫号码拨通了这12个争议电话，对方称根本不认识邓成和（在后来的庭审中，卢、尚二人也向法庭出具了证明材料）。1993年11月26日，《包头日报》登载了邓成和的投诉来信，标题为"长途直拨三次，电脑计费一串"，副标题为"市邮电局长途电话是否有人借'机'下'蛋'"。

一石激起千层浪，包头市邮电局立即作出了措辞激烈的反驳。他们以"电脑计费是科学的，合理的，真实的""经向12个被叫用户查询，均称与邓熟识并有联系"为由，咬定邓成和的长途话费没错，认为邓成和"毫无道理"，是"疑人偷斧"，并称"借鸡下蛋不是别人，正是邓成和自己"（这些材料后来也被肖律师取到，用作反诉证明邮电局侵害消费者名誉权的证据）。

面对用户的投诉和舆论的监督，作为垄断行业和窗口行业的包头市邮电局，无意对此事作出正确的处理。邓成和突然觉得这不仅仅是关乎自己权益的事情，觉得有必要从广大用户的角度出发说几句话，并认为必须加大批评力度。1993年12月5日，《经济日报》登载了邓成和题为"哪来的12个长途费？"的文章；《内蒙古日报》在1993年12月13日登载了邓的文章"直拨电话三次，电脑计费一串"；《机电日报》于1993年12月15日也登载了"怪事一桩：长话直拨三次电脑计费一串，包头市邮电局长途电话宰我没商量"；《华北信息报》于1994年1月1日登载了"不容分说乱收长话费，告至纪委如泥牛入海"。

包头市邮电局对报纸和用户的批评产生了强烈的抵触情绪，他们不在自己的服务技术、服务质量及服务态度上找原因，同广大用户多沟通，为用户排忧解难，而是做出了错误的选择。1994年元月22日，包头市邮电局以邓成和与包头日报社等6家单位的读者来信侵害他们的名誉权，给他们"造成极大损失"为由，向包头市青山区法院提起诉讼，要求用户邓成和"停止侵害，消除影响，恢复名誉，赔偿损失，承担诉讼费及其他费用"。

一纸诉状，将勇于同行业不正之风作斗争的普通用户推上了被告席，从而酿成了建国以来邮电部门因话费纠纷而状告用户的第一起官司。

三、究竟是谁的话费

从未上过法庭的邓成和，面对法院送来的传票和诉状，一时心里没了底。他着实想不通，自己的利益受到损害，一夜之间却成了侵权的被告，真是"屋漏又遭连夜雨"了。这世上还有说理的地方吗？怎么讨个公道反倒要吃官司了？我错了吗？那么我究竟错在哪里呢？！在这满腹疑惑和不解的时候，邓成和想到了一位自己熟识的律师——其时正在全国特大型企业内蒙古第一机械制造厂担任法律顾问的肖平律师。肖律师受过良好的法学教育，执业六七年了，但办案依然像新律师那般认真。邓成和知道，肖律师向来待人真诚，声誉一直很好。向法律求助，向律师求助，是邓成和此时最迫切的愿望。

肖律师听完邓成和的诉说后，给他讲解了法律赋予每一位公民的批评建议权和投诉权，并从名誉侵权的构成要件到新闻侵权的法律特征，对邓进行了较为透彻的法律咨询，鼓励他相信事实终会澄清，法律自有公断。邓成和疑惑顿消，当即决定聘请肖律师为诉讼代理人。从此，这位名不见经传的年轻律师，与一个善良的消费者同舟共济，与包头市邮电局这样的行业垄断部门对簿公堂，被迫踏上了艰难的诉讼历程，成为了这起轰动全国的焦点案件中被告邓成和一审、二审、申诉、再审的唯一代理律师。

法院立案后，按照名誉权纠纷的构成要件，必须审查邓成和反映的内容是否真实，那12个来路不明的长话是不是邓家所打。

"我没打这12个电话，这12个电话也不是从我家打出的。"邓成和反复强调，"我可以拿人格和党性作担保。"但邮电局的电脑打出的长话单，明明白白是3362960。

孰是孰非，真假难辨，作为被告的代理律师深知，发誓和诅咒都是没有用的。原告是邮电管理部门，要否定它的邮电计费系统谈何容易？！如果进行鉴定，被告付不起巨额鉴定费；倘若没有充分的证据证实这12个电话费确实计错，那么，邓成和败诉是必然的。可是，从哪儿入手呢？

虽然《中华人民共和国民事诉讼法》规定"谁主张，谁举证"，但在此案中，邓成和显然是难以收集到任何对自己有利的证据的。他心里又有些没底了。这时，肖律师把一个新的希望再次送到邓成和面前。根据最高人民法院的司法解释，"当事人及其诉讼代理人因客观原因不能自行收集的"，按照《民事诉讼法》第64条第2款规定，由人民法院负责收集、调查。据此，邓成和与肖律师及时与承办此案的法官多次交涉，建议从被叫号码入手调查，看究竟是谁打的电话。法院接受了此建议，于1994年2、3月份赴牡丹江、伊春、天津、邢台等地调查。

与此同时，《内蒙古日报》刊登了包头市邮电局关于邓成和批评信的答复，一方面承认营业员骂人并对此人进行处理，另一方面仍说，电脑计费显示，电话是从邓成和家打出的。内蒙古自治区消费者协会和内蒙古技术监督局于1994年2月22日下午对包头市邮电局长话机房、市话机房、计费中心、营业大厅进行了工艺流程和设备的检查，认为电脑记录准确无误，各环节没有人为干扰的可能。

1994年3月31日，从青山区法院传来了一个好消息：12个被叫号码均有了下落，据律师了解，它们分别是，牡丹江2次，天津4次，北京3次，伊春、邢台、呼和浩特各1次。除邢台和呼和浩特的电话外，其余10个长途电话的被叫方均为与内蒙古一机厂总务处郭润生有业务来往的人，均称并不认识邓成和。这对被告的律师来讲，无疑是一个喜讯。那么，郭润生是从哪儿打的这些电话呢？

1994年1月9日，《人民日报》记者杨武军到包头采访，找到了郭润生。郭润生承认这些电话有10个是自己从家中或单位办公室所打，至于怎么记到邓成和话费单上，自己也莫名其妙。值得指出的是，郭润生虽同邓成和在一个单位工作，但他们所在的内蒙古第一机械制造厂是国家特大型企业，有600名职工家属，郭连邓的家在哪儿都不知道；况且，郭润生是处级干部，电话费用均由单位报销，无须深更半夜（通话时间均为午夜或早晨）到他人家中借打或偷打。郭润生为此向《人民日报》记者出具了书面证据，后被肖律师巧妙取到。

至此，事实本已真相大白。显而易见，既然郭润生的话费能跑到邓成和的单上，证明包头市邮电局的交换设备或计费系统当时确实出了故障。但青山区法院的举动却令人大惑不解。

四、青山区法院枉判，消费者愤然上诉

1994 年 6 月 11 日，包头市青山区人民法院又委托包头市中级人民法院技术鉴定中心对包头市邮电局使用的 EWSD 程控交换机及长途计费系统进行准确性鉴定，聘请包头市邮电局所用设备的供货商——北京国际交换系统有限公司的工程师作为鉴定人，得出的结论为：1.EWSD 程控交换机计费系统准确；2.336296 用户与 335238 用户电话线路无串线现象。以此作为邓成和报道文章失实的重要证据。

在此严峻的情况下，肖平律师适时建议当事人反诉，另辟蹊径。他们根据《中华人民共和国消费者权益保护法》的规定，依靠现有的证据，反诉邮电局"侵害消费者名誉权，应依法给予赔礼道歉，返还 41.65 元长话费并赔偿精神损失 5 万元。"1994 年 7 月 30 日上午，他们正式向青山区法院递交反诉状。

1994 年 8 月 1 日上午 8 时，这起包头市邮电局状告用户侵害名誉权案在立案 7 个月后正式开庭审理。青山区法院的狭窄法庭里挤满了四面八方涌来旁听的群众。审判长宣布开庭后，原告包头市邮电局的两位代理人首先宣读了起诉状，理直气壮地声称被告邓成和在《包头日报》等 6 家报纸及后来在《法制日报》所登的文章严重失实，极大地侵害了原告的名誉权。造成包头邮电局声誉下降，要求停止侵害、赔礼道歉并赔偿损失……他列举了刊登过邓成和文章的各家报纸，出示了内蒙古技术监督局、包头中院、北京国际交换系统公司的鉴定结论和技术鉴定书等；邓成和对起诉内容进行了反驳。法庭逐项进行调查。

在法庭质证和辩论中，肖平律师针对原告的"事实和理由"进行了精彩的答辩。他说：邓成和 1993 年 11 月 26 日刊登在《包头日报》及后来的几家报纸上的批评稿件属正常的舆论监督。我国宪法第 41 条规定，公民享有批评和建议权，《中华人民共和国消费者权益保护法》第 8 条规定，消费者享有知悉其购买的商品或接受的服务的真实情况的权利。面对 12 个来路不明的电话，面对营业员的侮辱，面对纪委的沉默，邓成和用读者来信的方式向媒体反映情况，主观动机无恶意，目的是通过舆论监督促使包头市邮电局改进工作质量，查清事实，提高服务水平，是依法行使权利的正

当行为。

邓成和的批评文章涉及的基本内容是真实的，文风和用词也是十分准确的。邓所反映的三个基本事实是：1.两个电话既不是邓成和所打，也不是从邓的话机上打出，有郭润生的证言和青山区法院的调查笔录为证；2.邓成和查询遭营业员辱骂的事实，有包头邮电局在2月7日《内蒙古日报》的答复中予以承认并扣发该职工当月奖金为证；3.邓成和向纪检委反映情况至今纪检委未予答复。上述三个事实不仅件件存在，而且真实性无可置疑。"是否有人借'机'下'蛋'"，是消费者邓成和提出的一个提问，并没有特指某人或某单位，包头市邮电局不必对号入座。

针对原告运用的"科学鉴定结论"，肖律师从证据学的角度，针锋相对，予以抗辩。他说：鉴定人北京国际交换系统有限公司是包头邮电局的供货商，卖瓜的只能说自己的瓜甜；另外，鉴定时间时隔一年，其机器设备已由步进式更换为程控式，老机器出现的问题却到新机器上去作鉴定，结论能真实吗？……

整整一个上午的审理，双方各执己见。然而，通过法庭调查，旁听者早就一目了然，是谁的电话费计在了邓成和的话单上，已经是再清楚不过的事了。

然而，人们仍要经过将近一年的漫长等待。1995年6月29日，青山区法院根据所谓的鉴定结论及长途通话话单记载，认定12个电话是从被告邓成和家中打出。判决书认为：郭润生所称10次电话是从自己家中及办公室打出，因无法印证，不能否定是从邓成和家中打出；被告邓成和向《内蒙古日报》等6家报纸投稿刊登的文章基本内容失实，不能证明包头市邮电局有"借'机'下'蛋'"行为。被告应承担侵权的民事责任。

原告的反诉请求被驳回。

青山区法院的判决，令广大消费者和舆论界感到震惊。1995年7月20日，邓成和的律师肖平向包头市中级人民法院递交了上诉状，请求撤销青山区法院（1994）青民初字第148号判决书，依法改判。

那么，包头市中级法院的审理结果又是如何呢？

五、走过场的审判

九月的包头，本应是金风送爽、瓜果飘香的季节。可1995年9月21日上午，因为突然下起的绵绵细雨，人们不禁感觉到了秋的凉意。但它挡不住关注此案从各地赶来的众多消费者和被拒绝采访的记者。包头中级法院的大礼堂内，座无虚席。肖律师和他的当事人西装革履，穿戴整齐，准时进入审判区。他们深知，此案的意义已远远超过事件本身，他们是代表广大消费者与一个垄断性企业对簿公堂，他们同时也是在进行着一场法律与权势的较量。他们知道台下几百双眼睛在注视着他们，几百颗心在寄希望于他们，他们坚定信心，关注此案的群众就有了信心，他们取得胜利，就是全体消费者的胜利，他们无论如何不能泄气，无论如何不能给消费者丢脸。

上诉人邓成和首先宣读了上诉状的事实和理由。包头市邮电局予以答辩，认为："一、上诉人侵犯答辩人名誉权的事实，证据确凿，应依法承担侵权责任；二、一审判决所采纳的设备鉴定结论是客观公正的科学结论；三、上诉人在一审的反诉与事实不符。"

法庭依照事先准备好的庭审提纲例行进行冗长的法庭调查，自然在原审的基础上不会有实质性的突破。当宣读邓成和的长话单时，又增加了7个泸州的电话，邓成和如梦方醒，原来莫名其妙地出现在他的电话计费单上的错误，远远不止12个！律师见机反驳，法庭认为与争议的12个电话无关，没有深入调查。

邓成和的法庭发言，不时被法官打断，作为一名当事人，深感连基本的法庭发言权也被剥夺，颇为气愤。为维护当事人的合法权益，肖平律师据理力争，认为青山区法院的判决书认定事实错误，违反法定程序，判决结果不公：一、青山区法院判决书认定邓成和向6家报纸投稿刊登的文章基本内容失实，是无视本案诉讼证据的一种错误认定；二、青山区法院的审理和取证违反法定程序，《鉴定书》张冠李戴，漏洞百出；三、青山区法院对反诉的判决极其错误，丝毫没有保护消费者的合法权益。上诉人及其代理人的发言，不时被旁听席上的掌声所打断。

经过一天的审理，案情未见明显的进展，真正的打电话者当庭做证，证实自己的话费记到了邓成和的话单上，至于为什么，自己也是消费者，也感莫名其妙。庭审一结束，情绪亢奋的消费者纷纷涌上台同当事人和肖律师握手表示敬意。有一位素不相识的水泥厂厂长当场拿出支票，说，打官司需要多少钱，我资助你们。

前来旁听的中央人民广播电台、《工人日报》《工商时报》《内蒙古日报、包头日报》、包头电台的记者纷纷到庭采访，这无疑给消费者和律师极大的鼓舞。在真理面前，在众多关心此案的消费者及新闻舆论界的广泛支持面前，邓成和与肖律师坚定了必胜的信心。他们表示：为了广大的消费者，我们一定要把官司打到底！

草草走过场的审判，必定不会有公正严肃的判决。1995年10月30日，包头市中级法院的判决结果是：驳回上诉，维持原判。

这无疑是晴天霹雳！明明白白的案件，消费者怎么就讨不回一个公道呢？

六、包头无晴日，神州有青天

我国实行的是两审终审制，面对两审败诉的结果，邓成和再次感到有些束手无策了。

肖平律师始终坚定着自己的信心，不达目的，决不罢休。

他向邓成和指出，依照民事诉讼法的规定，终审判决生效后，当事人依法享有申诉权。

他说，虽然两审败诉，但还有两条路可走，一是可以向检察院申诉，提请抗诉；二是向法院申诉，争取在两年内能够重审。艰难的申诉，从律师方面来讲，将是对心理素质和业务水平的严峻的考验。

在此期间，一些富有正义感的人们伸出了援助之手；一位不愿透露姓名的知情法官深夜来访，给予了真诚的鼓励；《内蒙古法制报》记者姚洪玉同律师进行长谈，共同反思败诉原因；内蒙古电视台的张晓雯、李原野专程进行采访并播出"今日观察《谁是赢家》"进行舆论支持；更令人感动的是一位从事马列教学研究的老教授赠给的一副对联，上书"包头无晴日，神州有青天"，充分表达出了广大消费者对邓成和及其代理律师的支持和同情。

还有一件非常值得一提的事情：就在终审判决后的 1995 年末，由国家工商局等 13 个部委、19 家新闻单位联合评出的 1995 年全国侵害消费者合法权益"十大"黑案中，此案被列入黑榜名单之一。

邓成和这边准备申诉的同时，法院那边却在忙着执行生效的判决。执行庭的庭长强令邓成和将鉴定费 1000 元交至法院；1996 年 7 月，包头市邮电局拿出 3.4 万元在《包头日报》刊登出包头市青山区人民法院的公告，将判决书的全文连续三次刊登在该报的显著位置；《内蒙古日报》也将此公告连续两次刊登于头版位置……法院强制邓成和承担登报费用。然而，当他们出价 8 万元，要求在《人民日报》刊登公告时，被《人民日报》当场拒绝。

根据《中华人民共和国民事诉讼法》第 182 条规定，当事人申请再审，应当在判决、裁定发生法律效力后两年内提出。邓成和在律师的帮助下，亲赴北京，向全国人大、最高人民法院申诉。每一次的接见，总会给邓成和以感动。神州的青天鼓励着他们，律师也为此而奔走呼号。然而，1996年 9 月，包头市中级法院告申庭还是对邓成和的申诉作出了"经审查，原判决并无不当"的结论。

转眼已经是 1997 年的元旦了，邓成和与他的律师虽然已是万般疲惫，但仍然没有停止奔走、停止申诉。好消息终于来了！ 5 月 10 日，内蒙古高级人民法院说话了："该案的申诉材料，再审申请书，经研究，本院决定调卷审查。"

10 月 8 日，传来了更令肖律师和邓成和振奋的消息，内蒙古高级人民法院院长巴士杰签发的（1997）内法民监字第 68 号民事裁定书裁定如下：本院经复查认为，原判认定事实不清，据以定案的证据不足。依照《中华人民共和国民事诉讼法》第 177 条第 2 款，第 179 条第 2 款，第 183 条的规定，一、本案由本院进行提审；二、再审期间，中止原判决的执行。

内蒙古高院的裁定，为此案的审理带来了曙光。

七、法律援助纠错案

1997 年 10 月 220，内蒙古高院的传票送到了邓成和的案头。四年的辛勤奔波，巨大的精神压力，经济上蒙受的巨大损失……此时的邓成和已是精疲力竭了。据初步估算，邓成和为这场艰难的诉讼所付出的费用已有 1 万多元。对于一个工薪族来讲，1 万元可是一个不小的数字啊！何况法院还不时勒令他必须承担巨额公告费用。邓成和简直快到倾家荡产的地步了！

凭着良好的职业道德和社会责任感，面对孤立无援、山穷水尽的当事人，肖平律师决定向邓成和实施另一种有力的帮助——法律援助。肖平所执业的包头市承达律师事务所张承根主任十分支持他的想法，尽管肖律师为邓成和奔波四年，所费的心血无法用两次审理的代理费 100 元来衡量，但为了能使法院纠正错误，为了让当事人更加坚信国家法律的尊严，也为了让当事人能更看清律师如何始终坚持正义，坚持真理，适时为他提供法律援助，不是一件于当事人于社会都很有意义的事吗？邓成和听说帮他打官司的肖律师免收代理费、自付差旅费赴呼和浩特参加再审，感动地说，肖律师坚持四年帮我讨公道，今朝又为我提供法律援助，我的不白之冤一定能洗清！

1997 年 11 月 11 日上午，历经四年磨难的邓成和同他的代理人肖平律师终于坐在了申诉人的座位上。

庄严的大法庭显得格外安静，台下依然坐满了关注此案的消费者。新华社、《人民日报》《法制日报》《经济日报》、内蒙古电视台等全国 20 多家新闻单位闻讯派记者参加旁听、采访，中国消费者协会也专程派人前来参加庭审。更令当事人没有想到的是，中央电视台破天荒地派出《焦点访谈》《3·15 特别行动》的林凤安、王娅丹等 4 名记者专程从北京赶来跟踪采访报道。

整整一天的庭审，围绕着原审判决展开。双方争执的主要焦点是原审认定"邓成和的 12 个电话确系邓成和的话机打出，电脑计费准确无误，邓成和向各家报纸所投的文章内容失实"的判决是否事实清楚，证据充分。

值得庆幸的是，担任再审的主审法官杨明德曾当过通讯兵，对电讯较为熟悉。他反复讯问邮电局："1993 年 11 月以前，邮电局用的是什么设备？"

"是步进制交换设备。"邮电局代理人回答。

"摘机后是否进入长话局设备？"

"进入长话局设备。"

作为代理律师和当事人来讲，最直接的感觉是今天碰上了明白法官、懂行法官。

肖律师在庭上向被上诉人邮电局提问："邮电局的交换设备现在何处？"

"卖了。"

"能否恢复？"

"不能，1993 年 12 月份，包头市邮电局电话号码升位，旧设备已全部拆除。"

这正是再审的关键，原设备的不存在且不能恢复使得原审判决使用的鉴定结论明显不具证据效力。

肖律师紧紧围绕原审判决使用的证人证言和鉴定结论，发表了精彩的代理词："审判长，审判员：备受社会关注的包头市邮电局状告用户邓成和侵害名誉权、邓成和反诉包头邮电局侵害消费者权益、请求返还财产一案，今天内蒙古高级法院再次开庭审理。由 41.65 元的电话费引发出的这场消费者同邮电局之间四年的法律纠纷，虽经包头区、市两级法院的审理，都以用户的败诉而告终，为讨公道的消费者成了侵权的被告，为洗刷名声四处奔走，上访申诉；消费者合法权益遭受侵害，财产受到损失，却迟迟不能受到法律应有的保护……

"我作为邓成和的代理律师，不仅参与了本案一、二审的代理工作，而且还参与了本案的申诉工作。我认为，包头中级法院在事实不清、证据不足的情况下，错误适用法律认定而作出的终审判决，理应本着以事实为根据，以法律为准绳的原则，按照《中华人民共和国民事诉讼法》中审判监督程序的有关规定，通过今天的提审予以纠正：

"第一、本诉部分。1.包头中院认定邓成和向几家报纸投诉文章的内容失实，属认定事实不清。文章涉及的收到来信、查询、遭辱骂等事实件件存在，都有证据证明，真实可信。2.采用的鉴定书，因鉴定对象张冠李戴，鉴定时间滞后一年，鉴定号码面目全非等原因不能被用作定案证据。

"第二、反诉部分。1.反诉的诉讼请求：（一）请求认定包头邮电局侵害消费者名誉权的事实；（二）判令包头邮电局在《包头日报》《内蒙古日报》等各大报纸公开赔礼道歉，恢复名誉；（三）返还不应计收的话费41.65元及利息；（四）赔偿侵权造成的经济损失4.4万元，精神损失5万元；（五）诉讼费用由包头邮电局承担。"

接下来，肖平律师向法院阐述了以上诉讼请求的事实和理由。

最后，肖平律师充满激情地讲："这起源于41.65元话费引发的法律纠纷，经历了长达四年的审理，无辜的消费者不仅被送上被告席，而且遭受的委屈至今没有讨回一个说法。尽管如此，他仍然执着地同律师一道，代表广大消费者向垄断行业讨公道，这种精神，足以说明消费者法律意识的觉醒，在中国的民主与法制建设进程上将留下一段不朽的记载。

"几年来，全国各地的广大消费者采用不同的方式支持我们把这场官司打到底：开庭审理，闻讯赶来的群众场场座无虚席；据不完全统计，全国近30家新闻单位均对此案予以披露和追踪报道；中国消费者协会专程派领导表示支持我们的正义之举。可见此案的影响之大，在内蒙古乃至全国的民事审判的案件中是绝无仅有的。

"今天，内蒙古高院的提审，无疑给关注此案的广大群众带来了希望，如何依法保护消费者合法权益，如何维护法律的尊严，如何正确对待正当的舆论监督，人们正拭目以待。

"我们坚信，法院一定会对此案作出最终的公正判决。"

四年之久的冤屈，终于被律师倾诉出来了；四年之久的顽强拼争和漫长等待，终于在这一刹那，似乎让旁听者看到了一丝希望的曙光。在场的群众无法用其他的方式表达心中痛快的感觉，法庭内响起热烈的掌声。

八、原判究竟错在哪里？

高院再审的第三天，也就是1997年11月14日，中央电视台《焦点访谈》播出《消费者不是弱者》节目，再次将邓成和案向全社会予以披露，同时把记者为采访此案在包头所遭遇的有关机关和单位霸气十足的形象予以曝光。11月16日，中央电视台《经济半小时》《3·15特别行动》也对此案予以披露。此案所造成的影响，再次成为社会关注的热点和焦点。

内蒙古自治区党委书记刘明祖同志亲自对舆论反映的问题作了批示；刚刚上任的云布龙主席也对此案十分关注；正在北京学习的高院巴士杰院长打电话询问审理情况。舆论的曝光和领导的重视，促进了该案的加速审理。

肖律师深知，舆论曝光，虽给此案带来鼓舞，但"舆论不能以群代法，领导不能以言代法"是法制社会的基本要求。这毕竟是一场法律纠纷，虽然此案折射出诸如法院如何执法问题、窗口行业的形象问题、消费者如何保护自己的合法权益问题、新闻媒介如何行使正当的舆论监督问题等一系列社会问题，但最终还需依照事实和证据，靠正确适用法律来解决。这是法官和律师的共识。

那么，原判决究竟错在哪里呢？这是再审法院必须回答的问题，也是本文必须向读者交代的问题。

高级法院综合律师的代理意见，并结合再审认为：此案争执的主要问题有两个：一是邓成和向新闻界投诉未打12个长途电话是否属实，电脑计费是否准确无误；二是邓成和投书各家报纸的文章内容是否构成了对包头市邮电局的名誉侵权。

关于第一个问题，经一审法院赴各地调查，其中有10个被叫号码用户为内蒙古第一机械制造厂总务处郭润生的亲戚或客户o郭承认电话是从自家及办公室打出的。经一审法院核实，被叫用户均证实了郭润生的说法，同时均表示不认识邓成和，更未接过邓成和的电话。其余两个被叫用户证实既不认识郭润生，也不认识邓成和。经过一、二审及再审查证，无证据证实邓成和与郭润生有恶意串通的可能性。内蒙古消费者协会与内蒙古技术监督局1994年2月对包头市邮电局的设备进行了检查，作出了"电脑计费准确无误，各环节均没有人为干扰可能"的结论。包头市中级人民法院技术鉴定中心与北京国际交换系统有限公司1994年6月也对包头市邮电局的设备进行了鉴定，结论为：EWSD程控交换机计费系统准确，336296用户与336238用户电话无串线现象。经再审核实，前后两次检查、鉴定的对象即机器设备的一部分已不再是1993年7、8月份此案争议时的

174

原设备。当时市话机房使用的设备是 JZB—1A 步进制交换机和 DD17 长途自动配合显号设备。上述设备已于 1993 年 12 月 260- 次性停用并拆除，全部更换为与长话设备配套的程控设备，电话号码也由五位升至六位。显然两次检查鉴定结论不能作为定案的依据。高院再审时经电子工业部通信与系统装备有线司有线通信处、邮电部电信总局、北京邮电大学计算机程控交换教研室、北京爱立信通信系统有限公司、北京有线电设备厂（即步进制设备生产厂家）等有关部门的专家进行分析论证，认为，JZB—1A 步进制交换机和 DD17 长途自动配合显号设备、长途程控设备、电脑计费系统均有出现错误的可能。而步进制设备和 DD17 长途自动配合显号设备出错概率更大，特别是 DD17 长途自动配合显号设备，它本身是为了配合旧的步进制设备实现长途直拨的过渡性产品，其元件是独立的，比较落后。主要功能是将主叫号码送出去，显示给长途程控设备，在显号过程中较易出错，而显号错误将最终导致电脑计费主叫号码的张冠李戴，也就是说可能导致本案争议情况的发生。

关于第二个问题，经高院再审查明，邓成和在因 12 个长途电话收费问题向包头市邮电局查询时，与营业员在电话中发生争执，遭到了营业员的辱骂，在向包头市邮电局纪检委反映此事未得到答复的情况下，以"读者来信"的形式向《内蒙古日报》等 5 家报纸投诉，报纸刊登了《直拨电话三次，电脑计费一串》《党报披露借"机"下"蛋"无结果，上帝受宰不白之冤何日清》等 6 篇文章。文中内容主要是陈述事实，反映情况，并无故意捏造事实，诋毁、诽谤邮电局名誉的内容，属公民通过合法渠道反映问题，且内容基本属实。

内蒙古高院再审认为：一审法院对所争执的 12 个长途电话的调查结果与长途直拨通话话单记载矛盾，因此不能证实话单记载准确无误。郭润生承认 10 次长途电话是从自己家及单位打出，通话时间及有关内容与法院查证的被叫用户的证明情况相吻合，能够互相印证，应当作为认定此案的证据。一、二审法院采信的两个检查鉴定结论，因检查、鉴定的对象变更已不具备证据效力，所以，一、二审法院判决认定 12 个长途电话是从邓成和家中打出证据不足。

根据专家分析论证，结合调查的情况综合分析，邓成和向新闻界投诉未打 12 个长途电话的文章内容基本属实，因此，其行为不构成对包头市邮电局的名誉侵权。一、二审法院认为邓成和的文章基本内容失实，其内容已明显构成对包头市邮电局名誉的损害，应当承担侵害名誉权的责任，属适用法律有误。

根据以上事实及理由，在是非分清、责任分明的基础上，高院遵循自愿、合法的原则，本着服务大局、促进安定团结的意愿，作出了本文开始所描述的通过新闻发布会向全社会公布的审理结果。

肖平律师的代理意见及观点被全部吸收到高院的审判结果中，并通过新闻发布会的形式，公之于众，作为一个年轻的律师，他深感欣慰。

九、人民支持您，历史感谢您

胜诉的消息仿佛插上了翅膀，迅速在社会上传开。山西太原一位著名书法家特意给肖平律师和他的当事人邓成和寄去了一幅书法作品，上书"人民支持您，历史感谢您"，表达了广大消费者共同的心声。《人民日报》《法制日报》《中国青年报》《中国消费者报》《经济日报》《北京青年报》都先后报道了消费者胜诉的消息。新华社还向全国发了通稿。《中国律师报》因为在头版刊登了谢庆记者的文章——《肖律师法律援助，邓成和反诉成功，包头市邮电局丢了面子又赔钱》，而使当天的报纸销量大增。这些举动，无不包含着社会舆论对律师和当事人的褒扬，无不包含着全国消费者对这一案件的关切和对律师以及当事人的支持。

一起 41.65 元的民事纠纷，迟迟四年才有了一个公道的结果，听起来真是让人觉得有点儿荒唐，但它正说明了人民法律意识的提高，说明了法律神圣而不可游戏的严肃性，说明了司法机关一定会澄清大大小小人间是非的决心……然而，在这些所有的说明面前，我们是永远不可以忘记那位年仅 32 岁的肖平律师的。四年的拼争，真不知耗费了肖律师多少心血；而四年的精神压力，那得需要多么好的心理素质和多么顽强的意志啊！尤其在两审均败诉的情况下，在极其被动和异常艰难的情况下，肖平律师执着地申诉，申请再审，使消费者对法律的信心从未泯灭。难怪内蒙古高院的审监庭奇牡丹庭长对邓成和说："你应该好好感谢你的律师，我们的审理，就是采纳了律师的观点，才使你有了今天胜诉的结果。一个年轻的律师，在两审均败诉的情况下，能把案子翻过来，不容易啊。"可是，这一切的一切，却被我们的新闻媒体忽略了，在一片"舆论审判"中，消费者成了英雄，却忘记了他的背后还有一位坚定坚强的律师在支撑着他的脊梁。这或许是纷纷扬扬的邓成和长话费案留给人们的一个遗憾吧！41.65元的纠纷，无疑是一起小小的民事纠纷，而正是这起本来很小却波及全国的民事纠纷，也使肖平律师在心理素质上、办案经验上、思想意志上、人格修养上得到了全方位的考验。他可以在这个案子中，在那种似乎看不到希望的处境中，努力寻找希望，坚持四年直至胜利，那么，在以后的律师执业道路上，还有什么困难可以难得住他呢？

我们的社会需要法律的公正，需要舆论的监督，但所有善良的人们应当切记，当你的合法权益受到侵害时，千万别忘了找一位功底扎实、道德良好的律师为你分忧，为你提供高质量的法律帮助！

（1998 年 5 月）

副县长叶树基因挪用 2400 万元公款的罪名被送上了法庭，而在此之前港商向他提供了三种选择，上、中、下三条路之中——

副县长选择"身败名裂"

这个案子，之所以招致那么多注意和关切，可能是因为被告人叶树基是一位副县长，即人们通常所说的"父母官"；也可能是因为叶树基在成为被告人之前是劳模、是优秀厂长、是广西政协委员；更可能是因为案件本身一开始就让人觉得蹊跷。

法庭向人们敞开大门

对于"公开审理"这个词汇，中国的老百姓长期以来都是漠然视之的，因为老百姓理解的"公开"和法院掌握的"公开"实在有着太大的距离。而 1998 年 5 月 7 日在广西壮族自治区南宁市中级人民法院大法庭内的这次审理，却令所有前去采访的记者和参加旁听的群众大开眼界。

本来，原横县副县长叶树基涉嫌挪用公款案是准备在基层法院开庭的，当得知将有众多记者采访时，市中院没有躲躲闪闪，而是毅然决定改变开庭地点。他们改变开庭地点的理由是：如果在基层法院开庭，山路崎岖，路途遥远，你们记者怎么去？县城很偏远，条件很差，你们记者怎么住？基层法院的审判庭很小、很简陋、设施很差，你们根本受不了……

法庭一开庭，三十几位记者和几百名群众便蜂拥而至。记者席设在旁听席右前侧，经与中院记者站联系的、来自首都及各地的摄影、摄像记者，可以在审判前区和旁听席通道上走动，随意选择角度，任意录像和拍照；记者席内的文字记者，也可以随便记录和录音。

法庭的6个大门都是敞开的，只有面向街面的正门处设有一名法警。这名法警并没有摆出全副武装严阵以待的架式，旁听群众在法警温和的注视下，随时可以进入，也可以完全根据自己的情况随时退出法庭，比如要去洗手间、对某个审理阶段不感兴趣等；最令旁听群众感到新鲜抑或是惊奇的，是他们也可以像记者一样用纸笔记录，用录音机录音，三天的审理，他们真正是做到了听得明明白白，记得真真切切。他们不仅理清了案件的前因后果是是非非，就连被告人叶树基的个人情况他们也在庭内庭外搞了个一清二楚。

挪用公款 2400 万？

叶树基，1996年以前曾任广西横县副县长、国营横县白水泥厂厂长、中外合资横县特种水泥建材有限公司副董事长兼总经理，曾七次被授予广西优秀厂长及有突出贡献的优秀厂长称号，1991年被评为全国建材行业劳动模范，被捕时是广西壮族自治区政协委员、中国特种水泥协会副理事长。

广西壮族自治区人民检察院某分院指控：被告人叶树基1993年12月4日代表横县特种水泥建材有限公司向香港远东发展有限公司借款350万美元，同月24日，远东公司将350万美元汇到特种公司账户上。同月27日叶树基让财会人员将300万美元从特种公司汇入横县华基水泥有限公司。后又签订合同，将已汇入华基公司的300万美元在特种公司以1比8.5的汇率兑换成人民币。叶树基1997年4月26日被拘留，5月9日被逮捕。在侦查过程中，检察院又发现叶树基涉嫌挪用1994年12月29日以特种公司名义向广西信托投资公司贷款700万元中的699万元。据此，检察院认为，叶树基构成挪用公款罪。其主要理由是：一、华基公司的企业性质是私营，是叶树基个人的企业；二、华基公司向特种公司兑换300万美元，是叶树基为其个人公司谋取利差的挪用行为，而不是企业间的正常经济交往；三、向信托公司贷款700万元中的699万元转入华基公司后被挪作经营或投资之用。

检察院认为，叶树基的犯罪事实清楚，证据确实充分，足以认定。

副县长有三种选择

叶树基的辩护律师刘桂宽和林仁聪认为：确认一家公司的性质，应该从投资主体、组织形式、营业执照和承担责任的方式等方面来确定。从华基公司账册记载看，投资者为横县白水泥厂劳动服务公司开办的集体企业云燕经营部，集体企业云燕经营部投资而产生的华基公司，其性质只能是集体企业；庭审查明，华基公司的章程是由横县工商局企业登记股长拟写的，组成人员全部是集体企业横县白水泥厂的干部职工，分配形式当然是集体企业的分配形式；华基公司经工商部门审查核准，取得的企业法人营业执照明确企业性质为集体；根据集体企业的特点，华基公司承担责任是以法人承担，不涉及任何个人承担连带的民事责任。综上所述，华基公司的集体企业性质是清楚明确的。即便是按起诉书所称属"非国有或集体"，也不能认定就是私营，更不能认定为是被告人的个人企业。

辩护律师同时指出：300万美元的调汇是企业间的经济合同行为，并且已经向特种公司付清了全部调汇款；700万元贷款其中699万元转入华基公司使用，是企业间的筹资调度使用问题。这两笔款项，都没有归私人企业使用，更没有归个人使用，故检察院的指控不能成立。

叶树基对自己在此案中的行为做了具体的陈述，他认为他在本案中并不构成挪用公款罪，而是保护国有资产，保护民族工业。

叶树基到横县白水泥厂任职前，该厂月产白水泥63吨，普通水泥300吨，年销售总额几十万元，企业亏损30多万元，工人已两年无奖金可领，连工资也难到手，叶树基任第一副厂长后，20多天，该厂即出现利润，3个月后，补亏14万元。在横县由叶树基统一调度管理和协调的，使用横县白水泥厂"云燕"牌商标（统称云燕集团）的白水泥，1993年月产量达15000吨，1992年起，"云燕"牌产销量在中国白水泥中位居第一，是全国唯一年产超8万吨的生产厂家，"云燕"商标成为广西驰名商标，在全国及东南亚享有崇高声誉。1992年横县白水泥厂与香港中国白水泥集团有限公司合资成立特种公司后，至叶树基被免职时止，"云燕"白水泥已连续五年产销量名列全国第一，利税最多时达一年3000万元。1984年至1996年，"云燕"白水泥连续12年处于供不应求的状态。叶树基被免职后短短几个月时间，横县特种水泥建材有限公司即处于半停产状态，大批工人下岗，云燕集团的各个企业难以为继。

叶树基辩护说：1992年横县白水泥厂与香港中国白水泥集团有限公司合资成立横县特种水泥建材有限公司之后，港方公司迟迟不按合同规定注入资金。1993年底，由于港方公司急需在1993年底前拿到合法的合资企业验资报告，于1993年12月24日由其母公司香港远东发展公司给特种公司汇入350万美元。为了达到一箭双雕的目的，香港远东发展公司在1993年12月4日与特种公司签订了一份《设备租赁合同书》，约定从远东公司租赁350万美元设备给特种公司使用，由特种公司按20%的年息分四年还清本息。汇入350万美元时，汇款人是港方中国白水泥集团有限公司，但在用途上又注明是履行租赁设备合约。美元汇到特种公司后，港方董事即拿去验资，并代表特种公司与叶树基主管的另一家合资企业横县华基水泥有限公司签订兑换美元合同。收到特种公司的300万美元后，华基公司按合同约定付清了有关兑换款。1995年元月，合资港方母公司远东发展公司居然依照租赁合同提出要特种公司归还350万美元的"借款"。这350万美元已作为港方公司的投资，并依此取得了特种公司的出资份额，现在又提出要还款，其实际目的乃是无实际投资却要取得合资公司的股权，侵吞国有资产。如此无理而违法的要求，当然遭到了身为主管三资企业的副县长并兼任横县白水泥厂厂长、特种公司总经理的叶树基的严词拒绝。港方老板于1995年元月在南宁西园饭店约见他，许诺如叶树基能主动退回350万美元，他将给叶树基特种公司10%的股份，并每月另付2万元港币给叶树基作为酬谢。面对重贿，叶树基毅然绝然站在维护国家利益的立场上坚决拒绝。利诱不成，又施威逼。在叶树基辞去特种公司总经理职务的1996年，港方公司又通过派驻特种公司的董事长找到特种公司财务部经理，让其转告叶树基，摆在叶面前的有三条路：第一条是辞去横县副县长职务以及横县白水泥厂和特种公司的事情，这样港方将会给叶一大笔钱去做生意，这是上策；第二是辞去横县白水泥厂和特种公司的一切职务，保留副县长职务，但不许过问特种公司的事，这是中策；第三是继续当副县长和横县白水泥厂厂长，管特种公司的事，那么就会身败名裂，这是下策。叶树基当即表示，他选择身败名裂这条路！之后，叶树基便成了本案的"被告人"。

不因森严而神圣

三天的庭审结束了，人们在期待着判决结果的同时，仍然在不停地议论着这次别开生面的审理。

类似这样的公开审理，在中国的法庭审判活动中是不多见的，可见广西壮族自治区南宁市中级人民法院对公正审理此案的信心。

毕竟，法律是神圣的，但神圣的法庭审判不一定要与人民群众有距离；换句话说，我们的法律审判不会因为壁垒森严而神圣，而是因为真正维护了法律精神的判决结果而神圣。

（1998 年 7 月）

这是一条很长的路

——记述吉林省政府法律顾问团成立经过

1999年6月2日,长春的天空虽不是万里无云,但蓝天很蓝,白云很白,是自然的一种好景致,所以比晴空万里更令人心情舒畅。上午9时,吉林省人民政府大楼内正在召开一个全国从没有召开过的会议——省政府法律顾问团成立大会。这个会议的召开,也许会给吉林省的法治天空带来一丝祥和,给吉林省的百姓生活带来一份好运。

会议的当天,长春市几乎所有新闻媒体都对这个会议进行了报道;会议的第二天,《法制日报》、中央电视台把这条消息传向了全国。

省一级人民政府依托律师成立法律顾问团,让律师参与信访工作,让律师为政府决策提供法律服务,这在全国还是第一家。可以说吉林省政府做了一件别人没有做过的事情。由刚刚当选为省长的洪虎同志亲手组建起来的法律顾问团,是政府的一种主动行为,这让人真正感觉到了政府对法律和对律师工作以及律师作用的重视。在一个法制还不很健全的国度里,在法律还不被一些政府官员所重视的情况下,律师能为政府决策提供服务,无疑标志着律师的工作上升了一个台阶,提高了一个档次。为了这个"上升"和"提高",各地律师管理部门都经历了多年的追求。他们不仅仅把成立这样一个机构看作是一种服务,更主要的,是通过这样一个机构,来体现律师的社会价值和社会地位。有的地市一级政府给了律师这个"面子",搞几个仪式,发几本聘书,却并不真正发挥律师的作用。律师有点忍辱负重的感觉,律师管理部门更有一种"拿热脸蛋往冷屁股上贴"的凄凉。

吉林省的律师应该说是幸运的，他们的"上升"与"提高"，不是接受了政府的施舍，而是政府确实懂得法律的作用和律师所应有的地位，确实需要他们的"问诊切脉"。因此，他们的上升是真正的上升，他们的提高是真正的提高。

法律能不能走上前台，律师有没有社会地位，本来就不应该取决于某届政府或某个官员。如果说吉林省成立法律顾问团是个新闻，它实际上是一个早就应该有的新闻。因为，几年以前，一些有识之士就为这个新闻的出现呼吁过、奔走过、实实在在地努力过。

吉林省法律顾问团的成立，走过一段很长的路。总结起来，之前曾经有过三个阶段：

律师为政府提供法律顾问服务，吉林省可以说起步较早。1985年，延吉市的律师就已经开始担任政府法律顾问，这在当时是走在了全国的前列的。在省司法厅和省律师协会的积极推动下，这项工作很快在全省发展起来。1987年7月，司法部召开的律师担任政府法律顾问工作会议，地点就选在了延吉市。那年9月，吉林省已有56个县、区以上政府聘请了律师，约占全省县、区以上政府总数的85%，是当时全国开展此项工作最好的省份之一。那段时期的工作，可以算作吉林省开展律师担任政府法律顾问工作的第一个阶段，虽然未在市、州以及省一级政府开展起来，但在当时的背景下，开展到那么一种程度，应该说已经相当不错。

1992年，吉林省的法律顾问工作有了新的起色。当时担任吉林省司法厅厅长的刘飐同志提出律师法律服务工作的三个主攻方向：一是向上打，即进入政府服务层；二是向下打，即为农村、为基层服务；三是向外打，即走出国门，走进改革新领域。吉林律师界把这三个"打"当作一个目标，不懈地努力了好几年，终于把法律顾问开展到了市、州一级人民政府。这是第二个阶段。

第三个阶段是1995年吉林省政府法律咨询组的成立。对于这个法律咨询组的成立，当时的有关文件是这样评价的："不仅标志着我省省、市、县（区）三级政府法律顾问网络已经形成，而且表明我省律师政府法律顾问工作已进入决策最高层。"但了解内情的人明白，这些话都是说给外人听的。因为成立咨询组并不是省律师界和律管部门的初衷。如果按初衷去建设，省政府在那时成立的不应该是咨询组，而已经是顾问团。当时，吉林省司法厅在厅长刘飏同志"向上打"提法的推动下，积极向省政府建议："随着市场经济体制的逐步确立，国家政治生活和经济生活中涉及法律的事务越来越多，法律在政府行政和决策中的作用日益突显。为适应社会主义市场经济发展的需要，充分发挥法律服务部门的参谋助手作用，省司法厅拟为政府组建法律顾问团，帮助政府领导处理在决策和日常管理中遇到的法律方面的问题。"然而，当这个美好的愿望拿到省政府常务会议上时，却没有得到应有的热情，有的领导认为没用，有的认为条件不够成熟，眼看这个不幸的"胎儿"就要流产了，最后不得不由当时还是代理省长的王云坤（现吉林省委书记）等同志用变通的方式保住了这个生命的胚芽。于是，在那次省政府常务会议的纪要上，出现了这样一段文字："本着积极和稳妥的原则，先在省司法厅内组织一个法律咨询组。"

"稳妥的原则""在司法厅内""法律咨询组"，可以想象，律师注定不可能有机会真正发挥什么作用。所谓的"律师法律顾问工作已进入决策层"，只不过是未来的一种遐想罢了。

吉林省律师界和他们的主管部门——吉林省司法厅，从来都不放弃一个追求，那就是：内练苦功，外树形象，以实际工作成效，积极争取党和政府部门的理解、支持和重视，尽管这条路这样走起来可能会很漫长，但他们从来也没有停止过。他们始终坚信，只要自己的队伍建设好了，律师走上政府工作前台的那一天总会到来，而那一天，将是吉林省走了很长一段路程的"省政府法律顾问团"正式站稳脚跟的日子；那个日子，将是吉林省法律顾问工作的新时期、新阶段。

那一天不会太远。

1999年2月11日，是洪虎同志在刚刚结束的吉林省九届人大二次会议上当选省长后的第一天。上午，洪虎省长亲自主持召开专题会议，研究解决依法信访问题。洪省长指出，信访工作是一项政策性、法律性很强的工作，要不断探索新路子，研究新方法，努力把信访工作纳入法制轨道。新上任的洪虎省长让吉林人民听到的第一个声音是：政府的宗旨就是为人民服务；让吉林人民看到的第一件实事就是：律师要参与依法信访工作。

律师参与信访，不是一项单纯的工作问题，它体现了政府对法律工作的高度重视，也体现了政府对人民群众利益的高度负责。从另一个方面讲，律师参与信访工作，也引出了律师为政府提供法律顾问服务问题的新思考。

省长在统筹政府工作时，能够主动想到律师的作用，这令司法厅的领导很振奋，面对新一届政府对律师工作的充分信任，司法厅决定立即做出积极的回应。

2月11日后，司法厅党组几次专门召开会议，对律师如何参与信访工作做了具体研究；同时提出了将1995年组建的省政府法律咨询组正式升格为省政府法律顾问团的设想。

洪虎省长对司法厅提出的设想非常重视。从此，在他繁忙的工作中，又分出一部分精力，亲自培育顾问团的重生。洪虎省长对顾问团组建工作抓得很紧很细，从运作程序到工作范围；从组织规模，到人员构成；甚至顾问团的选址和组建速度，他都一一过问。他是把顾问团的组建过程当作呵护一个婴儿来看待的。只有等这个婴儿走出襁褓、开始拥有了自己的个性，他才舍得放手让他自由成长。洪省长不主张顾问团依托法律援助中心来成立，启发司法厅的同志要跳出只单纯参与信访的框框，并指出，顾问团成立后，信访工作只是其中的一项工作，而更重要的是要为政府依法决策服务。

这是一个让人惊喜的信号，这个信号说明，省长真的是要实实在在地发挥顾问团的作用。在这种情况下，司法厅立即对原来的一些打算进行了调整。官员的名字全部从顾问团名单中拿掉，成员全部由专职律师和法学专家担任。为了让新一届省政府进一步了解律师的作用和成立法律顾问团的重要性，司法厅采取一系列主动行动，在顾问团成立之前，已经介入20余件省政府交办的法律事务。其中对即将出台的"吉林省实施《〈中华人民共和国乡镇企业法〉的若干规定》（省政府常务会讨论稿）的意见"所进行的法律论证，在政府成员中引起很大反响，让省政府领导感到了法律顾问团有与没有的差别。

1999年3月18日上午，参加完九届全国人大二次会议刚刚回省的洪虎省长，又一次召集省信访办和省司法厅负责同志专题研究依法信访工作。

律师管理处处长王晓峰随同田景春副厅长一起到会，他们代表司法厅向省长提了四条建议：一是鉴于 1995 年组建的省政府法律咨询组人员发生了较大变动，已不适应目前省政府的法律服务要求，建议调整组成人员，充实力量。省长早有这个考虑，所以第一条与省长一拍即合；二是希望省里能给几个编制，省长说，编制就不要给了，你想要 5 个人的编制，我给你 5 个人的钱不一样吗；三是请求省政府安排一间办公室，安装一部电话，省长也认为顾问团应该有一个固定的值班办公室，不能等上访人员来了都去律师所，那样会影响律师所的业务和正常秩序，省长说，不能只装一部电话，电脑、打字机、复印机、传真机、沙发都得有，你们列个单子，由财政拨款；四是希望省政府能够提供信息和工作上的方便，省长答应协调省信访办、省政府办公厅，保证顾问团能及时参加有关会议，阅读有关文件和资料，以使该机构及时了解信访动态和领导同志的指示。

一向工作严谨的吉林省司法厅的同志，在省长面前尽量把问题讲得简明扼要，但许多要求尤其是物质要求，他们不是不敢多提，而是对政府真的没有那么高的奢求。谁都没有想到，省长给予的待遇，远远要比司法厅所希望的高得多。看得出来，省长确实不是借顾问团摆一下"贯彻依法治国方略"的花架子。他对司法厅同志说："关于法律顾问工作，你们替政府想到了，是为政府办了一件大好事，更是为百姓办了一件大好事，政府理应为顾问团创造更好的工作条件。"

省政府法律顾问团，走在一个祥和的氛围里，其道路以可以想象的平坦往前延伸着。在新一届省政府 21 次常务会议上，省司法厅厅长正式向政府报告成立法律顾问团问题，得到顺利通过。

从咨询组到顾问团，相隔整整 5 年。看一看今天省政府表现出的极大热情和主动，叫人确实有些感慨万千。而现在的吉林省司法厅，自然总有一种快马加鞭的紧迫感，唯恐哪一项工作的哪一个环节没有跟上或没有充分的准备，一旦省长问起来，就会陷入尴尬。而洪虎省长恰恰是那种对重要工作的每一个环节都不放过的人。为了一个"律师参与信访"，为了一个"法律顾问团"，省厅的人都感到很累，但累得舒心，正像司法部段正坤副部长对吉林省司法厅的同志讲的那样：遇上这么一个重视法律的省长，是你们的幸运，是吉林老百姓的福气呀！

省政府成立法律顾问团，是件大事，是应该专门有个仪式的。洪虎省长一上任就提出了"为民执政、科学理政、依法行政、从严治政"的16字施政方针，隆重的成立仪式，也是对实施这个方针的一个促进。司法厅认为这么重要的事件，应该得到司法部的支持，于是报告了司法部律师公证工作指导司的贾午光同志；段正坤副部长迅速向高昌礼部长作了汇报；高部长对此非常重视，认为这是吉林省积极贯彻江总书记在十五大报告中提出的依法治国战略决策最好的体现，是值得认真总结、可以积极推广、对全国的政府法律工作很有促进作用的好事。高部长希望段副部长亲自到长春对吉林省政府法律顾问团的成立表示祝贺。为了等候段副部长的到来，吉林省政府特意推迟了会期，把原定5月31日召开的会议改为6月2日。这一做法，又一次表明了法律顾问团在吉林省政府心中的位置，也表明了吉林省政府对司法行政系统的尊重。

此时的段正坤同志，刚刚在北京参加完5月27日至29日的全国十佳律师、十佳公证员、十佳基层法律工作者表彰大会，30日接着飞赴深圳参加"司法部为香港委托公证人颁发证书仪式"，仪式一结束，顾不得休息，便与司法部办公厅副主任李明、秘书曹阳直飞长春。飞机落地时已是深夜，他们三人稍事休息，天不亮便开始准备段副部长的讲话稿以及与顾问团成员座谈时的发言要点。

吉林省于1999年6月2日召开的政府法律顾问团成立大会，不能不说是很隆重的。大会由省委常委、省政府常务副省长王国发主持，副省长魏敏学宣读"吉林省人民政府关于组建省政府法律顾问团的通知"，司法部副部长段正坤，中共吉林省委副书记陈玉杰，中共吉林省委副书记、省长洪虎等同志先后在会上做了重要讲话。参加会议的还有省政府秘书长孙耀廷、省政府全体组成人员、各直属单位、省人大、省政协、省法院、省检察院负责同志及驻军领导。难怪省律管处副处长赵安民跟首席法律顾问高静以及顾问团成员张生久、徐沛荣、赵守华开玩笑时说：这么多政府官员来陪衬你们15人顾问团，你们的规格可真够高的了。

大会结束之后，段正坤同志与刚刚从政府领导手中接过聘书的15名顾问团成员在省政府会议室中亲切座谈。段副部长说：省级政府组建法律顾问团，目前在全国还是首家，这是一个具有强大生命力的新生事物，有着广阔的发展前景和重要意义。座谈正在进行，人们忽然发现洪虎省长走了进来。大家纷纷站立起来，脸上都露出难以抑制的激动，因为谁都知道省长很忙，不忍心多耽误省长的时间，所以座谈会没有通知省长参加。省长爽朗地对大家说：今天我把时间多给你们，以后的时间，你们要多给我。此情此景，段正坤副部长更看出洪虎同志重视法律工作、重视律师工作真是名不虚传。他勉励被聘为法律顾问的律师和法学专家，一定不要辜负政府的厚望，努力为政府当好参谋和助手。他要求顾问团成员要不断提高政治业务素质，学习相关专业知识，熟练掌握、运用党和政府的各项方针、政策。段副部长说：既然省级政府成立法律顾问团是个新生事物，它要走的路就很长，就会有许多这样那样的问题需要不断地去克服去解决。段副部长对顾问团成员充满信任和期望：你们的经验和成就，将是这条路上最美丽的风景。

是的，这是一条很长的路。

这条路走过来很困难，走下去也并不容易。但我们相信，这条路会走得很好，因为走在这条路上的，都是一些富有创造精神的人，这种人，必定都有一种不怕困难、勇往直前的性格和勇气。

（1999 年 8 月）

一言难尽刘桂明

听说刘桂明要出集子（《法治天下》——编者注），很多人都想借此机会在他的集子上发表一番因他而生的感慨。

我是最早想发感慨的人，后来却打起了退堂鼓。一是觉得在这里为刘桂明说上几句的都是"大家"，而我的名字当属无资格与他们排在一起；二是对刘桂明了解极深，却不便言他生命中的酸与苦，这样的文章怕是写者不痛快，阅者也不过瘾，岂不是损人而不利己？但起过心意的事情，实在难以断然割舍。何况，多几个人来写，每个人接触他的角度不同，理解他的角度不同，下笔的角度也不同，这样的文章组合在一起，倒是还了刘桂明其人的活灵活现。但真正让一个人在文字上活灵活现是不太容易的。好在这本书是刘桂明的作品集而不是传记之类，刘桂明是个什么样的人也就不是这本书要完成的主要任务了，"活灵活现"也就完全可以在其次了。

我与刘桂明已有十年的交情，其中自1995年至2000年曾有5年时间是被他"管制"的，对他的了解应该说比较多。如果可以说《中国律师》杂志让刘桂明得到了成长，那我可以算作一个见证人。

认识刘桂明到成为他的部下那一天，前后也就是两年时间。当时我在一家广告公司工作。一个小个子男人，因为他的亲戚是我的同事，他便经常到公司里来，据说没有别的什么事情，只是想了解广告业务的运作模式。从那时起，一个新闻人对新事物的进取精神已使我由衷地敬佩。

刘桂明是个勤奋、善于钻研、很容易接受新生事物的人。他出差，不管在飞机上还是在火车上，只要睁着眼睛，基本都在死命看书。他看的书比较杂，法律的、哲学的、文学的、社会学的……因此他的肚子里就成了一个杂货铺，他时不时的让人惊艳的好主意，恐怕就得益于他的涉猎广泛。

他把一个行业性刊物搬进了社会大市场，并使它在这个大市场里变成一条引人注目的自由的鱼。他为此要消耗多少智慧啊！但他的精神依然整天如装上了弹簧；他那些五颜六色的点子，依然是那么取之不尽用之不竭。我还从来没见过一个行业性刊物的总编能有这样大的影响力。在很多聚会的地方，经常会遇到律师以外或法制新闻记者以外的人认识刘桂明或想认识刘桂明。《中国律师》杂志可能是在向他们传递着一个信息——刘桂明其人大概有三头六臂吧？

创造一个杂志的辉煌不易，能让一个杂志每年都有变化且常办常新更不易，但刘桂明做到了，他能让《中国律师》杂志持续8年保持平稳上升的势头，这不是一个奇迹，也是一件非常了不起的事情。

其实，刘桂明已经不仅仅是一个好的总编，他很好地利用了"主编"这样一个身份，在他所能掌控的杂志和杂志所能触及的人员及群体之间，他用他的智慧架起了一座桥梁。他首先是把一个名不见经传的杂志办T，接着依靠这个杂志的影响力去团结杂志的基本读者师，然后又借杂志的影响力去吸引司法界、法学界，并且还靠个人的活力，让那些顽固地不想对这本杂志感兴趣的人，通过对他的关注而不得不将这本杂志翻开，因刘桂明而读，因刘桂明而想读。他把一座坚固的桥梁从杂志搭向法学阵地，又从法学阵地伸向了社会。这几年，律师界做了许多在全社会较具轰动效应的大事，不说刘桂明是起意者，但他起码是个积极的参与者和组织者。而另外一些不仅社会效果良好也使参加者大为受益的活动，当是完全可以记在他个人的功劳簿上的。比如，从2001年开始每年一届的"中国律师论坛"，比如被称作"律师界的'同一首歌'"的"法学与法治巡回讲坛"如此等的大手笔，只要他还活着，这个活着就活得活蹦乱跳的人，就会不间断地让你惊喜，让你感叹。

刘桂明怎一个"好总编"了得，"法律社会活动家"不一定是他的追求目标，但他的所有努力俨然是一个法律社会活动家想做能做的事情。

我们不认识刘桂明的时候，就已经有了《中国律师》杂志，有了刘桂明，《中国律师》杂志从此变了模样。如今，人们提到《中国律师》杂志，不可能不提到刘桂明，提到刘桂明，不可能不评价《中国律师》杂志。渐渐地，人们在心里已经形成了这样的一个概念：《中国律师》杂志就是刘桂明，刘桂明就是《中国律师》杂志。但任何概念都不可能是一成不变的，刘桂明以及与刘桂明战斗在一起的兄弟姐妹们，用几年时间为《中国律师》杂志创造出了辉煌，但这个辉煌总有一天要交到别人的手上，就像前面的总编们一直将这本杂志交到刘桂明手上一样。双手接过这辉煌的人，可能是你，可能是我，但谁接过去都会觉得沉甸甸。尽管沉重，但传递是必须的，因为没有这样的延续，就不叫生命，不叫前进。

刘桂明是深深懂得这个浅显而深奥的道理的，因此他会将把他扶到总编宝座上的人深深地刻在心灵的记事簿上；他同时将前任总编们经历的一切都当作自己的财富。如果不是刘桂明，大家直到今天不见得知道谁是前辈，更不可能想象张思之这样的大人物，那么可望而不可及的《中国律师》杂志的第一任总编，如今却成了杂志社许多年轻记者的忘年交。

总体来说，刘桂明算是一个小人物，因为他没有摆脱一般人的俗气。他像所有俗人一样重感情讲交情，也像所有俗人一样小资情调般可能有意、也可能因日久成习而不知不觉地给人以恩惠。

如果你是一个刚刚调到刘桂明身边工作的人，你就会发现，他会把很多好事调整给你，几乎一切能使新人站稳脚跟或尽早成名的机会，他都会从别人手里调整过来，优先交给你，甚至大多数情况下还要亲自陪练。

刘桂明有时还有点歪门邪道的鬼点子。比如，他知道谁承担了杂志的印刷，谁就在发杂志的洋财，因此他就想方设法往回抠点什么……结果大家就有了春天的郊游、夏天的西瓜、秋天的苹果、冬天的年货。刘桂明总体上是个心里能装着部下的人。比如，一到外地，大总编身边自然有点前呼后拥，但他绝不容许自己的部下受到冷落。哪怕是晚上，他的朋友多，请他吃消夜的人也多，但他绝不会让同行的同事独守空房，除非你能找出足以拒绝他的理由。

大凡所有成功人士都有一些与别人不一样的地方，我们有时说他们是奇人、怪人。刘桂明就有许多又奇又怪的事情。比如，这个看上去从来没有礼拜天节假日的人，一年中也能写出十几万字的好文章；比如，日常生活中似乎看不出这个人有什么幽默感，但在主持研讨或登台演讲时，却能引来一阵阵笑声和掌声；比如，他都快日理万机了，却几乎能够将所有认识的人的电话号码随时脱口而出；比如，他无论与首长还是与属下一起登机，他都要把机票身份证一应收齐，说不准是有亲自办理登机手续的癖好，还是最放心自己办事的效率。刘桂明坐飞机有四样事：看书、交谈、吃饭、睡觉。刘桂明坐大巴也有四样事：睡觉、唱歌、起哄、讲笑话。刘桂明不是那种有事业无家庭的人，尽管他的夫人天天在埋怨"阿桂没有老婆，律师杂志才是他的老婆"，但刘桂明自有办法将同样事业心很强的夫人调理得常常心花怒放。刘桂明肯定少给了夫人和儿子很多东西，但给的最少的肯定是时间。而刘桂明为夫人和儿子所做的事情却又是一般人很难做到的。这么多年来，刘桂明有一个不变的习惯——为夫人隆重地过每一个生日、隆重地过每一个结婚纪念日。规格是隆重的，但形式总是有所不同，总会在那一天散发出情人般的浪漫，总能让夫人禁不住欢欣和激动。一个这么忙的人，或许已将忙碌也当作了一种艺术，他用满怀的激情调动起周身的艺术细胞，将事业演奏成动人的交响，将"老夫老妻"朗诵成艺术人生。他对儿子的爱也是那么特别那么用心。一个很久以前的周末的下午，他在办公室加班，其间每隔10分钟就能接到儿子一个电话。他向儿子耐心地解释：你好好跟妈妈在一起玩……你们可以先吃饭……3点我保证准时和你在一起。他抓紧时间工作，下午两点半离开单位，3点至夜里9点之间，任何人都找不到了他的踪影——这个忙得不可开交的人，这个朋友多得数不清的人，为了专心给儿子过生日，也为了弥补长期对儿子的歉疚，他可以6个小时切断所有的联络方式。

刘桂明是懂得报恩的人，因此为情所苦，为爱所累，他却把这种苦与累当成人生最大的乐趣。他是从深山沟里走出来的苦孩子，能到上海读大学，到京城度人生，那一串不堪回首的往事，稍微一挤就能流出难以断线的辛酸的泪水。当这个穷小子知道自己考上大学的消息时，他离开村部，拼命地往家奔跑。他的激动必须要让父母亲人一起分享。他拼命地跑，想停都停不下来。母亲站在离家不远的路边，看到儿子疯了一样地往家跑，就知道自己家发生了多么大的事情。她知道疯了一样的儿子已被泪水糊住了双眼，只想着跑回家扑进母亲的怀抱，而路上的一切都看不到了。她想拦住他又不敢，想叫住他还没出声，儿子就已经跑到了家门口。母亲从地上捡起被儿子踩死的一只鸡，笑着说了声"这傻孩子"，眼泪却哗啦啦地流满了脸。

刘桂明从来没有忘记父母。他过得不富裕，却经常把父母接到北京，一住就是几个月。他没有多少钱，但逢年过节，连他夫人都养成了往江西那个叫千古洲的村子寄去上千元有时是几千元花销的习惯。

刘桂明常常念叨起自己的大哥和大妹，心中有说不尽的对他们的感激和愧疚。他说，他们吃的苦比谁都多，为了供他与弟弟读书，他们早早地放弃了学业，苦苦地干活、挣钱。家中两人先后考上了大学，妹妹也离开了山村，而大哥大妹因为当初上学太少现在只能靠体力养家糊口。刘桂明说，如果论学习的灵气，他们也该考上大学，而不是现在这样的日子。听到这里我们明白了，不是命运安排了他们的今天，而是他们主动选择了这样的命运。幸福的形式各种各样，兴许大哥和大妹更有别样的幸福。

父母年事渐高，为了报答父母的养育之恩，刘桂明很早以前就开始在兄弟姐妹的人生路上下心力。唯一的弟弟考大学的时候，刘桂明专程从京城赶回去助阵，没想到，弟弟连续两次高考都失败了。事后，刘桂明检讨自己，是不是我专门回家，给了弟弟太大的压力？第三年，他调整了方式，除了为弟弟提供大量的咨询外，也作了更多科学的分析。……不知为什么，老家的信在路上走的时间太长太长，终于在一天晚上塞进了他家的门缝，告诉他，"弟弟考上了"，那一刻，他捧着那封信，站在夫人面前，居然许久许久说不出话来。

为了改变一下亲人的生活，也为了经常见到亲人的身影，刘桂明帮大妹妹在北京做起了小生意，这样，他见父母的机会也多了起来，那种天伦之乐让他的心中每天充满了美好。

没有小爱的人，不可能有大爱：不爱父母的人，何以谈爱朋友、爱事业、爱自己的国家。这就是刘桂明，对人，对事，对前途命运，总是怀着一个初恋情人的心态，他看他们是新鲜的，他也使他们看他觉得新鲜，相互就这样保持着高度的吸引力，这种吸引力便成为了他向上的源泉和动力。别看刘桂明个子小，他的爱却很博大、很别致、很真诚。无论对具体的工作还是对大的事业，无论对父母亲人还是对同事朋友，无论对上司还是对下属，都是一样的心境。

刘桂明现在是正处级，官不算小更不算大。但《中国律师》杂志是中国律师界唯一的全国性新闻媒体，这个"总编"头衔从某种意义上讲倒也有点显赫。但你大可不必把他当作官员来看待。刘桂明是一个心无遮拦、喜怒哀乐都挂在脸上、近乎于半点城府都没有的人，你可以坦然地与他天南地北海阔天空。他的朋友要比一般的人多几倍，大概就是人们觉得这个人不那么复杂。但如果一下子碰到一个复杂的人，他肯定要完蛋，因为他从不设防，也不会设防。我跟他认识10年，不记得他认真地议论过谁的不是，更听不到他与谁有刻骨的仇恨，如果猜测哪个人好像与他"很不和"，但你还是常能听到他对这个"很不和"的人评价优点一二三。所以，如果有惧怕交朋友的人，不妨来认识刘桂明，他会让你觉得，交朋友原来是如此的有趣和简单。

刘桂明小我一岁，我却是看着他长大的，10年不是一个小时间，所以对他我是有发言权的。夸了他许多，但夸得并不过分。对刘桂明的评价，如果别人不好怎样讲，我可以，我只是个小记者，不代表任何单位和组织。我发表自己的观点，并且文责自负，所以，说起话来比较自由；我现在不跟刘桂明在一起工作已两年有余了，这时讲起话来更容易客观。有些话可能没说，但说了的都是真话。所以，不管读者满意不满意，也不管刘桂明本人满意不满意，但这的确是刘桂明的一点、一面。

有句话开头未说，现在补上：除非你不想真正了解这个小个子男人，否则，仅凭这点文字，别看他个子小，我们看到的，可能只是他的一个背影。

（2003年5月，断断续续于车中。时间关系，初稿即终稿）

赵春芳，女，1955 年 11 月生，汉族，1976 年加入中国共产党，大学文化，赵春芳长期工作在位于吉林省东部山区的国家级贫困县靖宇县。：1996 年她在身患癌症后，顽强与疾病做斗争，仍坚持工作在法律服务第一线，在平凡的岗位上做出了不平凡的业绩，成为广大律师的杰出代表。

　　赵春芳多次受到省、市、县司法行政机关和白山市、靖宇县党政机关的表彰。1992 年 7 月被中共靖宇县直属机关党工委授予优秀共产党员称号；1997 年 4 月被吉林省司法厅荣记个人二等功一次；2001 年 4 月被中共白山市委、市政府授予"五一劳动奖章"和"劳动模范"称号；2004 年 6 月被中共靖宇县委、县政府授予"劳动模范"称号。2002 年当选为靖宇县第十五届人大代表；2004 年吉林省律师协会向中华全国律师协会推荐赵春芳为全国优秀律师。近日，中共吉林省司法厅党委作出《关于在全省司法行政系统中开展向赵春芳同志学习的决定》，并给赵春芳同志记一等功一次；中共白山市委作出《向优秀共产党员赵春芳同志学习的决定》。

用生命书写律师精神

——山区女律师赵春芳的动人故事

　　吉林省靖宇县，是抗日英雄杨靖宇战斗并殉国的地方。如今，这里的人们正在为另一个名字揪着心。一个他们爱戴的好人，一个平民化的好律师，因为身患重病，正在经受着生与死的严峻考验。

　　甲状腺癌，一个多么可怕的病症！

　　"赵春芳……赵春芳……"多少人在默默地呼唤着这个名字，多少人希望这真诚的呼唤能够驱走病魔对赵律师的折磨和纠缠啊。

赵春芳，你知道吗？离县城十几里的靖宇村，有个叫王树贤的老太太，听说你病了，每天都在菩萨面前为你上一炷香哪。

你还记得那个在雨天被儿子轰出来的老大妈吗？她现在老有所养，虽然已经神智不清了，但她的子女说，一听说你有病，老人的眼泪就掉个不停，如果你再去看她，她还会把你让到热炕头上。

你还记得于敬佑老人吗？如果没有你，他的老伴儿就不可能重新戴上假肢。老人说："知道赵律师病了，这心里难受啊！"

有人说赵春芳是最让靖宇人惦念的律师，那是因为她用行动回答了谁是山区百姓最需要的人。

在赵春芳的办公室里，放着不少保健药品，那都是牵挂她的人送来的。有位县领导也得了重病，但最好的药不舍得吃，托人给赵春芳送了过来。赵春芳担任主任的泉成律师事务所，每天都有一些不认识的人打来电话，告诉一些治病的偏方。有人听说芦荟能治疗癌症，就把自己养了多年的十多盆芦荟都搬到了律师所。有人听说云芝蘑能治疗癌症，就满山遍野地采来让赵春芳冲水喝。燕平乡一位农民听说赤柏松能治疗癌症，就将松叶蒸好晒干，把树皮研成细末给赵春芳送来，赵春芳知道，赤柏松都生长在峭壁上，采赤柏松是要冒着生命危险的。

赵春芳，靖宇人不舍得让你走，那你就留下来吧！自从你参加工作那天起，你就为靖宇的需要而活着，靖宇的招商引资有你的功劳，打造靖宇矿泉城有你的功劳，靖宇的百姓安居、社会稳定都有你的功劳啊！赵春芳，留下来吧！你在51岁的生命里为靖宇人民做了那么多好事，人们怎么能舍得让你走呢？赵春芳啊，你从来喜欢以自己的付出满足百姓的需求，那你就再满足一下百姓对你的感恩和报答吧！留下来吧，赵春芳，靖宇人不舍得让你走，长白人不舍得让你走，所有对这个社会充满美好期待的人都不舍得让你走啊！

对于老百姓从心底发出的每一声呼唤，赵春芳都愿意幸福地去感受。她就是太热爱自己的生命了，才在有限的生命里努力锻造最完美的人格。

她是一个普通的人，做的也都是一些平凡的事，但由于她有崇高境界的指引，因此她做的每一件事情，都闪烁着耀眼的光辉。

赵春芳1974年参加工作，第二年便加入了中国共产党，曾在镇团委、县团委和县司法局工作，是县里重点培养的年轻干部。为了让她更多、更深入地接触群众，也为了磨炼她的意志，组织上安排她做一段时间的律师工作。没想到，在律师岗位上，赵春芳真正找到了发挥自己能量的新天地。她压根儿没有想到，小小靖宇竟然有那么多的人需要她去帮助、去指引。有人需要，这难道不是人生的一大快乐吗？更何况，比起当官、从政，做律师更符合自己干平凡事、做普通人的人生追求。于是，1986年，赵春芳参加了全国第一次律师资格考试，以白山市第一名的好成绩取得了律师资格。

赵春芳做律师跟一般人不一样。作为法律人，她希望别有那么多法律纠纷；作为职业辩护人，她希望法院天天无庭可开。县法院的法官们说，赵春芳接的案子很多，但起诉到法院的很少，因为她知道老百姓不喜欢打官司，所以能调解的她都给调解了。赵春芳做律师从不考虑个人能获得多少利益，而只考虑社会的公平、法律的公正和一方的安宁。她前后当了20多年律师，没给家里挣下万贯家财，却给自己累出了一身疾病，但她无怨无悔，一边顽强地与疾病做斗争，一边以她活泼开朗的性格比健康人还要努力地继续工作和奉献。

为把自己打造成一名优秀的律师，多少年来，坚持学习一直是赵春芳的第一业余爱好，即使得了重病，这个习惯也没有改变。她把自己的热情毫无保留地贡献给了社会，就连自己所拥有的法律功底和业务能力，也要无私地奉献出来。她不仅不断地向她的同事传授着自己所掌握的知识，还在她的律师所内开了一个律师沙龙，公检法司的法律工作者，一些已经通过司法考试资格的人员，都在这个律师沙龙定期或不定期地聚会，这里不仅成了法律交流和学习的园地，也成了案件讨论和协调的阳光场所。现在，党中央提出构建和谐社会，人们突然意识到，赵春芳所做的一切，不就是对和谐社会的最好注解吗！作为一个普通人，她正直、善良、富有同情心，她能把所有当事人都当作亲人一样去对待，就连街头乞讨的智障人，她也要为他去争取权利；作为一名律师，她精通法律，并能够熟练地运用法律，但她对法律的捍卫却近乎于苛刻，既不徇私情，又勇敢无畏；作为社会的一分子，她有很强的社会责任感，她对社会稳定的维护，已经远远超出了她的职责范围，她把自己当作种子，走到哪里，就把法治思想传播到哪里，并且她已经不仅仅局限于对法治思想的传播，家庭矛盾、企业纠纷、捐资助学、扶弱济贫……她已经把自己化作一缕春风，所到之处，都会因为她而变得祥和温暖。在山区群众的心里，赵春芳是个好人，是个真正能为他们办事的好律师。赵春芳就是百姓心中法律正义和社会公平的化身。

有人说赵砌是个平民化的律师，那是因为她跟山区百姓的心贴得最近。

2003年5月，有人背着一个70多岁的老人来找赵春芳："赵律师啊，你可要给俺婆婆做主啊。她养了七个孩子，不易啊。公公五年前走了，婆婆也啥都不能干了……那天，下着大雨，她让大伯子家给轰了出来……七个孩子，五个不管她……她都不想活了……"二儿媳说，"老人过生日，庄里的乡亲送来一大堆东西，老人一看这东西反倒哭了。她走到大街上，往老远老远的地方看……她最盼望的还是自己的孩子能来看她一眼！可到了儿，谁也没来……""别说了，别说了。"已经有些痴呆的老人看见赵律师的眼里也掉出了那么多眼泪，脑子忽的一下清楚起来。她打断二儿媳的话，使劲攥住赵春芳的手，"闺女，你咋哭了呢？你别哭啊，都是大妈的命不好，是我的命不好啊！"赵春芳一边用自己的袖子给大妈擦眼泪，一边说："大妈，你放心，我不收你一分钱，但这事儿我一定要管，管到底！"

被告上法庭的五个不孝子女，终于知道了自己做的事不仅伦理上说不过去，法律上更站不住脚。法庭主持调解，几个儿女约定老人住在老二家，其他人按月给赡养费，但赡养费每月不足200元，差45元，谁也不想多出，事情僵住了。这时，赵春芳从自己兜里掏出45元，说："这样吧，我也算老人的一个子女，赡养费也有我一份儿，这45元，我拿了。"

春节到了，赵春芳真的像女儿看望母亲一样来到大妈家。老人高兴得使劲儿招呼："别坐凳子上啊，坐炕上来，炕上暖和。"把全屋子的人都给惊住了——老太太早就不认人了，赵律师一来，她的脑子咋一下子就跟正常人一样了呢？乡亲们说："老太太真是把赵律师刻在心里了。"

是啊，赵春芳的眼泪愿意为最贫苦的人流，赵春芳的力气愿意为最困难的人出，她总是把最贫苦、最困难的人装在心上，老百姓怎么会不把她放在心里呢？

赵春芳常说，做律师，最不能缺少的就是同情心。缺少同情心，就不可能真正体会当事人的处境，而没有从感情上接受当事人的处境，就不可能设身处地地为当事人着想，就不可能真正地去维护当事人的切身利益。

2004 年，有位农村妇女来找赵春芳。凭着经验，赵春芳知道，这女人家里的天，塌了。

女人上有 80 多岁的婆婆，下有右手残疾的女儿，而丈夫却在几天前开着三轮车拉活儿时被一辆小轿车撞死了。三轮车上的两个乘客也住进了医院。唯一的劳动力突然死去，家里连办丧事的钱都拿不出来。在交警队的干预下，轿车司机出了两千元钱，死者的战友又添了一些钱，总算把遗体火化了。处理事故赔偿时，交警队让轿车司机按比例给这位妇女以及她的婆婆和女儿三万元赡养、抚养费，钱在交警队存放。这三万元钱的事被受伤乘客的家属知道了，为了获得赔偿，他们到法院起诉了这位妇女，并向法院申请将这三万元钱先予执行。赵春芳听到这里，拉起这女人就向法院跑去。她们赶到法院，伤者的代理律师和法院的审判人员刚好从交警队把钱取了回来。赵春芳对法官和对方当事人、代理人说，如果是死者生前的财产，可以保全，也可以先予执行，但这笔钱，不是死者的财产，而是轿车司机给付死者亲人的赔偿金，是专属于死者母亲、女儿和配偶的财产，因此依法不能先予执行。对方当事人和代理律师弄清了这笔钱的出处，撤回了诉讼。

法官当场将这三万元钱交给了这位农村妇女。

女人接过钱时，浑身抖得都快站不住了："恩人哪，要是没有你，我上哪儿要这救命的钱啊！"她抽出五百元，硬要交律师代理费。赵春芳却说："你家里的事情够惨的了，我怎么能收你的代理费呢？按照律师法的规定，我有义务为你提供法律援助。这五百元，够你们祖孙三人维持两三个月的日常生活了，拿回去，把以后的日子好好过起来吧。"女人把五百元钱又塞到赵春芳手上："这五百元是够我们几个月用的，可没有你帮我，我们一分也拿不到啊……"她扔下钱，哭着跑了。

五百元钱放在赵春芳的手里，烫得她几天几夜坐卧不安。她已经习惯了为山区的百姓义务服务，不仅仅是因为同情，更主要的，是要让他们感到法律公正的同时，也能体会到社会的温暖。五百元钱最终还是转到了那个女人的手里，女人捧着五百元钱不停地喊着："我这苦命的人，老天不心疼俺们，可有人心疼俺们哪！"

作为一名律师，赵春芳每办一个案子，都以自己的行动告诉当事人，生活有时是要经受磨难的，但当你觉得很无助的时候，别忘了找法律，别忘了找律师，法律是可以保护你的尊严的，律师是可以维护你的权益的，法律和律师，不仅可以帮你渡过难关，还可以让你看到难关后面有光明。

像这个女人一样，在靖宇县，凡是找过赵春芳的人，谁不说她是普通百姓的贴心人呢？她的名字因此在长白山西麓广为传扬。

大多数情况下，老百姓都是慕名来找赵春芳的，只要找到了，她都会尽心尽力地提供帮助。但也有很多老百姓根本没想到要用法律解决问题，但只要让赵春芳知道了，她也不可能袖手旁观，因为，在她心里，老百姓的事就是她自己的事。于敬佑老人就是很偶然地遇见了赵律师，压在他和妻子心头 30 多年的一团乌云终于被拨开了。

那年，赵春芳家还住着平房，秋天到于敬佑老人住的村子买冬天用的木柴。于敬佑老人过来帮着装车。赵春芳看见远处一个女人挂着双拐依靠着栅栏门一直望着这边，就问于敬佑：

"那是您老伴儿？"

于敬佑点了点头。

"她的腿是……"

于敬佑深深地叹了一口气，没有回答。

赵春芳直觉地感到这里面或许有委屈，有冤情，就停下手中的活儿，跟老人说："有什么事，您可以跟我说，我是律师。"

"您是律师？"于敬佑慢吞吞地回问了一句，似乎并没有因为律师站在面前就特别激动。他说，"俺这事就这样了，不再折腾了。"当别人告诉他眼前这个人就是赵春芳律师时，他似乎又看到了一点希望，但只一会儿，他又平静了下来，"俺知道你愿意为俺这样没有钱的庄户人讨公道，可俺这事儿 30 多年都解决不了，没指望了，就不麻烦你了……"

原来，早在 1971 年，于敬佑的老伴儿张秀英还是一个二十多岁的姑娘的时候，因为在林业局工作遇上机车事故，造成腿骨骨折，右下肢高位截肢。林业局做了一次性事故处理：给 1331 元钱，换一次假肢，别的一切不再管了。张家觉得不公，于敬佑跟张秀英结婚后也觉得不公，他们找过林业局，也去过省城，到最后也没找明白。钱也花不起了，也就不再上访 To 赵春芳也感到这事儿很棘手，事情过去 30 多年了，已经远远超过了法律规定的最长诉讼时效。但看一看于敬佑家那破旧的房子和破旧的家具，看一看两个老人那破旧的衣着，赵春芳知道，这个家，被那条安不起假肢的腿给拖累坏了。她找到林业局，林业局并不配合，她只好把事情搬到了法院。这之后，她仍然不停地与林业局交涉。赵春芳为于敬佑办事，却不收于敬佑一分钱，不吃于敬佑一顿饭，相反还要自己搭路费。一趟趟往返，一次次交涉，法院还没开庭，林业局的人先被感动了。他们要作出让步，但同时也要求律师作出让步："只要你别据理力争，别让林业局败诉，我们可以给张秀英活到 70 岁的假肢费用 7000 元。"赵春芳当即表示，只要当事人得到补偿，我可以承担败诉的结果。

有人问赵春芳："你这是为了啥呀？律师不就是打官司的吗？打官司不就是为了赢官司吗？人家都把赢官司看得跟命似的，你咋就自己选择败诉呢？你就不怕坏了自己的名声？"赵春芳却说："你不知道我的当事人有多苦啊，一个人的腿不能动，另一个人就得在家照顾着，谁去放牛？谁去拾山货？两个人都上不了山，家里就没有一点收入，日子怎么过啊。败诉，人家能给 7000 元钱，胜诉他能得到什么呢？"

赵春芳当然知道胜诉和败诉对自己的声誉有着什么样的影响，但她更知道她的当事人现在最需要的是什么，所以，在她完全可以让利益在自己和当事人之间进行选择的时候，她毫不犹豫地把利益让给了当事人。

有人说赵春芳是一个刚正不阿的律师，那是因为她最知道法律公正有多么重的分量。

有一次，赵春芳接了一个承包合同纠纷案。对方是政府机关，为了非法解除与个体煤矿老板的承包合同，一位局长私下找到赵春芳，让她不要太认真。赵春芳说："有的事情可以不认真，但对待法律怎么可以不认真呢？"局长被回绝后，又想通过公证处的公证，以"合法"的方式将煤矿非法拍卖。赵春芳亲自带上案卷材料，来到公证处，介绍了这宗合同纠纷案的详细情况。公证处当即表示：我们都是法律工作者，这种虚假公证，公证处绝对不会做的。局长又没达到目的，只好通过别人向赵春芳亮出了实底儿："这件事是领导交办的，上面领导的亲属想买这个煤矿，你难道非得罪领导不可吗？

"赵春芳坦然地说："他有他的为官之道，但律师更有自己的职业道德，我宁可得罪领导，也必须依法办事，总有一天，领导会明白这个道理的。"

赵春芳就这样一方面用道德理解和运用法律，一方面又用法律去纯洁和培育道德。她常常对身边的律师们讲：我们律师是帮社会扶正天平的，如果我们也依附权贵，在法律面前左右摇摆，老百姓就会对律师这个行业失去信心，也会对法律公正和社会公平失去信心。

赵春芳做了那么多好事，用法律帮了那么多人，因此对她的赞誉，几乎响遍靖宇的每个角落。农民说她好，城镇居民说她好，公检法司说她好，县里的领导也说她好。这样一个让法律多了几分柔情，让百姓多了几分温暖的女律师，在权势面前却比谁都敢往前冲。

某参场从 1997 年开始拖欠 39 位农民工的工资，到 2004 年已达 40 多万元。六七年白给人干活，农民工已贫穷到衣食无着的地步。谁都知道农民工委屈，但谁都不愿找这个麻烦，因为他们知道，参场的董事长是由政府里的一个负责同志在兼任。但赵春芳管了。她照样是一分钱不收，带着农民工走上了法庭。2004 年腊月二十三，中国传统意义上的小年，法院给了 39 位农民工一个胜诉的结果。七年不会笑了，39 位农民工拿着苦苦等待了七年的血汗钱，笑得哭出了声。他们团团围住赵春芳，有很多感激的话要对赵春芳说，但他们每个人只能哽咽着，不停地重复着三个字："赵律师，赵律师，赵律师……"

十多年前，有个叫王树贤的老人曾经这样问赵春芳："赵律师啊，大妈说话直，不中听的你可担待着点……听说，我要跟他打官司那人，跟你们律师所的一个律师是亲戚，你还能实心实意地帮助我？"

赵春芳说："法律面前是没有私情的，别说是别的律师的亲戚，就是我的叔叔大爷欺负了你，我也要帮你找回公道。"

老人说："他家有人在北京，托了很多人，连律师都是从北京请来的……"

赵春芳说："只要理在咱们这边，他找谁都不好使。……你放心吧，你老伴儿一九五几年被打成右派你们都没对国家失望，现在更不会让你们失望。"

王树贤遇到的是一起房屋纠纷。大儿子背着家人跟别人签了一个协议，把在县城的另一处房产卖了。在民间，这种事情太多了。协议签了，钱也收了，东西自然就是人家的了。但这次遇到了赵春芳，这种不合法的买卖，硬是让赵春芳用法律给扳了我。

一想起赵律师，王树贤老太太就总觉得心里很过意不去：人家凭啥为咱去得罪那么多人哪！几年后，老太太终于打听到了赵春芳的住处，就拿上一千元钱想去了却一桩心愿，没想到，就这件事，成了老太太一生中最难忘的一段记忆。

——那天，我去赵律师家，她都有点儿认不出我来了。我说，我是来谢你的，她说："谢我干啥？要不是国家政策好，法院判得公道，我费多大劲儿也没用。"我拿出一千元钱，她死活都不要，我没办法，就把钱扔到了她的床底下。没想到赵律师就趴在地上往外扒拉那一千元钱。我急了，就说："你再往外扒拉，我就给你跪下了。"她却说："你就是跪下，我也不能收你这个钱。"我没有办法，就从她家跑出来了。我跑得没她快呀，她拿着那一千元钱挡在我前面，说："大妈，这钱你一定得拿回去，你要不拿回去，我就当街给你跪下。"

这就是赵律师，她把法律看得比什么都重，把金钱和利益看得比什么都轻。

有人说赵春芳是一个有大局意识的律师，那是因为她的心里时刻装着对国家、对社会的一份责任。

十几年前的一个冬天，赵春芳被县妇联的一个电话叫了过去。

一个 11 岁的男孩儿，穿着薄薄的一层衣服，已经快断气了。妇联的同志说，这孩子叫张锁光，他父亲张代元想冻死他，把他弄到冰冷的地上，盖上一块破麻袋，然后往上浇凉水。是邻居偷着把孩子抱来的。

天下竟然有这么狠毒的父亲！赵春芳作为县妇联的代理人，参与了张代元虐待家人案的侦查工作。

张代元性格暴躁，对妻子及两个女儿、两个儿子经常随意打骂。女儿小时候因为肚子痛拉在了炕上，他就逼着女儿把屎吃掉；孩子偷吃了一块饼干，他就把孩子拴在猪圈里。妻子忍受不了虐待，带着两个女儿回了山东老家，张代元就更狠毒地去折磨两个儿子：大儿子不小心打碎一块玻璃，他就用钳子夹住大儿子的手指，10个手指8个变了形；小锁光吃不饱，偷吃了一点儿炼油剩下的肉渣，他就用自行车辐条穿起孩子的双手，把孩子吊在树上。孩子昏了过去，张代元又把孩子弄到冰冷的地上，想把他冻死。

张代元为此坐了五年大牢。

五年后，张代元出狱了。他跑到山东，以孩子要上学为由，把跟着母亲过了五年安稳生活的两个儿子又接回靖宇，小锁光又开始了整天挨打受骂的日子。突然有一天，父亲对他的态度完全变了，给他做好吃的，还说要给他买好衣服，带他到城里玩儿……习惯了被打骂的小锁光留了个心眼儿，他假装睡觉，偷偷地从门缝里观察父亲。他看见父亲从碗柜里取出一个纸包，慌张地往饭里倒了点儿东西，然后又把纸包折好放回原处。父亲把饭端过来，叫他吃，自己却不吃，找个借口出去了。小锁光把饭倒在狗盆里，狗被毒死了。小锁光终于明白：父亲是要毒死我呀！他想，如果我不弄死你，早晚得被你弄死，于是他就把那包药拿出来，倒在父亲最爱吃的韭花酱里，毒死了父亲。

在看守所里，张锁光跟警察说，我要见赵春芳，她是我的律师。赵春芳来到看守所，小锁光一头扑进她的怀里，大声地哭了起来，一边哭一边喊着："你救救我，救救我呀！"

五年前赵春芳为这个受苦的孩子讨回了公道，五年后却成了这个孩子故意杀人案的辩护人。这件事，对赵春芳震动特别大。从那以后，她经常抽时间到学校义务为孩子们讲法律知识，她觉得孩子比成年人更需要帮助，她要告诉孩子们如何保护自己，如何正确行使自己的权利。未来是孩子们的，只有在他们的思想里从小注入法治的观念，他们未来的路才会更安全，我们国家的法治环境也才会更好，社会才会更和谐。

赵春芳是靖宇县政府首席法律顾问。这个头衔，在行业内代表着地位和实力被认可的程度。有了这种认可，就有可能获得更多的案源和更多的经济回报。但赵春芳这个政府法律顾问做得跟一般人不太一样，她做律师从来是把责任放在第一位，做了政府法律顾问，她的责任就更重了，因为政府的事情从某种程度上讲就是全县父老乡亲的事情，她就得更加尽心尽力，所以遇上一些可以挣钱的机会，她也只好推掉，然后全身心地去为政府服务。如果说一个律师本来就很有实力，那么做政府法律顾问就更加巩固了他的实力。赵春芳在靖宇无论比资历、比经验、比学识还是比口碑，她都算是最有实力的律师，但她做政府法律顾问，只意味着比以前有更多的辛劳和更多的奉献。

1984 年，靖宇县政府与某林业局签订了一份联营合同，由双方共同出资组建联营参场，并由该林业局担保，从某农行贷款近 400 万元用于生产经营。1990 年，联营参场召开董事会，决定两家各自独立经营，并分别承接了 1/2 贷款的债务。独立后的靖宇参场于 1992 年 12 月申请破产，法院公告债权人向法院申报债权，农行便于 1994 年依据担保合同从林业局划走了担保贷款。1998 年 4 月，林业局起诉靖宇县政府，要求偿还贷款。法院一审判决靖宇县政府败诉，并承担 300 多万元的本息。对于一个国家级贫困县来说，300 多万元可不是一个小数目。县政府马上召开常务会议研究对策。

"一审时为什么没找赵春芳？"

"县里麻烦赵春芳太多了。"

"必须上诉，必须请赵春芳出马！"

是啊，这力挽狂澜的重任，赵春芳不担谁来担?

赵春芳开始了艰难的调查。

此案历经十年，当年的知情者已各奔东西，有时为了一个证据，赵春芳就要跑几十里、几百里甚至上千里路，她总共跑了二十几个地方，总行程近万里。当年的老会计已经退休了，住的地方未开通汽车，自行车也骑不过去，要找到他，只能步行几十里山路。赵春芳几次累得差点休克，同行的人都劝她别去了，她却说，这份证据很重要，好不容易找到的一个线索，不能因为我就放弃。就是在办理这个案子的时候，同事们发现赵春芳的身

206

体越来越虚弱，经医院检查，最终被确诊为甲状腺癌。县里要求她立即停止工作，医生也要求她手术后必须静养，但手术后的第七天，她却准时出现在了二审的法庭上。

然而，老天爷真是太无情了，面对这样一个刀口还在隐隐作痛的病人，他竟忍心让法庭给她一个败诉的结果。

申诉！了解赵春芳的人都知道，在困难面前，她绝对不会选择退缩，为了不让全县的父老乡亲去承担那300多万元的重负，她舍得豁出自己的性命！

在北京肿瘤医院，赵春芳准备接受第二次手术。很偶然地，听说一个病人因麻醉而意外死亡，她敏感地联想到：如果我也出了意外，我手上这件案子怎么办？她立即拨通了同事的电话。

"第一个关键问题……第二个关键问题……"同事听出来她的声音越来越无力，就对她说："赵主任，剩下的问题，我看材料吧。"赵春芳用坚定的口气说："不行，这些关键问题，还有我的处理意见，我都经过了认真思考，我必须全部说完。"同事知道自己的主任是个多么敬业的人，只好流着眼泪一点一点地听，一点一点地记，直到赵春芳对整个案子做了完整的交代。

第二次手术后，县领导考虑到赵春芳的身体，不打算让她出庭。但他们也深知赵春芳的性格：案子到了最关键的时刻，那二十多本证据材料，只有她记得最深，也只有她对案件的整体把握最透彻和最有信心，一个把责任看得比自己的生命还重要的人，只要她还有一口气，谁劝阻得了呢？没有别的办法，县领导只好安排一名医生和一名护士跟她一起去了省城。

全县那么多双眼睛都在期盼着胜利的消息啊！这种期盼，足以使赵春芳忘记一切病痛。是上苍也被赵春芳的敬业精神打动了吗？那一天，赵春芳发挥得淋漓尽致。宽敞明亮的审判庭里，赵春芳自如地调动着有力的证据，就像鸟儿进了森林，就像鱼儿入了大海；对方多次哑口无言，又多次欲言又止；法官的表情里，也含着默默的赞许。庭审结束了，赵春芳长长地舒了一口气。她一边往外走，一边对身边的人说："我们赢了，我们肯定赢了……"话没说完就晕了过去。这时，她的助手才哭着跟大家说："你们不知道，赵主任不光有癌症，她的心脏也不好，但她不让跟随行医生讲，开庭前，她突然告诉我：'我觉得不大对劲儿，可能是太累了，你快去买点药……'我现到街上给她买的速效救心丸……"一位旁听者也说："开着庭，我看见她后背上都让汗水浸湿了。好几个小时啊，我一个健康人都坐累了，真不知道是什么力量能让她这么撑下来呀！"

案子真的赢了，再审法院最终判决靖宇县政府不承担任何责任，消息传来的时候，赵春芳已经像没病的人一样开始为别的案子拼命了。

有位县领导曾经感慨地称赞赵春芳："你可真是咱们靖宇经济发展的保护神哪。"是啊，作为县政府的法律顾问，赵春芳为靖宇的经济建设真是操了不少心。靖宇是个好山好水的地方，山珍野味到处有，矿泉之水满地流。靖宇人喝的是矿泉水，洗的是矿泉浴，打个喷嚏兴许都能带出十几种矿物质。政府要打造靖宇矿泉城，这真是天经地义的事情。浙江"农夫山泉"和杭州"娃哈哈"被吸引过来了，六亿元的矿泉水生产线，赵春芳又是参加论证和谈判，又是审查和起草合同，为县政府引进重大项目提供了优质高效的服务。赵春芳不仅把"当好政府参谋助手，为重大决策提供法律依据"当作分内的事，更可贵的，是一些原本应由政府部门负责的平息纠纷的事情，她也主动揽到了自己的身上。靖宇县日化厂在企业改制时，由于在安置问题上存在分歧，连续两年职工上访不断。赵春芳接受县人大委托，深入企业了解情况，拿出了使各方都满意的解决方案。据有关方面统计，仅2003年和2004年两年，赵春芳就直接参与处理了三百多起信访案件。县人大常委会主任说："有这么好的律师，靖宇怎么能不稳定呢？"县法院的法官们也说："赵春芳素质高，服务好，业务能力强，又能依法办事，以理服人，她的行为体现了法律公平正义的精髓。"

赵春芳做政府法律顾问是没有任何报酬的，做其他一些政府部门的法律顾问也是义务的。即使这样，她还在想着千万别给政府增加别的负担。2002年，她接受县妇联的委托办理一起执行案件，到外地办案返回时遇到车祸，她头被撞伤，满脸是血。医院的大夫要求她住院观察，她坚决不住。随行的同志说："妇联虽然穷，但这点钱还是出得起的。"赵春芳仍然坚持不住院，随行的人拗不过她，就说："那咱们就打车走吧。"但她知道打车太贵，就说坐小车不习惯，坚持坐长途客车回靖宇。原靖宇县福利厂是个残疾人企业，赵春芳为一起赔偿案六去哈尔滨，按说打出租车是最方便的，但她每次都是先坐长途汽车到长春，再换火车到哈尔滨。厂长说："她这是给俺们残疾人省钱哪。"

赵春芳是十多家企事业单位的常年法律顾问，在当地可以说是大名鼎鼎。她的名气很应该与财富挂起钩来，她的付出跟回报产生正比例效应也是理所当然的，但一位建筑公司经理的回忆，更能反映出赵春芳的性格和品质。这位经理说："在我们公司还是县建筑公司的时候，听说赵律师水平高，我们就开始跟她打交道了，因为我们有自己的律师，所以赵律师是光干活不拿钱，现在想想，哪有这道理呀。后来听说她生病了，总想请她吃饭或者为她做点儿什么，都被她委婉地谢绝了。听说她要去北京做甲状腺手术，就想给她买往返机票，可她就是不告诉你去北京的时间。当她终于告诉你的时候，她已经坐在火车上了。那就等她回来的时候迎接一下吧，去车站、去机场都行，去北京也可以。但她为了不麻烦别人，连手机都关了，等你拨通她的电话了，她又坐在办公室里了。……赵律师天天为别人做事，但别人要为她做点事儿咋就那么难呢？"赵春芳说："像咱们靖宇这种地方，每一分钱来得都不容易，咱们破费不起，还是把钱用在以后的发展上吧。"有位领导跟赵春芳讲："2003 年以前，你每月只拿 628 元钱的工资，现在律师所改制了，有些钱，你该收还是要收的。"赵春芳却说："咱是贫困县，政府和百姓都很困难，机关干部都常常几个月开不出工资，更何况那些有病的、有意外的，还有那些年老的、残疾的，那钱真是没法收啊，收了多烫手啊！"很多人觉得赵春芳做的每一件事情，只有英雄模范才能做到，但赵春芳从不觉得自己有多么伟大。所有的事情，她觉得应该那么做，就那么做了，从来没想过名和利。名利来了，她反倒觉得很不自然。赵春芳推掉过很多荣誉，却主动争取来许多义务的头衔，比如妇联法律顾问，比如残联法律顾问……曾经有人想挖掘一下赵春芳为什么能够二十多年如一日地只求奉献不求所取的思想根源，她的回答很简单："想挣钱的律师，谁还留在靖宇呀？"但真的有人高薪聘请她到外地执业时，她又说："我不能离开靖宇，因为哪都不如靖宇更需要我。"赵春芳就在这种放弃和选择之间，一次次诠释着律师应该承担的社会责任，同时也在完成着人生的一次次升华。

有人说赵春芳是一个时刻温暖着别人心田的律师，那是因为她的心里永远燃烧着一团爱的火焰。

2004 年 7 月，一起交通事故引来众多围观者。有人知道受伤的人有个律师弟弟，但不知道这位律师是谁。当时是星期天，又是傍晚，查找和联系伤者亲属都不方便，人们便想到了赵律师。

赵春芳得到消息后，给所里的许伟东律师打了个电话，两人分别赶到了医院。因为没有家属，又没交住院押金，医院未采取任何抢救措施。赵春芳请求医生立即抢救，"一切费用由我负责"，并让许律师赶快到住院处交押金。一切处理完毕后，赵春芳和许伟东也没有离开，仍然陪护在伤者身边，这时，郭新敏律师来了，原来，伤者正是本所律师郭新敏的哥哥。

郭新敏是泉成律师所的律师，赵春芳是泉成律师所的主任。两个人在医院相遇，看起来非常偶然，但她每次出现在别人最困难的时刻，却一定是必然的。

郭新敏 2003 年刚到泉城所实习时，由于原单位在买断工龄时没有给他应有的待遇，生活上一度很困难。而他家在农村，县城里举目无亲，这事便一直憋在心里。赵春芳知道情况后，就找到了郭新敏原单位的局长，经过一番长谈，这位局长同意让郭新敏承包 80 亩山地 50 年以作工龄补偿。郭新敏充分利用这一难得的机会，一转年就从 80 亩山地上收入了近三万元。

许伟东律师从赵春芳那里得到的帮助就更多了。严格说起来，那已经不是帮助，而是亲人一样的关怀。

许伟东也是从小生活在农村。刚参加工作时，由于父母已离婚多年，母亲又患有精神病，家里过得特别苦，根本享受不到家庭的那种温暖。要结婚了，父母亲却不能到女方家中商谈婚事。赵春芳就和司法局局长代表许伟东的父母去见女方家长。婚期定下来了，是 1992 年 11 月 29 日，赵春芳又领着其他同事开始操办婚事。忙碌了五六天，给许伟东办了一个很像样的婚礼。可是，许伟东没有自己的房子，结婚之后住哪里呢？赵春芳又为他想好了。她有两间已经租出去的房子，她把钱还给了人家，把钥匙交给了许伟东。小俩口儿一住就是两年，一分钱也不用交。

婚后的第一个夏天，妻子第一次给许伟东过生日的时候，许伟东哭着给妻子讲了这样一段往事：我刚到律师所的时候，有一天，赵律师让我去她家谈工作。一进家门，发现她们全家点着蜡烛、围着一个大蛋糕在对着我笑。

我问："干啥呢？"

赵律师说："今天是六月二十日。"

我说："六月二十日怎么了？"

她说："今天是你的生日啊。"

我惊呆了，站在那里好长时间没有动弹。像我这样形同没有父母的人，从来不知道生日咋过，哪还记着自己的生日啊。

渐渐地，许伟东的妻子也把赵春芳当成了自己的亲人。别人家的媳妇跟丈夫闹了别扭，经常是到婆婆那里告状，可许伟东的妻子如果受了一点儿小委屈却会说："你再这样，我去找赵律师。"

许伟东对赵春芳有说不尽的感激，他常对人说："赵主任工作中是我的老师，生活中更像是我的母亲。"赵春芳就是这样用火一样的心去关怀着周围的每一个人。她爱国家、爱社会、爱着自己所从事的职业，同时她也爱群众、爱朋友、爱着自己的骨肉亲人。

赵春芳是个孝顺的女儿，婚后一直与父母生活在一起，尽着女儿的一份孝道。她因办案出过车祸，受过伤，后来又得了癌症，家里人劝她别再那样拼命了，她总是表面上答应，可一工作起来就什么都不顾了。丈夫心疼地说："你真是对工作着了魔了。"

在赵春芳的心里，她一生中最对不起的人就是自己的丈夫。她因癌症做过四次手术，每次丈夫都守护在身边。赵春芳知道，丈夫是家里最苦最难的人，他不仅受着累，还整天揪着心，身体和精神都承受着很大压力！有一天，女儿把大学录取通知书突然放在了她的面前，她扶在丈夫的肩上，眼泪忍不住就流了下来。她知道，女儿是丈夫一手带大的，为了让女儿考上大学，丈夫付出了多少心血，度过了多少不眠之夜啊！尤其更让她感到不安的，是自己当了二十多年律师，不仅没有为家里挣到钱，为了治病，还要十几万、几十万地往外花钱。在这种情况下，丈夫除了辞掉公职硬着头皮去搞经营，又有什么办法呢？眼看着丈夫变老了，变瘦了，赵春芳的心里真是又苦又疼。她对丈夫说："你照顾我父母那么多年，又把女儿培养成大学生，我现在却病成了这样，大把大把地花你挣的那点儿钱，真是对不住你啊。"很少能看见妈妈有空闲时间，也因此很少能跟妈妈亲近的女儿这时猛地说出一句话："妈妈，你做的都是对的，我和爸爸都支持你。"听到女儿这样称赞和理解自己，赵春芳有些抑制不住自己的激动，她一把将女儿搂在怀里，亲了又亲。她问女儿："你真的就不怪妈妈？"女儿说："真的不怪，我知道你做好人有多幸福，我以后也要像你一样，做个好人。"

赵春芳的父母都80多岁了，由于照顾得好，身体都没太大的毛病。去年，老俩口儿在一起念叨住平房时的那些老邻居，让赵春芳听见了，为了让老人高兴，她跟丈夫一合计，便在老爷子生日那天，把老宅子那地方70岁以上的老人都请到了饭店，摆了好几桌。老人们连吃带聊，玩得都很开心。前几天，赵春芳忙了一天，回家时天已经很晚了。老父亲还没睡，坐在客厅里等着女儿。女儿推门进来，老父亲颤颤巍巍地说："闺女，坐我这儿……老刘头儿昨天走了……他一辈子没进过饭店，临走时说，知足了。他说，是共产党把你培养得好啊……"

赵春芳不经意间做的这些事情，经常获得意想不到的效果，她也从中得到极大的安慰和满足，这比获得金钱和利益更使她感到幸福和快乐。她常在想，既然老百姓愿意把她做的事情跟党和政府联系在一起，她应该通过自己的工作，让群众去体会到他们应该得到的温暖、感知到社会的光明。

赵春芳有太多的事情要做，所以她下决心要战胜病魔，为了亲人，为了事业，也为了自己。

开朗活泼的赵春芳，工作起来总是精力充沛，生病后这种性格也没改变，所以陌生人很难看出她是一个病人。这中间，一半是因为她有一种乐观向上的态度，对疾病、对死亡并不惧怕；而另一半，也包含着她为了不让亲人和朋友担心而强作支撑的成分。其实她的痛苦，常人是难以想象的。她手术后做核医学碘治疗，在隔离室里一待就是三天，可以说是与世隔绝，医生、家人她都看不到，吃的喝的都是穿隔离服的人送进去。做这种治疗，一点饭也吃不下去，吃了就吐，她就在碗里把饭分成几份儿，一份儿是为父亲吃的，一份儿是为母亲吃的，一份儿是为女儿吃的，一份儿是为丈夫吃的……总之，她很想健康地活下去，因为活着才能为靖宇、为百姓多做事情。她一份儿一份儿把饭吃下去，又吐出来，吐出来，再强迫着自己重新吃……

就这样，她得癌症已经八年了，她跟疾病搏斗了八年，也跟工作拼搏了八年。

由于甲状腺切除，她的甲状腺功能已完全丧失，几年来都是靠药物代替。但她仍然经常加班，经常出差，所以她的药总是家里放一瓶，办公室放一瓶，旅行包里再放一瓶。父母很为她的身体担心，每天都坐在屋子里等她回来。但赵春芳连这一点点慰藉也给不了老人。她必须到外地出差，就对父母说这几天身体很好，要跟朋友一起到省城散散心；为准备一起复杂的刑事辩护，她要三天三夜吃住在单位，就让丈夫告诉父母，这几天住在大饭店里开会。她到长春做胆囊摘除手术，为了不让单位同事担心，就说是例行复查，结果手术的第七天便返回了靖宇，第八天就开始上班了，跟没事人一样。但一忙起来，忘记吃消炎药了，刀口发炎，血水把裤腰粘在了刀口上，到洗手间打开一看，四个刀口，有两个刀口的线头都从里面烂了出来……

80多岁的老妈妈很支持女儿的工作，但更心疼女儿的身体。妈妈说："你现在是病人了，就少干点儿吧。"赵春芳说："那么多人需要我，我哪能少干啊？"妈妈说："有些事情，你做不过来，还有别的人去做，可你的女儿只有一个妈妈，你要累死了，她就没有妈妈了。"赵春芳摸着妈妈的脸说："妈，我不是还活着吗……"谁都知道赵春芳这句话的意思，她是在说，只要她还活着，她就不可能停止工作停止奉献。其实，赵春芳的心里时刻想着国家利益，时刻想着一个律师应当肩负的社会和历史责任，她的亲人们都是十分理解和赞同的，只是她的家人没法不为她的生死担心。她的妈妈说："你咋就不为自己的孩子想想呢？你每次回来，我跟你爸都在客厅里等你，可你要早早累死了，以后你女儿回家，谁在客厅里等她呀？"这是赵春芳最难回答的问题。她不是不珍惜自己的生命，也不是不爱自己的亲人，可她已经习惯于把自己融入到大的社会之中，工作和奉献是她最大的快乐，如果停下来，除非停止了呼吸。至于对亲人，她总觉得自己还有的是时间，所以她总是说："我不是还活着吗？"

是啊,赵春芳活着,并且,人们都希望她健康地活下去,因为她活在哪里,哪里就多了一分温暖,就多了一种和谐,就多了一些爱的故事。

同样,只有涌现出更多的赵春芳律师,才能有更多的律师精神感染我们、感动社会。一个最让百姓惦念的律师,一个与百姓的心贴得最近的律师,一个最知道法律公正究竟有多重分量的律师,一个最有责任心的律师,一个时刻温暖别人心田的律师,必然是我们这个时代、我们这个社会、我们这个国家最需要的律师和最需要的律师精神。

（2005 年 8 月）

一个神话的背后

他 21 岁考取律师资格时,最高学历是初中。

他挑着一根扁担走进芜湖,艰难又小心、欣喜又彷徨地开始了他的律师生涯。

仅仅几年时间,他成了芜湖最有名的律师。他的办案量,他的业务收入,连一些省会城市的大牌律师也望尘莫及。

1998 年,我在安徽省会合肥知道了张铁锋这个名字。那是他主动放弃"皇粮"创办合伙制律师事务所的第三年,那时他个人的年收入已经超过了百万。这在地级市的律师行业里真是个了不得的事情。这样一个神话般崛起的故事,使我强烈地产生了要一探究竟的愿望。没想到,当司法厅的同志向他转达了我的采访要求后,这位有个硬邦邦名字的年轻人对于走上全国性报刊却不及办案那样有勇气,他说他太年轻,做人物专访还不够资格,这种话,他从那时说到这时,依然始终不变。这多少有些让人失望,因为在很多人看来,张铁锋是个谜,所以可以说,他拒绝了我,等于堵住了一条探寻秘密的通道。

那个时候,至少在芜湖,甚至在安徽,或者在省外,很多知道了张铁锋成就的人,都对他成就的来历充满好奇和猜测,有褒有贬,议论很多。不知为什么,渐渐地,我倒不急于打开这个谜底了。因为我想,有些谜底是需要慢慢打开的,而有些谜底也许永远也不必打开。

真正认识张铁锋,是在以后几年一些重量级的全国或国际性的大型学术研讨会上。可能是他拒绝过的记者太多了,见到我时,或在以后的交往中,竟然不知道我也被他拒绝过。这样挺好,这样才有利于我们放松地接触、轻松地交流。我就是在这种朋友式的交往中，忽远忽近地对他观察了好几年。张铁锋可不只是自己热衷于参加律师界各种高规格的活动，而是肯掏钱派出两三个人一齐参加，这是律师所很少能够做到的；他们所到之处，总还要安排一项重要的日程，那就是参观当地最有名的律师所，北京的君合、金杜都曾热情地接待过这帮好奇心极强的"外地律师"，从业务到管理，从人员素质结构到办公环境设置，他们无所不问。那时我就想，张铁锋是个有野心的人，他绝不会停留在一个层次上停滞不前，然而未来能冲到哪里，也许只有他自己知道，也许他自己也不知道。就像当初谁也无法预测一个连高中都没上过的失意少年，能在律师界占上一席之地一样，有谁能预测张铁锋在继续的律师之路上会走出怎样的辉煌呢？

16 岁便接替父亲做了粮站工人的张铁锋，在 1986 年的一天，突然想参加全国律师函授中心的学习。每月 23 元工资都如数交给父母的乖儿子开口向父亲要 100 元钱，那是律函两年的学费。父亲说："你连高中都考不上，还学什么法律，你还想当法院院长啊？"他不相信儿子能突然变得那么争气，但当老伴偷偷塞给儿子 100 元钱时，他也没有阻止。谁能想到，就是这 100 元钱，却改变了张铁锋的人生轨迹。

1988 年，律师资格考试首次面向全社会，这一消息，就像几只猫爪伸进了张铁锋的心里，抓得他直痒，但他也只能干着急，因为他的学历依然是初中，他不够报考的资格。令人惊喜的是，关键时刻，张铁锋作为全国律师函授中心的优秀学员，收到了司法部公证律师司寄来的同意他参加考试的推荐信。那是他的"准考证明"，更是他的救命稻草。这时离考试只剩一个月时间了，复习的压力可想而知。然而结果出人意料，甚至有些让人惊叹，张铁锋最终以刑法、刑事诉讼法全省第一，总成绩皖南第一的成绩一次过关拿到了律师资格。

人们开始对张铁锋发出感叹，一边赞许他在法律上的刻苦和扎实的同时，也开始有了另一种猜测：张铁锋是不是跟法律有一种特殊的缘分和天然的默契？或者说，他是不是对法律有一种特殊的理解力？

有了律师资格，单位把他调到了法律顾问室，他可以学有所用了。但他还是觉得这个天地太小了。他偶然从报纸上知道了芜湖市有个第三律师事务所。他肯定知道，那个地方的律师一定都不是一般的律师，但他或许也会认为，一般律师所也不是他应该去的地方。于是他大着胆子写了一封求职函。

一百元钱成就了一个梦想，一张"准考证明"改变了一个人的命运，一封字体笨拙但充满渴望的求职函指引他走上了一条崭新的道路。那么，又是什么开创了张铁锋事业的辉煌呢？是一个大胆的决定，是人们所说的"胜诉收费"的"风险代理"。

所谓"风险代理"，官方也称"协商收费"，意思是指律师与当事人对代理结果作一事先约定，若代理结果未达到双方约定的标准，当事人可以不付代理费，甚至连律师办案所产生的诉讼费、差旅费等一切费用也不用付。

"风险代理"已被广泛认识和认可的今天，人们容易把张铁锋这种"最早吃螃蟹的人"说成是开拓者，然而对张铁锋来说，当初的选择却是出于无奈，是没有选择的选择，是逼上梁山。

张铁锋是芜湖最早主动放弃铁饭碗创办合伙制律师所的人。他只身闯进芜湖，没有亲戚朋友可以依靠，也没有其他任何社会关系，也就几乎没有什么案源。迫于无奈，他只好试着说服一些客户，将他们认为的"死债"交过来，办不成不要钱。他那时候并不知道这叫"风险代理"，但他却知道自己确实承担着很大的风险，因为那都是一些没人愿意办的案件。本来，律师先收费后代理，在国际国内都是传统的收费方式，早已被社会普遍接受，但作为刚出道不久的张铁锋来说，惯例虽然好，但他知名度不够，找他的人太少，除非甘愿平庸，否则他必须找到一条属于自己的路。不知道是相信自己的能力，还是相信自己的勇敢、顽强和执着，别人啃不动的骨头，他偏要去啃一啃，没想到真的让他啃出来了别一番滋味。

把风险压在自己身上，老百姓还能不相信你吗？一个大胆的决定、一个勇敢的行动，一开始便得到了当事人的信赖，随着"死案"变"活案"数量的不断增多，张铁锋的名字开始引起社会的关注，委托他的人越来越多，他的业务收入也因此不断升高，他们几个人1995年10月创办的律师所，1997年便做到了律师所收入全市第一。

同样是律师代理，同样是法律服务，改变了一种方式就改变了一种处境。开始或许有人对此不以为然，把张铁锋的突然上升看成是一种偶然现象，客观上轻视了张铁锋的真正实力，认为他那种改变方式的做法只是"讨巧"，不会坚持太久。然而，十多年过去了，张铁锋的势头不但没有减弱，反而越来越猛，他所领导的纬纶所也连续十年业务收入全市第一。一个律师所占了全市律师业务份额的 30% 以上，这在中国中等以上城市是不多见的。人们不得不佩服了，因为时间一久，人们把张铁峰看得越来越清楚了。他没有任何特殊背景和靠山，他的父亲是个为了儿子的前程在儿子 16 岁时便退休了的小粮站的负责人，母亲是一辈子没有拿过工资的安分、贤良的家庭妇女，妻子是和他一起打拼过来的律师，而妻子的父母都是普通的医务工作者。他的业绩里，没有不择手段，没有见利忘义，更没有乘人之危。干干净净奋斗的本身，就足以令人敬佩，更何况他通过奋斗取得了扎扎实实的成功。

当然，张铁锋是不是一个真正的好律师，最有权力说话的，还是那些接受过他的服务的人。因为他们要的东西很单纯也很实际：好的结果，应得的利益，谁能把这些东西交给他们，谁就是他们最好的律师，这种满足不存在任何虚假的成分。而他们早已经说话了——张铁锋不仅被芜湖市财政局、国资委等国家机关聘为法律顾问，当地最知名的 50 多家知名企事业单位也委托他担任法律顾问；张铁锋每天都有源源不断的案件和非诉讼法律事务需要他去办理，这是客户对他最好的肯定。并且，这么多年来，凡是委托张铁锋担任法律顾问的，都能连续委托到底。德国独资可耐福公司四年内换了三任来自不同国家的总经理，但三任总经理在法律顾问人选上都毫不动摇，这也足以证明张铁锋提供的法律服务是优质高效的。芜湖最大的外资企业澳大利亚富卓公司选择张铁锋的方式更能说明问题，他们早就知道张铁锋和纬纶所，一些熟人也在不停地向他们推荐，但他们还是坚持要向市民作随机调查，最终，他们还是选择了张铁锋选择了纬纶。

凡是优秀的律师，他们所能感动的都不仅仅是自己的当事人。有一个客户，在一次案件的对抗中，发现作为对方律师的张铁锋在专业水平和敬业精神上都更符合本企业对法律顾问的要求，于是决定聘用他。尽管张铁锋以案件未了有利益冲突为由予以婉拒，但这个客户并不死心，仍苦苦等待，一年多以后，案件彻底结束，他们终于如愿与张铁锋签订了聘任合同。

现在的张铁锋，与当初那个连高中都考不上的顽皮孩子不能同日而语了。他后来读了大专，读了本科，又拿到了中国社会科学院经济法专业的研究生文凭。他总说自己不是科班出身，但他在法律上的悟性是一般人比不了的。许多圈内人士都说，别看张铁锋没有科班底子，但他办案经常能捕捉到别人意想不到的突破口。1998年芜湖市第1例1000多万元债权的成功追索，很好地证明了他的法律智慧、丰富经验和办案艺术。那是一笔从法律上讲已经过了诉讼时效的死债，张铁锋却机智地让它变成了活债，之后经历的起诉、调解、强制执行、执行和解，每个阶段都演出过绝处逢生的好戏，最终在法院未实际采取任何具体财产保全措施的情况下，一分不少地以现金方式执行到位，这在司法实践中是极为少见的。

吃法律这碗饭是很不容易的，不同的客户有不同的情况，同样的案件又不适合同样的处理方式，所以，张铁锋始终坚持一种服务理念，那就是，律师必须注重对中国法律和法制环境的全面掌握和深刻理解，不遗余力地为不同客户提供不同的个性化解决方案。在这种理念的指导下，纬纶的每项特色服务和内部管理措施，都体现着对客户最大限度的人文关怀和利益保护。"客户至上"在纬纶绝不是一种口号，而是能够让客户真切感受得到的实实在在的行动。芜湖市财政局的领导说，请纬纶做我们的法律顾问，我们就等于有了"法律保镖"，一旦遇到法律问题，张铁锋总是亲自"披挂上阵"，他们不仅为我市一些建设项目提供了高效的服务，还为市财政局追回了几千万元的欠款；德国可耐福公司张经理说，我们请张铁锋他们担任法律顾问后，不仅出色地解决了经销商拖欠货款的老问题，公司也再没有缠上新的官司；芜湖南京新百大厦董事长傅敦汛介绍，纬纶所不单单为大厦挽回过经济损失、维护过企业形象，还用法律知识为企业的经营运作提供了支持。他说了一句很直接也很代表纬纶的所有客户要说的话，他说，张铁峰他们是"真正进入角色为企业利益着想的律师"。

我本想罗列一大堆成功案例来解读张铁锋的办案能力，但后来我觉得没有必要。一个运动员高举起奖杯的时候，还有必要介绍他的运动能力或运动质量吗？我只想说，律师不是赛场上的运动员，而更像沙漠上的骆驼。沙漠上没有跑道，但你心里要有一双能找到路线看到终点的眼睛，否则就有可能原地打转。而张铁锋恰恰是能领我们走出迷茫、走向柳暗花明的那种律师。

这样的律师活得都很辛苦。他太追求完美，案子总想办得好而又好，这样就太消耗自己的心血，也太摧残自己的身体。他并非只接大要案，当事人认为大的事情，他从来都很重视。他很敬业，敬业就要吃苦，他曾经为了当事人的几万元钱睡过火车上的厕所、行李架，甚至曾为当事人的几千元钱累得晕倒在去外地的行程上。直到现在，家人一听说他要出差，就把心吊到嗓子眼上。他干起事来不要命，在市内都能累得不省人事，出到外地，无人管束，能叫人放心吗？有一年夏天，那天近40度的高温，张铁锋由于晚上睡得太迟，早上来不及吃饭就办案去了。中午回来的时候，又渴又饿，浑身无力，车上没有备水，想往家打电话，手机也没电了。他坚持着把车开回家，吃力地爬到四楼，敲开门，看见妻子，说了声"到家了"，然后就倒在地上，什么事都不知道了……

张铁锋讲求诚信，所以做起事来特别敬业和执着。他的那种忘我，有时让人心惊肉跳，有时让人心如刀绞。他很少有机会闲聊，偶尔为之，结果聊着聊着就走神了，他的脑子会不由自主地走到案子里去。他经常坐下来时若有所思，因为有太多法律问题需要他去思考。我去安徽开会坐过他开的车，那简直是险象环生，要转弯要并线，经常忘了看路况，使我总感觉处在一种极度紧张之中。说起来他不是不尊重客人，而是时不时思想往案件上开小差，或者是身体和精神经常处在一种疲惫状态。有一回他去学校接女儿，女儿刚打开车门，他就把车开动起来了，害得女儿扒着车门跑了十来米。还有一次他往学校送女儿，女儿跟他说话，他却忙着用手机说案子，女儿刚爬到车里，他"咪"的一声已经把门关上了，等突然想起女儿的手有可能还没收进去，哭声已经从车内传出来。女儿四个手指都被挤成了青紫色。那可是他最亲爱的人啊，这个办案从来不服输的律师，每当提起女儿的这两次遭遇，都会心疼得两眼含泪。正是有了这两次遭遇，家里人再也不让他自己开车办案了。

度过艰难的创业阶段，张铁锋的辛苦有增无减。有一天，一个叫李华的年轻律师要代理顾问单位去上海谈一个项目。因为是大项目，顾问单位希望张主任也能一起去。李华想告诉主任，但看见主任又忙又累，几次想说都张不开口。张铁锋知道后，主动说："我陪你走一趟。"项目谈成了，张铁锋对小李的发挥也很满意。回来的路上，张铁锋反反复复地说："我高兴，我太高兴啦。"小李看出主任很疲惫，一直把他送到家里。看见餐厅里摆着生日蛋糕，小李才知道，今天是主任的生日啊。小李感动得眼睛都湿润了。蜡烛点过，生日歌唱过，当把蛋糕切开，张铁锋已坐在桌边睡着了。小李觉得很愧疚，张铁锋妻子却说："这个蛋糕他已经不需要了，他已经有了更好的生日礼物。"小李知道，那更好的生日礼物，就是张铁锋期盼已久的律师所的发展和年轻人的成长。

我早就说过，张铁锋是个有野心的人。他很能挣钱，但直到1999年他与妻子还都是骑摩托车办案，2000年刚开上老款桑塔纳。他能挣钱，却把钱又投到了事业的发展上。谁都看得出，他是憋着一股劲要把纬纶办成一流的律师所。他真的就办到了。2004年，纬纶所搬进了芜湖市步行街这一最繁华地区的地标性建筑——金鼎广场，1200多平米的办公面积，现代化的办公设备，使纬纶成为了安徽省内工作条件最好的律师所之一。

其实，如果张铁锋想继续扩充纬纶，他们还有足够的空间，因为这个大厦还有1600多平米的产权早已在张铁锋手上，但张铁锋虽然胸有大志，做每件事情却从来都是立足实际，从不浮夸。一个好的律师所，不是人数和面积的累加，这一点他是很清楚的。所以在多少年之前，在律师所建设上，他把更大的心思还是放在了人员知识结构的优化上。现在的纬纶，从年龄梯次到专业分工，都处在一个很好的状态，25名律师，人员不多不少，纬纶以后再进人，将会更加严格和挑剔。也有人劝他到外地办分所，而他总说，一棵树，并不是在哪都能长得好。张铁锋有时让我搞不清楚，他究竟是个胆大的人还是个谨慎的人？不过，他的确每一步走得都很扎实。

我常在想，是什么扶持和辅佐了张铁锋的成长呢？

他勇敢，别人不敢试的他敢去试一试，这是寻找机会的一种有效方式；他理智，所以他大胆去做的事情都不是盲目冒险，而别人踊跃去做的事情他往往不觉得有什么意义；他很顽强，骨子里总有一股不服输的力量，这样的人就没有克服不了的困难；他喜欢往很远处看，因此他能成大事，尽管他有时也在做些小事情，但那些小事情一定是将来大事情的一部分；他的爱好极少，不跳舞，不唱歌，不喝酒，不打牌，但他的艺术欣赏能力却很高，一起看过几次书画展，尽管他不发表评论，但只要能让他的眼睛为之一亮的，肯定是那里最好的东西。这让我更好地理解了，为什么案件那么错综复杂他却能够找准要害，为什么生活内容纷繁如麻他却能够抓住精彩，难怪在他走过的律师之路上，他总能及时把握和调整应该做的事情与应该走的方向……一个人成功了，就一定有他成功的理由，张铁锋成功的原因，还可以总结出很多很多，但在我看来，上帝之所以一次次为他打开幸运的大门，"厚道"或许是他最好的敲门砖。

一个人能做到厚道是很不容易的，有钱了还能厚道就更难。

张铁锋的名字在芜湖是很响亮的，纬纶律师所跟他拴在一起也很响亮，但张铁锋无论走到哪里，并没有多少人认识他，可见他并不招摇，还是很注意做人做事尽量低调；张铁锋是靠"风险代理"起家的，一般认为，"风险代理"都是些难办的案子，怎么协商、收费都会挺狠的，但当司法部出台了"协商收费"标准后，人们发现，张铁锋和他们所从来没有以"风险代理"而乘人之危，他们一直以做人的良心和职业的自律严格控制着"协商"的弹性，不仅没有突破上线，大量的收费还远远低于标准，这不能不让那些一直认为张铁锋以"风险代理"发了横财的人对他刮目相看。说到底，张铁锋的收费或许会比常规代理高一些，但他付出得也更多，委托方获得的利益也更理想，正因如此，口口相传，委托他的人逐日上升，办案量大，可能是他总体收入高的最主要原因，一年办理 100 多个案件，的确不是所有律师都能做到的；张铁锋有颗感恩的心，当初破格录用他的牛主任，现在已是 80 多岁的老人，每当提及往事，老人总是津津乐道，可以看出来，领张铁锋进门，是老人一生最得意的事情之一，张铁锋也知恩图报，把退休后的老主任聘到自己创办的纬纶所做了顾问，他跟老主任说，他真的是很感谢那些曾为他铺路搭桥的人，很感谢党委、政府、主管部门对他的支持，很感谢接受他的服务的个人、企业和单位，他说，这种感谢，不是客套，而是发自内心的。一个人，无论他有多大本事，没有一个好的舞台，他就是渺小的，戏总是要自己唱，但舞台都是别人帮着搭建起来的；张铁锋愿意善意随和地看周围的一切，对所里的律师，他相信这帮高智商人群的觉悟，所以他的管理，是一种放松的管理，律师们有很大的自由空间，但这些自由的人从来未受过当事人的投诉，这证明自由的底线已有绝对的控制；纬纶所还有一个不成文的规定，就是不能对别人妄加评论，过去别人怎样看我们，我们用事实予以证明了，现在别人怎样看我们，更在于我们如何看自己，所以，任何时候都不可能有来自纬纶的对同行的诋毁；张铁锋没有门户之见，1997年他在所里成立顾问组，全市所有律师所的老律师都成了他们的顾问，因此他们多么疑难的案件都变得既不疑也不难；张铁锋很念旧情，曾经带过他的老师，不管离开多少年离得多么远，都常挂在他的嘴边，那几个最早在一起合作的律师，不管到哪里发展，他们都保持着很好的人际关系和业务往来；张铁锋最难能可贵的，是可以很平和地对待普通人，他如果不出差，一天要往返车库好多次，每次都和气地跟看车人打招呼，他到街上买东西，只要小商小贩说出价格，他就立马掏钱，别人说，你这样他们挣钱就太容易了，他说是不是也有人说咱挣钱太容易啊？别人说，讨价还价也是一种乐趣，他说，我挣了钱，再把它花给别人，也是一种乐趣，别人说，你在培养奸商，他不说话了，笑了，笑得傻傻的，憨憨的，那种笑，只有他看着宝贝女儿时才能见到，那种笑，满含幸福。

不能说张铁锋不精明，否则他很难成为好律师。但他的确也很厚道，因此他除了是个很好的律师之外，还是个很好的"人"。是厚道为他营造和赢得了天时、地利与人和，是厚道让他每一步都走得顺畅又风光。

如果说张铁锋当初刻苦学习法律并渴望当律师是向人们证明自己活在这个世界上的意义，而选择"风险代理"却是为了更强烈地证明自己所拥有的实力，接下来的努力似乎跟自己的联系越来越少，更多的则是向社会宣示了律师存在的社会价值。当他被芜湖市人民政府等政府机关聘为法律顾问的时候，当他作为芜湖市政协委员、民主促进会芜湖市副主委身份参政议政的时候，当他多次向政府部门、执法机关提出建议均被积极采纳的时候，人们看到了他在执业境界上的更高跨越，看到了他所肩负起的更多和更重要的社会责任。

作为一个成功人士，张铁锋做了许多他认为应该做的事情，他从1995年就参与"春蕾"计划，资助失学儿童重返校园；从2002年开始又加盟芜湖民进助学会，每年赞助5000元，现已出资25000元；他经常为贫困者减免代理费，走向社会义务普法；另外，他还是芜湖唯一向东南亚海啸受害国以及中国法律援助事业捐献巨款的律师。在他的倡议下，纬纶律师所还率先面向全市开通了免费咨询热线，常年义务送法到军营，免费为省以上先进、劳模、优秀党员代理各种诉讼……应该说，张铁锋不仅是个成功的人，还很算得上是个高尚的人。

现在，人们像认可张铁锋的实力一样认可他从来没有把挣钱当作目的，也认可那些追随张铁锋的年轻律师亦不是奔钱而去，否则，他们不会为了一个中国律师论坛一捐就是10万元，为了一个法学与法治讲坛一捐又是10万元。

张铁锋是安徽省"十佳律师"，纬纶所是"全国优秀律师事务所"，为此，在去年，《中国律师》杂志的一位记者奉命前去采访。然而，稿子写出来，却被张铁锋给毙了，原因是写张铁锋个人太多。今天我这样写张铁锋，他可能会更不满意，但作为记者，记录一段历史，披露一个真相，揭示一种精神，是我们的职责，有时倒无需一定要经过谁的同意。不管怎么说，在律师界，张铁锋的经历，代表了一些人的经历，张铁锋的发展，代表了一些人的发展，有些人看了，或许会有同感，或许会勾起某种回忆，也或许会从中得到一点久违了的东西。总之，关于张铁锋的谜似乎已经揭开了，也可能并没有真正揭开，但我敢肯定，只要他努力，在他以后的路上，还有很多谜会继续发生。

我们赶上了一个不会埋没人才的时代，律师界更没有"怀才不遇"，只要你不断寻找，你就会有机会；只要你勤奋努力，你就会脱颖而出。

这个时代，创造神话不是梦。

（2006 年 10 月）

后 记

本书收录的文章，多数是在《中国律师》杂志工作期间的作品，也大多发表在《中国律师》杂志上。此书算是对那段工作经历的回忆（1995年7月至2000年12月），当然，也是律师业发展那段过程的一个缩影。

每篇文章的完稿时间已记不清了，所以，文章后面标注的时间，均为当初发表的时间。

文中除主人公以外的人物，编辑此书时大多做了化名处理。

感谢在我的写作之路上给予过教导、帮助和陪伴的人。感谢为出版此书给予鼓励、支持和付出辛苦的人。